Éternellement
Blonde

MEG CABOT

Éternellement Blonde

Traduit de l'anglais (États-Unis)
par Frédérique Le Boucher

hachette

L'édition originale de cet ouvrage a paru chez Point,
an imprint of Scholastic Inc.,
Publishers since 1920,
sous le titre :

RUNAWAY

Traduit de l'anglais (États-Unis)
par Frédérique Le Boucher.

Jacket design by Elizabeth B. Parisi.

Hachette Livre, 43, quai de Grenelle, 75 015 Paris.

Pour Benjamin

L'auteur tient à remercier tout particulièrement
Jennifer Brown.
Merci aussi à Beth Ader, Michele Jaffe,
Laura Langlie, Abby Mcaden et Benjamin Egnatz.

1

Donc, d'après la presse people, je suis en pleine escapade romantique top secrète (enfin, plus si secrète que ça maintenant, hein ? Merci qui ? Merci *Us Weekly* !) avec Brandon Stark, le fils unique et seul héritier du milliardaire Robert Stark, la quatrième plus grosse fortune du monde, après Bill Gates, Warren Buffett et Ingvar Kamprad (qui a fondé IKEA, au cas où vous ne le sauriez pas).

La villa est carrément assiégée par les paparazzis. Il y en a partout : aplatis dans les fossés, tout le long de la route ; planqués dans les dunes, tout le long de la plage, pointant leur téléobjectif entre deux touffes de joncs dans l'espoir de me surprendre seins nus, sur un transat, au bord de la piscine (comme si ça risquait d'arriver !).

J'en ai même surpris un, perché dans un arbre, pour essayer de nous prendre en flag, Brandon et moi, quand on était sortis se chercher un truc à emporter au petit restau du coin.

Ça doit faire un méga buzz, j'imagine, l'héritier de l'empire Stark Zet l'égérie de la marque se remettant ensemble pour passer des petites vacances sous les tropiques. D'après le texto que j'ai reçu de Lulu, ma coloc, une photo du jeune couple en cavale pouvait atteindre les dix mille dollars… pour peu que je sois de face et que je sourie.

Ce qui, toujours d'après Lulu, serait un véritable scoop puisqu'on n'avait pas vu un seul cliché de moi de face et encore moins souriante. Ni dans les magazines, ni sur la toile. Nulle part.

À se demander comment ça peut être possible, un truc pareil, non ? Est-ce que je ne suis pas la fille qui a décroché le gros lot ? Le caniche nain trop mignon qui bâille délicatement à ses pieds ; la magnifique crinière blonde ; le corps parfait ; le petit ami canon à la carte de paiement illimité, tellement accro à son top model de copine qu'il achète toutes les fringues à sa taille dans la boutique locale, juste parce qu'elle a prétendu ne rien avoir à se mettre pour descendre dîner.

Ce même petit copain canon qui faisait justement les cent pas dans le couloir, trop pressé qu'il était de m'accompagner jusqu'à cette incroyable table de verre et d'acier, somptueusement dressée, qui nous attendait au rez-de-chaussée.

— Comment ça se passe là-dedans ? Tout va bien ? a-t-il demandé pour ce qui devait bien être la millième fois en une heure, après avoir frappé – tout doucement – à la porte de ma chambre.

Je me suis regardée dans la glace au-dessus de la coiffeuse et j'ai croassé :

— Pas tant que ça. Je crois que j'ai de la fièvre.

— De la fièvre ? (Brandon semblait inquiet : le plus adorable petit copain dont une fille puisse rêver, je vous dis.) Je devrais peut-être appeler un médecin ?

— Oh ! Je ne crois pas, non. Pas la peine. Une bonne soupe, un peu de repos, et ça devrait suffire. Je ferais sans doute mieux de rester couchée ce soir.

Toute personne saine d'esprit assistant à la scène – à travers un téléobjectif, par exemple – n'aurait pas manqué de se dire : « Mais c'est quoi, son problème, à cette fille ? » Après tout, je jouais les malades imaginaires pour échapper à un dîner avec le fils de l'un des hommes les plus riches du monde qui m'avait invitée à passer des « vacances de rêve » dans son immense baraque grand luxe avec piscine extérieure chauffée à débordement (on avait l'impression que l'eau tombait directement dans l'horizon) ; sur l'un des murs, un aquarium assez grand pour contenir la raie Manta et le requin de Brandon (Typique, non ? Que Brandon ait un requin pour animal de compagnie, je veux dire.) ; une salle de cinéma de vingt places et un garage dans lequel Brandon garait ses bolides de collection, dont une Lamborghini Murcielago jaune d'or, cadeau de Noël de papa qui faisait la fierté de « fiston ».

N'importe quelle fille aurait échangé à la seconde sa vie contre la mienne.

Oui, mais aucune n'avait les mêmes problèmes que moi.

Enfin... si, peut-être une.

— Et ne va pas croire que c'est parce que je te trouve sympa, hein ?

Nikki venait de franchir la porte qui séparait nos chambres communicantes, déboulant dans la mienne sans prévenir. Elle portait une maxi-robe bariolée plutôt flashy, un blouson de motard, des compensées à franges et un énorme collier m'as-tu-vu qui donnait l'impression qu'un bizut de prépa lui avait vomi dessus.

— Pas de souci, lui ai-je répondu.

Nikki m'avait très clairement fait comprendre qu'elle ne m'aimait pas et qu'elle se passerait volontiers de ma compagnie, sauf si elle ne pouvait vraiment pas faire autrement.

— C'est juste que ta glace est plus grande que la mienne, s'est-elle déculpabilisée, traversant ma chambre, avec la souplesse d'un percheron, pour aller s'admirer dans le miroir en question. Et je veux voir à quoi je ressemble là-dedans.

— Ça te va bien, ai-je menti.

Nikki n'en a pas moins rayonné de bonheur. C'était la première fois qu'elle me souriait – enfin, qu'elle souriait dans ma direction – depuis que notre jet privé avait atterri dans cette « station balnéaire subtropicale », quelques jours plus tôt.

Franchement, comment lui en vouloir ? Non seulement, ce n'était pas marrant pour elle de rester cloîtrée dans cette maison, tout immense qu'elle soit. Mais elle ne pouvait même pas aller en ville de peur qu'un des paparazzis ne la prenne en photo. Par inadvertance. Un accident est si vite arrivé.

Et quand bien même il n'aurait pas eu la moindre idée de qui elle était, si jamais sa photo paraissait dans un magazine, quelqu'un qui l'avait connue dans sa vie d'avant – enfin, la vie d'avant de son corps, j'entends – pourrait faire le rapprochement et se demander comment diable une fille qui était censée être morte pouvait bien se balader dans la rue avec cet affreux collier m'as-tu-vu ?

Parce qu'il faut vous dire que, comme moi, Nikki fait partie des morts-vivants.

Et que, comme le mien, le corps de Nikki devrait être mort *et enterré*.

— Tu trouves ?

Nikki se contemplait dans le miroir en pied, dos au mur intégralement vitré qui donnait sur l'Atlantique – impressionnante masse sombre, à cette heure tardive, dont les vagues, menaçantes, s'écrasaient à quelques dizaines de mètres à peine.

D'un geste machinal, elle a rejeté une mèche derrière son oreille en faisant la grimace.

— Peuh ! à quoi ça sert, de toute façon ? C'est même pas la peine.

— Mais qu'est-ce que tu racontes ? Tu es superbe.

D'accord, j'exagérais un peu. OK, beaucoup. Mais, en fait, si elle avait utilisé un maquillage qui s'accordait avec son nouveau teint et ses cheveux auburn, si elle avait cessé de les martyriser à coups de brushing répétés jusqu'à ce qu'ils ne ressemblent plus à rien et si elle avait porté des fringues à elle et pas les frusques que j'avais mises au rencart, parmi celles de la boutique dans laquelle Brandon avait fait une razzia pour moi – et qui, elle n'avait pas l'air de s'en rendre compte, étaient beaucoup trop serrées et trop longues pour elle –, elle aurait vraiment été super mignonne.

Mais hors de question de ne pas lui dire des trucs cent pour cent positifs : plus encore que Brandon, je voulais Nikki dans mon camp.

— Oui, mais tu crois que je vais plaire à Brandon habillée comme ça ?

Ah ! nous y voilà ! Le nœud du problème. La raison pour laquelle je me faisais porter pâle : pour qu'elle ait un vrai tête-à-tête avec Brandon, sans que je sois là pour lui faire de l'ombre.

— Il va a-do-rer.

Il avait intérêt. Nikki aurait fait n'importe quoi pour attirer l'attention de Brandon.

Ça se comprenait, non ? Franchement, qui ne tomberait pas raide dingue de Brandon Stark ? Il avait tout ce dont une fille pouvait rêver : il était beau à tomber ; il collectionnait les bagnoles de sport ; il possédait une de ces inabordables baraques typiques de Greenwich Village *et* une villa sous les tropiques, sans même parler du jet privé mis à sa disposition pour se rendre de l'une à l'autre.

Brandon avait vraiment tout du petit ami idéal.

À condition d'oublier sa vénéneuse duplicité, évidemment. Ce type était un vrai serpent. Un serpent venimeux.

Quand elle s'est retournée vers la glace, mon regard s'est posé sur la nuque de Nikki. Je n'ai pas pu m'empêcher de porter la main au même endroit, à la base de ma propre tête, là où, trois mois plus tôt, les chirurgiens de l'ISNN, l'Institut Stark de neurologie et de neurochirurgie, m'avaient fendu le crâne pour en extraire le cerveau de Nikki et y mettre le mien.

Je sais, ça fait scénario de téléfilm mélo, du genre de ceux qu'on prend son pied à mater, vautrée sur le canapé, par un dimanche de pluie, un méga saladier de pop-corn sur les genoux.

Sauf que, là, c'était dans la vraie vie que ça se passait. Dans *ma* vie, pour tout arranger.

Et comment j'aurais pu savoir qu'au moment précis où mon cerveau était transféré dans le corps de Nikki, l'un de ces brillants neurochirurgiens en question récupérait discrètement le cerveau de la vraie Nikki pour l'implanter dans le corps de la fille qui se tenait justement devant moi ?

Nikki – son cerveau, du moins – était censée être morte.

Et elle était censée avoir emporté son secret dans la tombe.

Malheureusement pour M. Stark – mais heureusement pour elle –, Nikki était encore tout ce qu'il y avait de vivante. Tant la tête que les jambes. Bon, séparément. Et dans deux lieux différents, évidemment : un détail.

Et le secret qu'elle détenait ? Eh bien, c'était toujours un secret.

Brandon avait eu beau essayer de l'embobiner, il n'avait toujours pas réussi à le lui arracher. Surtout parce qu'il avait été un peu trop distrait, en fait, tout occupé qu'il était à essayer de m'embobiner moi.

Et Nikki me haïssait bien trop à cause de ça pour m'adresser ne serait-ce qu'une parole aimable. Alors je pouvais toujours ramer, me plier en deux, en quatre, en vingt, elle n'était pas près de me mettre dans la confidence.

En la regardant s'examiner dans la glace, je me suis demandé quelle part prenait la douleur dans tout ça. Est-ce que sa cicatrice lui faisait encore mal quelquefois, comme la mienne ?

— Ben oui, forcément, a dit Nikki, en quittant la pièce, la tête haute. Brandon adore le bleu.

Ah bon ? Première nouvelle.

En même temps, je découvrais tout un tas de trucs sur l'ex de Nikki qui me faisaient systématiquement tomber de ma chaise. Et, croyez-moi, sa couleur préférée, ce n'était vraiment rien à côté.

Qu'est-ce que vous diriez d'apprendre, par exemple, qu'il a une tanière secrète sur la plage où il aime emmener ses proies : toutes ces filles qu'il enlève, comme moi, ou qu'il a la ferme intention de séduire puis de faire chanter pour obtenir ce qu'il veut, comme il le faisait avec Nikki ?

En l'occurrence, une information qu'il pourrait utiliser contre son père pour le faire virer et prendre sa place à la tête de Stark Entreprises ? Su-per !

Ouep. Brandon Stark pourrait tout aussi bien aimer se déguiser en Charlotte aux Fraises pour jouer au croquet avec sa collection de mini-poneys que ça ne me ferait plus aucun effet.

— Em ?

Brandon tambourinait carrément cette fois.

— Quoi ?

Ce n'était pas que je voulais être agressive, mais j'avais une de ces migraines : une horreur. Et, là, je peux vous jurer que ce n'était pas du cinéma.

— Je pense avoir trouvé un remède pour ce que tu as, m'a annoncé Brandon à travers la porte.

Il y avait de quoi être surprise, non ?

Comment aurait-il pu y avoir un remède pour une maladie certifiée cent pour cent imaginaire ?

— Vraiment ? Et qu'est-ce que c'est ?

— Ça s'appelle : « Tu ferais mieux de sortir de cette chambre ou tu vas le regretter », m'a-t-il répondu, changeant brusquement de ton.

Ah oui, bien sûr. J'avais oublié.

Parce qu'en fait, ils ont tout faux dans les magazines people.

Je ne suis pas en pleine escapade romantique top secrète avec un riche héritier, là.

Même si je ne suis pas derrière des barreaux. Même si on ne m'a mis ni les fers ni les menottes.

Même si je ne suis pas flanquée d'hommes en costume noir qui chuchotent dans des micros glissés à l'intérieur de leur manche.

Je n'en suis pas moins prisonnière : la prisonnière de Brandon Stark.

2

J'ai ouvert la porte et je suis restée là, immobile et hiératique dans mon long fourreau de velours noir, une robe du soir que Brandon m'avait fait livrer pour les festivités du jour : un dîner gastronomique concocté par un vrai cordon-bleu (qui avait fait ses classes dans l'illustre école du même nom, si, si), chef du cinq étoiles voisin que Brandon avait débauché de ses prestigieuses cuisines hôtelières pour « l'inviter » à officier derrière ses propres fourneaux, le temps de notre séjour à la villa.

On peut reprocher tout ce qu'on veut à Brandon Stark, mais, quand il s'agit d'impressionner une fille, il ne lésine pas.

Le seul petit problème, c'était qu'il se trompait de cible. Ce n'était pas moi qu'il devait essayer de conquérir, mais bel et bien Nikki, la vraie Nikki.

Non qu'il ait eu à se donner beaucoup de mal, de ce côté-là. S'il n'avait fait ne serait-ce que la moitié des efforts qu'il faisait pour moi, elle lui aurait déjà mangé dans la main depuis longtemps.

Mais pourquoi ne pouvait-il donc pas comprendre ça ?

Sans doute pour la même raison qui le pousse à trouver super cool d'arborer des tee-shirts estampillés Christian Audigier pour s'afficher en compagnie de stars de la téléréalité sur le yacht de son père : ce n'est pas l'intelligence qui l'étouffe.

Ce qui ne l'empêche pas d'être foncièrement mauvais, en même temps.

Or, il se trouve que cette combinaison – bête *et* méchant – est carrément mortelle. Au sens propre du terme. Enfin, pour moi, en tout cas.

Pendant une bonne minute, Brandon n'a rien dit. Il est juste resté planté là à me regarder fixement avec des yeux aussi expressifs que deux petites roues de la mort – formes bien connues, et tant redoutées, de tous les utilisateurs de Mac quand une appli refuse de répondre sur leur ordi.

Parfait. Ça prouvait que mon plan B (que j'avais imaginé au cas où mon plan A – me faire porter pâle – ne marcherait pas) fonctionnait. Sous mes dehors de jolie blonde sans défense, j'ai, dans mon arsenal, quelques petites armes fatales de mon cru.

L'une d'entre elles se trouvait être l'Armani que j'avais revêtue. À la seconde où je l'avais vue sur le portant envoyé par la boutique de fringues de créateur hors de prix que Brandon avait quasiment dévalisée pour moi, j'avais su que cette robe ne tarderait pas à être ma plus sûre alliée.

Je n'y connaissais peut-être rien à la mode, il y avait encore quelques mois – quand j'étais la fille la plus mal fringuée de toutes les premières du lycée de Tribeca –, mais, depuis, j'avais fait du chemin.

J'ai toujours eu de très grandes facultés d'adaptation : j'apprends vite.

— Brandon, ...

Le long couloir, entièrement vitré côté extérieur pour offrir une vue imprenable sur la mer et les dunes (quand il ne faisait pas nuit), était désert (si l'on fait abstraction des paparazzis, je veux dire. Mais je suis bien certaine que les agents de sécurité que Brandon avait recrutés pour surveiller les abords de la villa avaient déjà dégagé tous les photographes à une lieue à la ronde). J'ai refermé la porte de ma chambre derrière moi pour que Nikki ne puisse pas entendre ce que je m'apprêtais à dire.

Je savais bien que je perdais sans doute ma salive : j'avais déjà essayé de raisonner Brandon.

Mais jamais en Armani.

— ... c'est complètement ridicule, ai-je enchaîné. C'est Nikki que tu es censé séduire, pas moi. C'est elle qui détient le secret pour lequel ton père a tenté de la faire assassiner. Le fameux secret que tu veux récupérer pour pouvoir virer ton père et prendre sa place, tu te rappelles ?

Brandon me regardait toujours fixement. Pour certains trucs, il n'est pas beaucoup plus brillant que Jason Klein, le roi des Morts-Vivants (alias les décérébrés), accessoirement tombeur de mon lycée.

Il a juste nettement plus de fric et encore moins de principes.

— ... Ce qui est absolument génial comme idée, mais il faut que je rentre à New York.

Je m'efforçais de parler lentement et distinctement pour être bien sûre qu'il ne passe pas à côté.

— ... Dans quelques jours, c'est le défilé Stark Angel. Tu sais que je ne peux pas rater ça. Bon. Cette histoire d'escapade romantique de Nikki Howard avec Brandon Stark ? C'est un super coup de pub. La presse en redemande...

Ce qui n'était sans doute pas le cas de ma mère. Non que je lui en aie parlé. Je n'avais répondu à aucun de ses appels. Si jamais je décrochais, cette déception que j'entendrais dans sa voix (« Non mais sérieusement, Em. Passer une semaine seule chez un garçon ? Mais qu'est-ce qui t'arrive ? »)... Non, ça me déchirerait. Un coup de poignard en pleine poitrine.

Mais le pire, c'était qu'à part elle – et Lulu, forcément, et mon agent, Rebecca, qui avait bien dû m'appeler trois milliards de fois –, personne ne m'avait laissé de message sur ma boîte vocale.

Par « personne » entendez le seul que je craignais d'avoir blessé en partant avec Brandon Stark.

Eh oui ! vous avez tout compris : Christopher Maloney, l'amour de ma vie. Christopher ne m'avait pas appelée.

Je ne vois pas pourquoi il aurait cherché à me parler, d'ailleurs, après ce que je lui avais fait. À savoir lui mentir et lui dire que je ne l'aimais plus... que c'était Brandon que j'aimais, maintenant. Ce n'était pas comme si je méritais un coup de fil de sa part. Ni un e-mail, ni un texto, ni un signe quelconque...

J'avais juste cru qu'il essaierait de me contacter d'une façon ou d'une autre... ne serait-ce qu'en m'envoyant une lettre d'injures ou un truc de ce style. Bon, c'est vrai que je n'aurais pas sauté au plafond en recevant un e-mail genre « Chère Em, merci d'avoir fichu ma vie en l'air ». Après tout, Christopher ne savait pas que Brandon m'avait obligée à lui raconter n'importe quoi.

Pourtant, j'aurais encore préféré un « Chère Em, etc. » que ce silence de mort...

Mais non. Rien.

Bon. Ce n'était pas le moment de penser à ça maintenant.

Ni maintenant, ni jamais, d'ailleurs.

— ... Mais les gens qui me connaissent de près vont bien finir par se poser des questions, me suis-je forcée à continuer. Ils savent parfaitement que toi et moi, Brandon... qu'on n'est pas.... eh bien, ce que tu veux leur faire croire qu'on est.

Pipeau de chez pipeau, forcément. Les « gens qui me connaissaient de près » ne pouvaient pas deviner que je n'étais pas amoureuse de Brandon, ni que toute cette affaire n'était qu'un coup monté. Comment auraient-ils pu le savoir ? Après tout, est-ce que je n'étais pas pratiquement sortie avec tous les mecs craquants que j'avais croisés, du jour où mon cerveau s'était retrouvé transplanté dans ce nouveau corps de bombe atomique ? Qui aurait pu dire lequel de ces garçons était vraiment important pour moi et lequel était carrément transparent ? Bon, OK, si je me retrouvais dans cette galère maintenant, je ne pouvais m'en prendre qu'à moi.

C'était donc à moi de me sortir de là.

Ce que j'étais précisément en train de faire. Ou, du moins, d'essayer. Quoique ça n'ait peut-être pas été d'une évidence criante, je l'admets.

— Il faut que je rentre, ai-je répété, pour tenter de gagner du temps. Laisse-moi juste…

Brandon a posé un doigt sur mes lèvres.

— Chuuut !

Oh oh ! Apparemment le redémarrage s'était effectué sans incident. L'ordi était reparti, et ses pupilles ne ressemblaient plus du tout à des petites roues de la mort. Il s'était approché d'un pas.

Il ne se trouvait plus qu'à quelques centimètres, la tête inclinée vers moi avec une expression que je n'arrivais pas trop à déchiffrer.

Comme tout un tas de trucs le concernant, ça m'a un peu fait flipper.

— Tout ira bien, m'a-t-il murmuré, d'une voix qui se voulait rassurante, j'imagine.

J'étais à peu près aussi rassurée qu'un bébé dalmatien dans l'antre de Cruella.

— Je sais ce que je fais, a-t-il insisté.

— Euh…, ai-je hasardé derrière son index bronzé, en fait, je ne crois pas non. Parce qu'il y a peu de chance que

Nikki te révèle quoi que ce soit, si tu ne te décides pas à lui accorder un peu plus d'attention et à m'en accorder un peu m...

Il avait ôté son index en se penchant vers moi. De toute évidence, il avait la ferme intention de poser les lèvres à l'endroit exact où s'était trouvé son doigt.

Hein ? Oh non ! Vraiment ? Encore ?

J'avais la chair de poule. Et pas parce que j'étais bras nus.

Bon, d'accord. Je ne pouvais pas lui en vouloir. Ça faisait des mois que je lui envoyais des messages contradictoires. Et que je me servais carrément de lui, pour tout dire. Voilà le genre de fille que j'étais devenue, depuis que j'étais dans la peau de Nikki Howard. Il n'y avait pas de quoi être fière, je sais. C'était pourtant la triste vérité.

Mais les choses avaient bien changé. J'avais toute ma tête maintenant (enfin, façon de parler).

Je savais ce que je devais faire. Ce que j'avais été obligée de faire toute la semaine.

C'est ce que les mannequins font à longueur de journée : prétendre qu'elles sont super à l'aise dans les fringues qu'elles portent ou qu'elles adorent ce qu'elles mangent ou qu'elles ne sont pas carrément gelées accrochées comme des bigorneaux à un rocher, au-dessus de l'océan, avec les vagues qui viennent s'écraser sur leur postérieur couvert d'un simple confetti abusivement appelé bikini.

Bon, il y a pire comme torture et je suis devenue plutôt bonne à ce petit jeu-là, pour ne rien vous cacher.

Encore une chance, vu les circonstances.

Parce que, généralement, les prisonniers sont mieux traités quand ils s'entendent plutôt bien avec leur geôlier.

Le geôlier relâchera sans doute plus facilement sa vigilance et baissera plus vite sa garde, s'il croit que son prisonnier pourrait bien avoir de véritables sentiments pour lui.

Ce qui permettra au prisonnier de s'échapper.

Le problème, c'est que je ne pouvais pas m'enfuir avant d'avoir obtenu ce que je cherchais. Qui se trouvait être exactement la même chose que Brandon : cette mystérieuse info qui m'avait précipitée dans ce cauchemar pour commencer.

Ce qui signifie qu'aussi garce que Nikki se soit montrée avec moi, j'étais obligée de la supporter jusqu'à ce qu'elle crache le morceau.

Alors, même si Brandon me dégoûtait, je devais tenir le coup.

Personne n'a jamais prétendu que la vie était facile quand on était sous les verrous.

J'ai donc fait ce que mon devoir me dictait : Je me suis résignée.

Heureusement, juste au moment où les lèvres de Brandon commençaient à se rapprocher, j'ai entendu une porte claquer.

Ça ne faisait pas partie du plan C.

Mais ça a suffi.

J'ai reculé précipitamment, soulagée d'avoir une excellente excuse pour m'écarter : même Brandon serait bien obligé d'admettre qu'il ne pouvait pas laisser Nikki nous voir flirter.

Des pas ont résonné sur les dalles de marbre poli – du genre virils, pas le trottinement de compensées à franges – et je me suis retournée pour voir arriver, devinez qui ? Le frère de Nikki qui se dirigeait vers nous.

— Salut, a lancé Steven, en nous adressant un hochement de tête protocolaire.

— Salut, a répondu Brandon, avec un tel manque d'enthousiasme que ça en devenait presque comique.

Son attitude envers Steven, au cours de cette dernière semaine, avait été plutôt froide, c'est le moins qu'on puisse dire. S'il était contraint de manifester un minimum de plaisir à la perspective de passer un moment avec Nikki, il n'était pas tenu aux mêmes démonstrations à l'égard de son frère.

— Alors, quoi de neuf ? a demandé Steven, en passant devant nous.

— Le dîner sera servi dans la grande salle du bas, l'a informé Brandon, sur un ton qui l'invitait clairement à poursuivre son chemin pour se rendre dans la grande salle en question, et à nous laisser tranquilles, par la même occasion.

— Ah oui ?

Steven n'avait pas vraiment l'air pressé de s'en aller. Pourquoi l'aurait-il été ? Tout comme sa sœur, Steven ne pouvait pas quitter la villa au risque de se faire photographier, et donc repérer par Robert Stark qui n'était pas censé savoir où Steven et sa mère se trouvaient. Sinon, ce dernier tenterait probablement de les éliminer, tout comme il avait essayé de liquider Nikki.

— Et avec quelle nouvelle merveille culinaire vas-tu tous nous éblouir ce soir, Brandon ? s'est enquis Steven.

Le plus drôle de l'histoire, c'est que Brandon était trop bête pour s'apercevoir que Steven se payait sa tête. J'ai dû réprimer un sourire. Steven n'en avait rien à faire du menu. Il détestait Brandon autant que moi. Il ne l'aurait jamais avoué, bien entendu.

Mais bon, ça crevait les yeux.

— La spécialité locale : bisque de crabe, suivie d'une salade au crabe avec du foie gras ou quelque chose comme ça...

Pendant que Brandon lui répondait, Steven avait commencé à se diriger vers l'escalier suspendu. Il avait pris l'habitude de quitter la pièce quand Brandon lui parlait. C'est dire s'il l'avait dans le nez.

Intérieurement, je lui hurlais : « Ne t'en va pas, Steven ! Ne me laisse pas toute seule avec lui ! »

Mais je ne pouvais rien dire, bien sûr. Je devais rester polie, sauver les apparences.

— Et ensuite, poursuivait Brandon d'un ton las, filet mignon. Il y a un soufflé au chocolat au dessert.

— Ça a l'air super, lui a négligemment lancé Steven pardessus son épaule.

Il portait les fringues que Brandon lui avait achetées : un jean noir et un pull en cashmere anthracite dont il avait retroussé les manches. À part Nikki et sa mère, qui avaient eu le temps de jeter quelques affaires dans un sac avant de quitter la maison du Dr Fong, on était tous arrivés chez Brandon avec ce qu'on avait sur le dos (et nos chiens – pour ceux qui avaient des chiens, du moins) dans notre fuite éperdue pour tenter d'échapper à Stark senior.

Brandon s'était montré plus que généreux en s'assurant que Steven et sa mère ne manquaient de rien, bien qu'ils ne soient pas en mesure d'utiliser leur carte bleue de crainte que Stark Enterprises ne retrouve leur trace.

Mais il était clair que Steven n'appréciait pas vraiment de se voir redevable envers le fils de celui qui avait causé tellement de torts à sa famille. Il ne lui *disait* jamais rien qui puisse passer pour de l'impolitesse. Mais il *faisait* des trucs que quelqu'un d'un peu plus susceptible que Brandon aurait pu juger foncièrement impolis. Quitter la pièce alors que Brandon était encore en train de lui parler, par exemple.

— Encore du filet mignon ! Super, a répété Steven, en se dirigeant toujours vers l'escalier. Ah ! au fait, Brandon, a-t-il ajouté d'un ton détaché, tu sais que ta Lamborghini est en feu, hein ?

La main de Brandon s'est crispée sur la rampe d'acier brossé.

— Quoi ?

— Ta Lamborghini flambant neuve flambe, a ironisé Steven. Je viens de m'en rendre compte en jetant un coup d'œil de l'autre côté de l'allée. Elle est en feu.

Ah ! enfin ! Plan C activé.

Brandon a lancé un regard blasé à travers les baies vitrées qui donnaient sur le devant de la villa. Il avait ce petit air méprisant d'un air de dire : « C'est cela, oui, ma bagnole crame. Ben voyons. »

Il n'a pas tardé à changer d'attitude. Il a alors craché un juron qui m'a écorché les oreilles.

— Ma bagnole ! s'est-il écrié. En feu !

— C'est bien ce que je disais, lui a fait placidement remarquer Steven, en secouant la tête genre « Quel blaireau ! ». (Il a levé les yeux vers moi.) Est-ce que ce n'est pas très exactement ce que je viens de dire ?

S'arrachant les cheveux, Brandon a lâché un deuxième juron (guère plus raffiné que le premier), et puis il est passé en trombe devant moi, me poussant pratiquement dans l'escalier dans sa précipitation, puis devant Steven, comme un boulet de canon.

— Appelez les pompiers ! s'est-il égosillé.

3

C'est à ce moment précis que Nikki est sortie de sa chambre.

— Qu'est-ce qu'il a ? s'est-elle étonnée, en faisant claquer ses compensées à franges dans le couloir.

— Sa voiture est en feu, lui a annoncé Steven, avec un haussement d'épaules fataliste.

— Quoi ! s'est-elle étranglée, d'une voix montant soudain dans les aigus. Oh non ! Pas sa Lamborghini toute neuve !

Et, sur ce cri déchirant, elle s'est ruée vers Brandon, m'obligeant à me plaquer une seconde fois contre le mur pour ne pas me retrouver cinq mètres plus bas.

— Brandon ! a-t-elle hurlé, en se lançant à sa poursuite. (Elle faisait un boucan d'enfer avec ses talons qui claquaient sur les dalles de marbre.) Attends ! J'arrive !

J'aurais bien voulu la mettre en garde contre les paparazzis qui risquaient de la prendre en photo… Trop tard. Elle était déjà partie.

Cosabella qui, forcément, m'avait suivie quand j'étais sortie de ma chambre a dévalé les marches derrière elle, ses griffes dérapant sur le sol glissant. Elle a aboyé, tout excitée par cette brusque agitation. Et puis, quand Nikki lui a claqué la porte au nez, elle s'est vigoureusement secouée et elle est revenue en trottinant dans la salle à manger, la tête haute et l'air fier de qui connaît la satisfaction du devoir accompli.

— Alors comme ça..., a commencé Steven, en me regardant descendre le long escalier (pas évident avec des hauts talons et en fourreau Armani hyper moulant), tu as mis le feu à sa voiture ?

Je me suis figée.

— Moi ? (J'ai essayé de prendre une mine horrifiée.) Qu'est-ce qui te fait croire que c'est moi ? Pourquoi pas un des paps qui a voulu l'attirer dehors pour pouvoir le shooter dans des circonstances bien dramatiques, plutôt ?

— Parce que j'ai trouvé ça.

Il me montrait un collier de perles en bois exotique que Brandon m'avait offert...

Ou, du moins, ce qu'il en restait après que je l'ai roulé dans un mélange de sucre, d'eau bouillante et d'une quelconque substance chimique, puis laissé sécher toute la nuit.

Et allumé.

— Menteur ! l'ai-je apostrophé, en arrivant en bas de l'escalier – la meilleure défense, c'est l'attaque. (Je lui ai arraché le collier calciné des mains.) Tu as dit que tu avais vu la voiture en feu des fenêtres du premier.

— Oh ! mais c'est vrai. Et puis je suis allé jeter un coup d'œil. Il y a un petit moment déjà. J'ai jugé ça si passionnant que j'ai décidé de laisser faire, pour voir. Où as-tu bien pu apprendre à fabriquer une bombe à retardement ?

— YouTube. (J'ai lâché le collier carbonisé dans une des amphores grecques qui trônaient au pied de l'escalier.) Et je dois avouer que je suis choquée. Pourquoi une fille ne s'y connaîtrait pas en explosifs ? Je fréquente un lycée pilote, tu sais.

— Ben voyons ! Quel idiot je fais ! s'est-il exclamé, en venant me rejoindre dans la salle à manger.

J'étais allée m'asseoir à l'énorme table où déjà nos couverts nous attendaient.

— Mais laisse-moi te poser une question, a-t-il poursuivi. Pourquoi voudrais-tu faire exploser la nouvelle voiture de Brandon Stark ?

« Parce qu'il nous retient prisonniers ici. Et parce que Christopher ne m'aime plus. »

Ça, c'est ce que j'ai pensé. Mais pas ce que je lui ai répondu :

— Elle ne va pas exploser. J'ai juste fait un joli dessin sur le capot avec de l'essence à briquet. Et il y a plein d'extincteurs dans le garage. J'ai vérifié. Si Brandon n'est pas trop bête, il éteindra le feu avant qu'il n'y ait trop de dégâts. Il aura juste la peinture à refaire.

Et j'avais mal calculé. La voiture étant censée prendre feu *avant* que Brandon n'ait eu le temps d'essayer de m'embrasser.

— Ce n'était pas la peine de lui flinguer sa bagnole, m'a reproché Steven, en prenant place à table. Ce type est un crétin fini, soit. Mais tu pousses un peu, tu ne crois pas ?

— Non.

Cosabella est venue se coucher à mes pieds sous la table.

— Ouoh ! a soufflé Steven en me dévisageant. Tu ne peux vraiment pas le sentir, hein ?

J'ai revu Christopher rapetisser à mesure que la limousine, dans laquelle Brandon m'avait obligée à monter, s'éloignait.

« Vous n'avez aucun nouveau message », répétait inlassablement la voix métallique de mon répondeur.

Oui. Je crois bien que j'avais la haine contre Brandon Stark.

— Je te le répète, je voulais juste lui faire repeindre sa carrosserie. Je déteste le jaune : ça ne va pas aux blondes.

Mais Steven secouait la tête.

— Ça ne prend pas, Em.

Forcément. Le frère de Nikki est officier de marine : ce n'est pas un imbécile.

J'ai pourtant écarquillé les yeux et feint la plus parfaite innocence. Brandon m'avait bien prévenue de ce qui se passerait sinon.

— Je ne vois pas ce que tu veux dire.

— Mm..., convaincant. Mais tu ferais mieux de profiter qu'on soit enfin cinq minutes tranquilles pour cracher le morceau. Tu n'es pas amoureuse de Brandon Stark. Qu'est-ce qui se passe, Em ? Pourquoi jouer les petites amies modèles, devant lui, et lui flinguer sa voiture derrière son dos ?

« J'ignore ce que Nikki a découvert sur le Stark Quark, mais si c'est la raison pour laquelle on l'a tuée – avant de lui faire subir une greffe de cerveau, histoire de préserver son image –, ce doit être important, tu peux me croire. Et je veux être dans votre camp, m'avait murmuré Brandon, ce matin-là, à New York, il y avait pile une semaine.

— Mais pourquoi je t'aiderais ? lui avais-je demandé.

— Parce que, si tu refuses, je révèle à mon père où se trouve la vraie Nikki, m'avait-il répondu. Et, l'autre avec son blouson de cuir, avait-il ajouté à propos de Christopher, tu le dégages. Tu es avec moi maintenant, pigé ? »

Je l'avais regardé comme s'il était cinglé.

Aujourd'hui, cependant, je vois les choses autrement. Brandon Stark n'est pas fou. Bête, peut-être. Et prêt à tout pour laisser une trace de son passage sur Terre, comme son père – sans toutefois trop savoir comment.

Mais cinglé ? Non.

« Si tu leur parles de notre petite conversation, si tu leur dis que c'est moi qui t'oblige à faire ça, je préviens immédiatement mon père pour la fille. »

Est-ce qu'il le ferait vraiment ? Est-ce que Brandon préviendrait son père ?

Pour ce qui était de la vraie Nikki, il s'en fichait éperdument, aucun doute là-dessus. Tout autant que de Steven et de sa mère, d'ailleurs. Oh ! certes, il ne rechignait pas à les héberger – et à les entretenir –, d'autant qu'ils n'avaient plus nulle part où aller : la faute des services secrets de son père qui les suivaient pratiquement à la trace.

Il ne le faisait pourtant que pour ce qu'il pensait y gagner. Autrement dit : moi (enfin, pas celle que j'étais réellement. Celle qu'il croyait que j'étais : cette fille en kit dont il ne savait même pas le nom, mais qui était un copié-collé de Nikki Howard).

Oh ! et le fameux secret que détenait la vraie Nikki et qui, toujours d'après lui, allait lui rapporter tellement de fric.

— Em…

Steven me regardait, le visage dévoré d'anxiété, ce visage qui ressemblait tellement au reflet que je voyais dans la glace tous les matins.

— Em, a-t-il répété, je ne sais pas avec quoi il t'a menacée, mais je te jure que je peux régler ça. Tu n'as qu'à me dire ce qui se passe.

J'aurais tant voulu le croire. Je n'avais jamais eu de grand frère et je commençais à vraiment aimer celui de Nikki. Il était si rassurant avec sa large carrure et son regard franc. J'en serais presque venue à me persuader qu'il pouvait réellement tout arranger.

Mais il ne pouvait pas, évidemment. Personne ne le pouvait.

« Et si tu leur dis que c'est moi qui t'oblige à faire ça, je préviens immédiatement mon père pour la fille. »

Sauf que Brandon ne dirait rien à son père au sujet de la vraie Nikki. Il ne pouvait pas. Il avait trop besoin d'elle. C'était elle qui détenait la clef de toute cette affaire.

En revanche, Christopher... Il dirait à son père pour Christopher.

— Ah ! vous voilà ! nous a interpellés la mère de Nikki en descendant l'escalier, prudemment cramponnée à la rampe, tandis que ses deux caniches, les frères de Cosabella, sautillaient sur les marches devant elle. Tout va bien ? Quel était donc ce vacarme que j'ai entendu tout à l'heure ?

C'est ce qui s'appelait l'échapper belle. Et grâce à une Belle, justement. La mère de Nikki et de Steven avait ce même accent, un peu traînant, et la beauté, un peu fanée, de l'une de ces jolies femmes du Sud célèbres pour leur indéniable charme. On voyait tout de suite à qui Nikki et Steven devaient le leur. Mme Howard était toujours ce que mon père aurait appelé une « pin-up ».

Avant que personne n'ait eu le temps d'ouvrir la bouche, le maître d'hôtel sortait de la cuisine avec un plateau d'argent.

— Bisque de crabe, a-t-il annoncé, tout en s'efforçant d'ignorer les exaspérants caniches qui se mettaient dans ses jambes avec l'espoir de le faire trébucher pour qu'il renverse un peu de ce qu'il portait.

Mais il semblait moins perturbé par les chiens que de ne nous voir que trois à table.

— Oh ! M. Stark ne serait-il pas encore prêt à dîner ? nous a-t-il demandé, visiblement troublé.

— Il a eu une petite urgence, mais il sera là dans quelques minutes, l'ai-je rassuré. Je pense que vous pouvez dire au chef d'envoyer la suite.

Le maître d'hôtel a hoché la tête, tendant le plateau vers Steven et sa mère pour qu'ils se servent, avant de retourner à la cuisine sans un bruit, ses chaussons à semelle de crêpe parfaitement silencieux sur les dalles de marbre noir. Cosabella et les caniches de Mme Howard, Harry et Winston, lui ont aussitôt emboîté le pas, s'attendant toujours à ce qu'il laisse tomber quelque chose en route.

— Quel genre d'urgence ? a demandé Mme Howard.

— Em a mis le feu à sa voiture, l'a informée son fils.

La main de Mme Howard s'est figée, la verrine de soupe à mi-chemin de ses lèvres.

— Em ! s'est-elle exclamée. Voyons, pourquoi aurais-tu fait une chose pareille ?

J'ai haussé les épaules. Je ne pouvais pas lui répondre que j'avais fait ça parce que Brandon n'était qu'un manipulateur de première qui m'avait forcée à rompre avec mon copain. Pour la bonne et simple raison que, comme tout le monde, elle me croyait amoureuse de Brandon et elle pensait qu'il les protégeait, elle et sa fille, de son monstre de père.

En un sens, c'était vrai.

Mais je ne voulais pas lui causer plus de souci qu'elle n'en avait déjà. Elle avait tout abandonné pour sa fille : son commerce, sa maison, ses amis, toute sa vie...

Sa fille qui ne semblait pas franchement lui en être reconnaissante, d'ailleurs.

— Ne devrions-nous pas appeler les pompiers ? s'est alarmée Mme Howard, encore sous le choc.

Au même moment, l'une des baies vitrées s'est ouverte et Brandon est entré, Nikki sur les talons.

— C'est encore un coup de ces enflures de chez *OK !*, je suis sûr ! pestait-il. Oh mais ! ça ne va pas se passer comme ça. Je ne vais pas supporter ça une seconde de plus. J'appelle mes avocats. Je vais porter plainte et ils vont me la rembourser, cette voiture !

— Tu as bien raison, Brandon. (Nikki le suivait d'un pas mal assuré dans ses compensées trop hautes et trop grandes pour elle.) C'est signé. Qui d'autre qu'eux aurait pu faire une chose pareille ?

— Tout va bien ? s'est encore inquiétée Mme Howard. Personne n'a été blessé, n'est-ce pas ? Le feu est éteint ? Personne n'a pris une photo de toi, Nikki, j'espère ?

— Oh ! il est éteint, lui a confirmé Brandon, pendant que Nikki secouait la tête. (Il avait son iPhone collé à l'oreille.) Et Nikki n'a rien. Mais la peinture de la carrosserie est fichue. Elle est bonne à refaire. Allô, Ken ? s'est-il mis à hurler dans l'appareil. Ken, c'est Brandon. Ils m'ont bousillé ma bagnole. Quoi ? La Murcielago, voilà laquelle. Pourquoi ? Comment veux-tu que je le sache ? Pour me faire réagir et placarder ma mine dégoûtée sur la couverture de tous leurs maudits torchons, voilà pourquoi. Pour quoi d'autre, sinon ?

— Je ne vois pas comment on va pouvoir avaler quoi que ce soit après ça, a soupiré Nikki en s'asseyant. (Elle a déplié sa serviette en lin blanc d'un claquement sec.) Les paparazzis sont devenus carrément incontrôlables. Comment ils ont pu faire une telle vacherie à ce pauvre Brandon ?

— Qu'est-ce qui te fait croire que ce sont les paparazzis ? lui a demandé Steven, en évitant soigneusement mon regard, tandis que le maître d'hôtel revenait avec son plateau d'argent.

Il déployait vraiment des trésors de dextérité pour ne pas s'étaler en butant sur les chiens qui s'ingéniaient à le faire trébucher.

— Qui d'autre sinon ? Brandon n'a jamais fait de mal à une mouche. Il est adorable. C'est un ange.

Je m'en suis étouffée avec la gorgée d'eau gazeuse que je venais d'avaler. Si Brandon était un ange, j'étais Belzébuth en jupons.

— Peut-être que c'était son père, ai-je suggéré, une fois remise de mes émotions.

— Hein ? a lâché Nikki, manifestement larguée. Son père lui offrirait une belle bagnole à Noël pour y mettre le feu après ? C'est débile. Pourquoi il ferait ça ?

— Parce qu'il sait peut-être que tu es là...

Nikki a changé de couleur.

— Tu crois ?

Oui, oui, je sais. Belzébuth en jupons, je vous dis. Pyromane des pages de mode. Top model de la perfidie. Traitez-moi de ce que vous voudrez, je m'en fiche. Ils m'avaient déjà greffé le cerveau, forcée à quitter l'homme de ma vie et ils allaient sous peu me faire défiler en soutien-gorge sur toutes les chaînes de télé d'Amérique – OK, un truc à dix millions de dollars. Mais un soutif quand même ! Alors, qu'est-ce qu'ils pouvaient bien me faire de pire ? Me tuer ?

Oui, eh bien, vous savez quoi ? J'étais déjà morte.

— Il pourrait avoir des soupçons, ai-je persévéré, sadique. Si c'est le cas, on doit faire vite. Il faut qu'on sache pourquoi il a essayé de t'assassiner. On pourra alors le poursuivre en justice et l'envoyer là où il ne pourra plus jamais te faire de mal.

— Comme je l'ai déjà dit à ma *mère*, m'a répliqué Nikki, l'air buté et le menton en avant, en insistant bien sur le mot « mère » d'un ton méprisant, quand elle a remis ça sur le tapis, l'autre jour : le père de Brandon n'a pas essayé de m'assassiner. Je ne sais pas où vous êtes tous allés chercher ça, mais...

— Dans le salon du Dr Fong, lui a patiemment expliqué sa mère. Où nous étions tous quand il a affirmé que tu n'avais pas fait une embolie, Nik...

— Mais ils l'ont quand même contraint à t'opérer, l'a interrompue Steven. Et ils allaient jeter ton cerveau à la poubelle ! Il t'a sauvé la vie en le transplantant dans ton nouveau corps. Comment faut-il te le dire pour que tu comprennes ? Alors, raconte-nous juste comment tu entendais faire chanter Robert Stark, qu'on rentre tous bien gentiment à la maison pour reprendre le cours normal de notre existence.

— Ah ! a raillé Nikki, les yeux soudain brillants de larmes. Tu crois ça ? Tu crois vraiment qu'on peut reprendre le cours normal de notre vie d'avant, hein ? Désolée, Steven, mais tu sembles oublier que ce n'est pas possible pour tout le monde. Et tu sais pourquoi, Steven ? Parce qu'IL Y A UNE AUTRE FILLE QUI VIT DÉJÀ DANS MON CORPS !

Ce regard qu'elle m'a balancé ! J'en ai eu des sueurs froides. Personne, pas même Whitney Robertson au lycée, qui, j'en suis sûre, me déteste plus qu'aucun être humain dans l'univers tout entier, et uniquement parce que, alors qu'on m'avait collée dans son équipe de volley en EPS, j'avais quelquefois raté la balle, personne, donc, ne m'avait jamais regardée avec une telle haine dans les yeux.

— Alors je ne vois pas comment je pourrais « reprendre le cours normal de mon existence », a achevé Nikki. Cette fille, assise là, à côté de toi, habite dans *mon* appartement, se sert dans *mon* compte en banque, est payée pour des contrats que *j'ai* signés et défile à *ma* place. Même *mon chien* la préfère à moi.

Elle pointait le doigt à travers la plaque de verre de la table, désignant Cosabella qui, assise à côté de ma chaise, la langue pendante, rivait sur moi des yeux pleins d'espoir, en attendant que je lui refile un peu du plat du jour (ce qui m'était déjà arrivé, je dois bien le reconnaître).

— Alors, tu m'excuseras, poursuivait Nikki, si je ne suis pas très pressée de me tirer d'ici. Il se trouve, figure-toi, que les choses me conviennent parfaitement telles qu'elles sont. Surtout si j'étudie mes autres options. Parce que, si tu crois que je vais retourner vivre à Gasper-les-Oies, dans le fin fond de la cambrousse *made in USA*, avec maman et toi, eh bien, je te conseille de revoir ta copie, Steven. Parce que je ne retournerai jamais là-bas. Ja-mais.

— Nikki...

Je me sentais affreusement mal à cause de ce qui lui était arrivé. Non, sérieux. Bon, rien de tout ça n'était ma faute... Hé ! ce n'était pas moi qui avais choisi d'être le nouveau cerveau derrière le « Visage de Stark », je vous signale... N'empêche. J'avais l'impression de lui devoir quelque chose.

Mais il fallait que j'échappe au contrôle de Brandon Stark avant de devenir complètement dingue.

Ou de lui mettre le feu ailleurs, si vous voyez ce que je veux dire....

— ... peut-être qu'on peut trouver une solution, lui ai-je suggéré, baissant d'un ton au cas où, tout captivé qu'il soit par son coup de fil, Brandon aurait pu surprendre notre conversation.

Elle a plissé les yeux.

— Comment ça, « trouver une solution » ?

— Eh bien... (Tout juste si je ne chuchotais pas.) Je pourrais te rendre ton argent ou un truc de ce genre. Je pourrais aussi te redonner une part de tout ce que je vais toucher à partir de maintenant. Un pourcentage sur mes prochains contrats, tu vois.

Nikki s'est calée contre son dossier. Le maître d'hôtel avait posé des assiettes de salade artistiquement composée devant chacun de nous, y compris devant la chaise vide de Brandon, lequel faisait encore les cent pas au pied de l'escalier, toujours au téléphone avec son avocat. De temps en temps, un éclat de voix nous parvenait. Ça donnait quelque chose comme : « Comment ça, j'ai besoin de preuves ? » ou « Non, je ne vois pas pourquoi je le devrais ! »... : pas de doute, il était bien plongé dans son petit monde. On était tranquilles.

— Cela me semble honnête, Nikki, est intervenue Mme Howard, en faisant machinalement tourner une feuille de salade dans son assiette avec sa fourchette. Tu devrais prendre le temps d'y réfléchir.

— C'est tout réfléchi, lui a rétorqué sa fille. Elle ne me propose rien que je n'aurais déjà, si tout ça n'était pas arrivé. Moins même, en fait.

— Mais, Nikki, tu sembles oublier que tu as brisé ta carrière toute seule en voulant faire chanter ton patron, lui a rappelé Steven, d'une voix trop forte pour ne pas trahir son agacement. Il aurait dû te virer à cause de ça. Il a préféré essayer de te liquider. De toute façon, ce serait Emerson qui se taperait tout le boulot.

Nikki l'a regardé comme si elle avait affaire à un parfait demeuré.

— Parce que tu crois que faire le mannequin, c'est du *boulot* ? l'a-t-elle apostrophé. Se faire payer pour se balader dans des robes à cinq mille dollars pendant que tout le monde est aux petits soins, te maquille, te coiffe et t'inonde, en plus, de compliments pendant qu'on te shoote ? Mais ce n'est pas du boulot, ça, mon vieux. C'est l'éclate totale.

Je ne voyais pas du tout de quoi elle voulait parler. « Faire le mannequin » c'était un job, un vrai. Bon, évidemment, ce n'est pas comme passer des heures devant une bassine à frites chez McDo dans un uniforme en polyester, à te mettre de la graisse partout, pour un salaire de misère, pendant que les gens te crient dessus parce qu'ils veulent un Coca Light avec leur Big Mac, leurs frites, leurs nuggets et leur chausson aux pommes. Et plus vite que ça !

Mais je n'avais jamais bossé aussi dur de ma vie que sur les quelques séances photos auxquelles on m'avait envoyée. Cette histoire de « sourire avec les yeux » que Tyra répétait en boucle ? Oui, eh bien, ce n'était pas si facile que ça, figurez-vous. Surtout quand on est en bustier et en string, plantée dans la flotte gelée jusqu'aux fesses.

— Écoute Nikki, l'ai-je interpellée. (Je trouvais qu'on commençait à s'éloigner du sujet.) Avec tout cet argent, tu ne serais pas obligée de vivre à Gasper. Tu pourrais t'installer dans un duplex avec gardien, jacuzzi et salle de gym perso à SoHo.

— Pour y faire quoi ?

— Tu pourrais aller au lycée, a aussitôt proposé Mme Howard, qui sautait manifestement sur l'occasion.

Nikki a eu un petit rire mauvais.

— Mais oui, maman, bien sûr ! a-t-elle persiflé, en levant les yeux au ciel.

— Qu'y a-t-il de si ridicule ? C'est une excellente idée, au contraire. Les domaines dans lesquels tu pourrais obtenir des diplômes ne manquent pas, des domaines que tu connais déjà parfaitement et dans lesquels je suis sûre que tu excellerais, vu l'expérience professionnelle que tu en as : la photographie, le stylisme de mode, le marketing, le commerce, la publicité, les relations presse, les médias, la négociation des contrats d'artiste, le droit des professions artisti…

— Il n'y a qu'une chose que je veux, l'a coupée sa fille d'une voix tranchante.

— Et c'est quoi ? lui ai-je demandé.

Oh non ! pas le chien ! ai-je prié intérieurement. Je n'étais pas persuadée de pouvoir me séparer de Cosabella. Pendant ces quelques mois où j'avais appris à la connaître, je m'étais réellement attachée à cette petite bête, et réciproquement. En même temps, ce n'était pas toujours évident d'avoir un truc poilu à quatre pattes qui me suivait comme une ombre.

Mais je m'y étais habituée. Plus ou moins.

Bon, si ce n'était pas son caniche nain, qu'est-ce que Nikki pouvait bien vouloir ? Je lui avais déjà offert tout l'argent que j'avais et un pourcentage sur mes futurs cachets. Est-ce que j'aurais dû lui proposer de prendre *tous* mes cachets ? Ça n'allait pas être facile pour rembourser l'emprunt du loft...

Non, attendez. Est-ce que c'était le *loft* qu'elle voulait ? Est-ce que j'allais être obligée de déménager ? Et Lulu ? Lulu me versait un loyer pour habiter chez moi...

Bon, eh bien, j'imagine qu'on pourrait toujours déménager...

— Ce que je veux, a proclamé Nikki, sur un ton que je n'avais encore jamais entendu, je crois, pas même dans la bouche de Whitney Robertson quand elle me balançait, à travers toute la classe, que je n'avais sans doute pas la moindre idée de ce qu'était un après-shampooing, c'est *récupérer mon corps* !

4

J'étais sciée.

J'ai regardé ce corps dont Nikki parlait. *Son* corps. Le corps dans lequel je m'étais réveillée, il y avait tant de mois maintenant, complètement désorientée, perdue. Le corps avec lequel j'avais dû m'habituer à me voir, m'habituer à marcher, à me mouvoir, à *vivre*. Ce corps à cause duquel j'avais tant souffert, physiquement, psychologiquement, affectivement, et qui m'avait tellement surprise aussi à mesure que j'essayais de m'y accoutumer.

Ce corps que j'avais détesté, traité de tous les noms, maudit, rejeté, refusant de croire et d'accepter que c'était désormais le mien.

Ce corps auquel, j'en étais alors convaincue, je devais tous mes malheurs et qui était en train de mettre ma vie en l'air.

Et puis, plus tard, ce corps dans lequel j'avais tant ri, en faisant des batailles de chantilly dans la cuisine avec Lulu. Et qui m'avait tellement émerveillée, quand j'avais senti ce qu'il pouvait faire sur un tapis de jogging, éprouvant même l'euphorie du coureur de fond pour la première fois de ma vie. (Ce n'était pas avec l'exercice physique que je pratiquais avant, dans mon ancien corps, que ça risquait d'arriver. Surtout pas en EPS – sauf pour éviter les ballons de volley que Whitney Robertson m'envoyait en pleine poire dans des smashes dévastateurs.)

Et, enfin, qui m'avait procuré tant de bonheur, lorsque, allongée à côté de Christopher, j'avais senti ses lèvres sur les miennes, son cœur battant contre le mien.

Et j'ai compris (ça m'a fait un choc aussi violent que de me retrouver dans l'eau glacée en me laissant tomber d'une falaise, comme ça m'était arrivé il n'y avait pas si longtemps) que je n'avais aucune envie de m'en séparer.

Hors de question.

Je l'avais peut-être détesté par moments. J'aurais peut-être tué pour récupérer ma vie d'avant, à une certaine époque.

Mais, maintenant, j'avais changé de vie. Et cette nouvelle vie-là était la seule que j'aurais jamais.

Et je n'avais pas l'intention d'y renoncer.

— Il faudra d'abord me passer sur le corps, s'est indignée Mme Howard, résumant assez bien (avec un sens de la formule qui tue), ce que j'étais précisément en train de me dire.

— Eh bien, encore une chance qu'on ne parle pas de *ton* corps, maman, alors, lui a répliqué Nikki, en lui jetant un regard noir. Et, puisque c'est le cas, pourquoi est-ce que tu ne t'occupes pas plutôt de tes oignons ?

— Nikki ! s'est exclamée Mme Howard, en reculant brusquement sa chaise pour se lever, ulcérée. Le Dr Fong et moi avons passé des semaines à ton chevet. Tu as failli *mourir* des suites de cette opération. Ton nouveau cœur ne supportait pas le stress d'une si longue anesthésie. C'est un miracle que tu aies survécu. Et sans lésion cérébrale.

— Ça, c'est moins sûr, a ironisé Steven, avec cet art consommé du sarcasme dont seul un frère sait faire preuve envers sa frangine adorée.

— Toi, ça va, hein ! lui a balancé l'intéressée.

Signe que j'avais appris à déchiffrer, elle avait de nouveau relevé le menton : elle n'en démordrait pas. Elle s'est tournée vers sa mère.

— Je suis prête à prendre le risque. Je veux retrouver ma vie d'avant. TOUTE ma vie d'avant. Mon corps compris. Rendez-le-moi et je vous dis ce que vous voulez savoir. C'est ça ou rien.

Ouah !

J'avais déjà eu l'occasion de découvrir quelques facettes du caractère de Nikki, depuis qu'on faisait chambres communicantes.

Mais je ne l'avais jamais vue aussi butée.

— Ne sois pas ridicule. Je ne parviens pas à imaginer comment une telle opération serait possible, lui a fait remarquer Mme Howard, en lançant un coup d'œil implorant vers Brandon. Sachant que les seuls chirurgiens à même de la pratiquer travaillent pour le père de Brandon à l'ISNN, comment pourrait-il les convaincre de faire une chose pareille derrière son dos ?

— Le Dr Fong peut le faire, lui a rétorqué Nikki. Il l'a déjà fait pour moi. Qu'est-ce qui l'empêche de recommencer ?

Eh bien, euh... oui, ça se tenait.

J'ai regardé mes mains, ces élégantes mains que je m'étais habituée à voir au bout de ces longs bras graciles aux poignets délicats. Ces mains qui avaient tellement tremblé, la première fois que j'avais essayé de m'alimenter après la greffe. Ces mains avec lesquelles j'avais dû apprendre à écrire un autre nom, le nom de Nikki, sur tous ces bouts de papier que ses fans me flanquaient sous le nez, dès que je mettais le pied dehors, pour obtenir un autographe. Ces mains qui s'étaient glissées sous le blouson de cuir de Christopher, il y avait... si peu de jours que ça, vraiment ? et qui avaient touché sa peau, brûlante sous la mienne.

Mais j'imagine qu'elles n'avaient jamais été mes mains, en fait.

C'étaient les siennes. Les mains de Nikki.

Et, maintenant, elle voulait les récupérer.

J'ai fermé les poings. Les poings de Nikki.

C'étaient peut-être *ses* mains. Mais, sans *mon* cerveau, elles n'auraient rien fait de tout ça.

— Le Dr Fong ne dispose pas de l'équipement nécessaire pour procéder à une opération aussi compliquée, tu le sais bien, plaidait cependant Mme Howard. Pourquoi crois-tu donc que tu as mis beaucoup plus de temps à te rétablir qu'Em – sans compter que tu as failli mourir, ton nouveau corps n'étant pas aussi athlétique que l'ancien ? Parce que le Dr Fong n'avait pas accès à...

— Ben, on n'a qu'à installer une salle d'op ici, l'a coupée Nikki. Si Brandon tient tellement à obtenir cette info, il y mettra le prix. Il paiera ce qu'il faut pour me donner ce que je veux. N'est-ce pas, Brandon ?

— Oh, Nikki ! s'est lamentée sa mère. Ne sois pas si...

— N'est-ce pas, Brandon ? a insisté Nikki.

Stark junior, qui venait de fourrer son iPhone dans sa poche pour aller s'asseoir à sa place, en bout de table, a relevé les yeux de son assiette pour prononcer ces mots qui m'ont filé la chair de poule (j'ai cru que mon cœur – enfin, que le cœur de Nikki – s'arrêtait) :

— Euh... faut croire.

Attendez, là. Il envisageait sérieusement une horreur pareille ? Est-ce qu'il savait de quoi on parlait, au moins ?

— Vous voyez ! s'est exclamée Nikki, les yeux brillants. Comme ça, c'est entendu. Affaire conclue.

Et ce n'étaient plus les larmes qui faisaient briller ses yeux, cette fois, mais des étincelles de triomphe. Elle exultait. « Chouette ! semblaient-ils dire, maintenant que c'est réglé... »

— Non. (Steven avait levé la tête et la tournait lentement pour planter un regard métallique dans celui de sa sœur.) Non, Nikki.

Juste un mot, un seul. Mais catégorique. « Non. »

Que je l'aimais, ce Steven ! Il avait beau être le frère de Nikki, moi, il était mon héros.

— Comment ça, « non » ? s'est rebiffée Nikki, en pivotant d'un bloc vers son frère.

Personne ne disait non à Nikki Howard. J'étais bien placée pour le savoir.

— ... S'ils l'ont enlevé, ils peuvent le remettre, non ? Vous m'avez demandé ce que je voulais pour vous refiler mes infos ? Eh bien, voilà ce que je veux : je veux récupérer mon corps.

— Peut-être, mais c'est impossible, l'a rembarrée Steven d'un ton sans réplique. Ça pourrait la tuer. Ça pourrait *te* tuer. Tu ne peux quand même pas lui demander de risquer sa vie. Elle l'a déjà fait une fois. Tu ne peux pas lui demander de recommencer.

— Oh que si ! a-t-elle sifflé, les yeux plissés. Je veux donc je peux.

Et, dans ce « Je veux donc je peux », j'ai vu apparaître devant moi cette fille de l'Amérique profonde qui avait quitté son bled paumé, bien décidée à bouffer le monde, et n'avait même pas attendu d'avoir seize ans pour se faire émanciper, quitte à briser le cœur de sa mère.

Et qui signait son premier contrat à un million de dollars, une semaine après.

— Non, a répété son frère, avec la même ténacité. Tu vas trop loin.

Et, dans ce « non », j'ai vu apparaître ce garçon qui s'était construit tout seul, « à la sueur de son front » comme aurait dit mon père, le soldat dont ma coloc était raide dingue et dont elle me demandait des nouvelles d'une voix haletante, dès qu'elle m'appelait.

Cette fois, c'étaient bien des larmes qui faisaient briller les yeux de Nikki. Elle nous a tous foudroyés du regard.

— Personne ne pense à moi ! s'est-elle récriée.

Oh ! n'allez pas croire qu'elle avait baissé les bras. Ç'aurait été mal la connaître. Non, sa résolution était intacte. Elle orientait juste ses efforts dans une autre direction. Je la soupçonnais fortement de jouer les pleureuses pour tenter de nous attendrir.

— À ce que je ressens, moi, a-t-elle insisté. Quel effet vous croyez que ça me fait de savoir que je vais être obligée de me balader toute ma vie dans ce corps... cette espèce de sac, de ressembler jusqu'à la fin de mes jours à un laideron ?

Elle s'est écroulée sur la chaise la plus proche, se cachant la tête dans les bras pour éclater en sanglots sur la table.

Brandon et Steven ont échangé des coups d'œil incrédules, pendant que Mme Howard se précipitait vers sa fille pour la consoler.

— Nikki, a-t-elle tenté de la raisonner, comment peux-tu dire une chose pareille ? Tu es juste une jeune fille normale, une fille saine et pleine de vie. Certes, tu ne ressembles plus à celle que tu étais avant. Mais tu n'es pas laide. Tu es différente, tout simplement. Et, à mes yeux, tu seras toujours belle, ma chér...

— « Normale » ? s'est étranglée Nikki, comme si sa mère venait de l'injurier. « Saine et pleine de vie » ? Tu veux rire, j'espère. Je ne veux pas être « normale », moi. Je ne veux pas avoir l'air « saine et pleine de vie », ni belle « à tes yeux ». Je veux redevenir la bombe que j'étais ! Je ne veux pas me retrouver coincée dans le corps de ce boudin, avec une tête banale de fille banale, avec cette tignasse tellement nulle qu'on ne peut rien en tirer ! Je veux être canon ! Je veux être sexy ! JE VEUX ÊTRE NIKKI HOWARD !

Je ne sais pas si c'était mon imagination, mais j'ai eu l'impression que ces mots ricochaient sur les vitres, comme un écho résonnant dans toute la pièce autour de nous. « JE VEUX ÊTRE NIKKI HOWARD ! JE VEUX ÊTRE NIKKI HOWARD ! JE VEUX ÊTRE NIKKI HOWARD ! »

— Eh bien, tu ne peux pas, s'est énervée Mme Howard, perdant patience. Et tu ne vas pas aller loin, si tu ne cesses de te rabaisser comme tu le fais. Regarde-toi donc dans la fenêtre, là, devant toi, et tu verras ce que je vois : une jolie jeune fille intelligente et pleine d'avenir…

Mais Nikki ne voulait pas lever la tête. Elle était trop occupée à pleurnicher dans son collier m'as-tu-vu.

Si la vraie Nikki s'y refusait, moi je l'ai fait. Et ce que j'ai vu, c'était mon reflet… le reflet que Nikki avait contemplé toute sa vie.

La perfection incarnée. Pas un défaut, pas un cheveu qui dépasse. L'exact portrait de la fille qu'on s'attend à voir en couverture des magazines, dans un défilé avec une robe de couturier sur le dos ou dans une pub pour bijou de grand joaillier. Le genre qui vous dit ce qu'il faut acheter, où il faut aller, ce qui est tendance ou carrément dépassé.

Et, parce qu'elle est si parfaite – enfin, d'après les critères qu'on nous a imposés depuis si longtemps comme étant ceux de la perfection –, on la croit. On veut acheter ce qu'elle nous vend, aller où elle nous recommande d'aller. Il faut absolument qu'on ait ce qui, comme elle nous l'assure, constitue le top de la branchitude.

À condition de ne pas faire partie, comme moi, de ces gens auxquels elle donnait la nausée. Qu'est-ce que j'avais besoin d'une Nikki Howard pour me dire comment m'habiller, quoi acheter et où aller ? Je n'avais jamais pu supporter la vue de ce corps parfait et de ce beau visage de papier glacé qui me regardait de haut, sur les murs des immeubles, ou me lançait des coups d'œil complices à travers les pages des magazines.

Et voilà que ce visage et ce corps étaient désormais les miens. J'aurais beau courir comme une dératée, où que j'aille, je ne pouvais plus y échapper. Son visage était devenu mon visage. Je touchais ce qu'elle touchait. Je vivais ce qu'elle vivait.

Mais le truc, c'est que je ne pouvais pas imaginer une seule seconde ne pas être Nikki Howard. Plus maintenant. On ne faisait plus qu'une, elle et moi.

Et, je devais bien l'admettre… ça ne me déplaisait pas. Non, sérieux. Bon, ce n'était pas toujours facile d'être Nikki. Mais c'était ma vie.

Dorénavant, *j'étais* Nikki Howard.

Sous la table, j'ai senti Cosabella – qui avait fini par comprendre que je n'allais pas partager mon dîner avec elle – poser son petit museau sur mon pied avec un soupir résigné. C'était sa place, la place qu'elle occupait à chaque repas, et, pour moi, une sensation agréable et familière, chaude et douce comme du velours…

J'ai brusquement relevé la tête.

Si Nikki réussissait à obtenir ce qu'elle demandait, je ne sentirais plus jamais la chaleur de Cosabella sur mon pied !

Oh ! après tout, je pourrais toujours acheter un autre caniche nain… si je survivais à l'opération. Ce ne serait pas le même chien, forcément. Ce ne serait pas ma Cosy d'amour. Mais ça irait.

Hein ?

De toute façon, même si je leur faussais compagnie, même si je me sauvais cette nuit avec Cosabella, ils me retrouveraient. Brandon saurait immédiatement où j'étais. J'avais la tête la plus connue de la planète. Bon, peut-être qu'il existait une tribu perdue dans les fins fonds de l'Amazonie qui n'avait jamais vu Nikki Howard, et encore !

Et puis, combien de temps je pourrais tenir sans le câble ? (Et je ne parle même pas des chaînes cryptées. Mais plus de *Bravo*, plus de *BBC America* ?) Argh ! moi qui pétais un plomb au bout de quelques heures, si je ne pouvais plus pianoter sur Internet !

Non, il fallait regarder les choses en face : j'étais fichue.

— NON, a répété Steven. Ce que tu veux est trop dangereux. Et il n'y a aucune raison médicale pour justifier une telle intervention. Pas un seul chirurgien digne de ce nom ne voudra la pratiquer. Pas même le Dr Fong.

— Mais pourquoi..., a sangloté Nikki, en se redressant – et en nous montrant, par la même occasion, que son mascara avait coulé. Pourquoi tout le monde me déteste ?

— Nikki, s'est émue sa mère, personne ne te déteste. Ce n'est pas ça. C'est parce que toutes les deux, vous...

— C'EST PAS À TOI DE DÉCIDER ! s'est égosillée Nikki. C'EST À BRANDON !

Le maître d'hôtel, qui revenait justement avec un plateau vide pour débarrasser la table, a aussitôt fait demi-tour direction les cuisines – au grand dam de Harry et Winston qui l'ont suivi des yeux avec regret. Apparemment, il avait compris que ce n'était pas le meilleur moment pour interrompre la conversation.

— Hein ? a fait distraitement Brandon, en s'apercevant que tous les regards étaient braqués sur lui. Mais oui, s'est-il immédiatement repris. Si c'est ce que Nikki veut, c'est ce qu'elle aura. Il n'y a qu'elle qui compte.

J'ai senti un grand froid m'envahir, aussi froid que l'épaisse plaque de verre de la table sous mes doigts. Mon sang s'est glacé dans mes veines. Et puis j'ai eu l'impression que mon cœur se figeait et que cette paralysie gagnait tous mes membres. Je n'ai bientôt plus perçu d'autre chaleur que celle de la tête de Cosabella posée sur mon pied. Tout le reste était gelé.

— Et le Dr Fong fera ce qu'on lui dira de faire, poursuivait Brandon. Sinon je le traînerai devant le Conseil de l'Ordre pour violation d'au moins dix mille principes éthiques qui régissent l'exercice de la médecine, avec cette histoire de permutation-interversion ou je ne sais quoi, déjà, pour commencer. Pas vrai, Nik ?

Non, *maintenant* ? C'était *maintenant* qu'il se décidait à faire ami-ami avec Nikki ? Juste au moment où j'avais plus que jamais besoin de lui !

Oh Seigneur ! Cette fois, ils n'allaient pas y couper, j'allais rendre mon entrée.

Nikki a cessé net de pleurer pour se mettre à piailler, toute surexcitée. Elle a bondi de sa chaise et a couru se jeter dans les bras de Brandon, lui sautant pratiquement sur les genoux pour se pendre à son cou.

— Oh ! merci, merci ! s'est-elle écriée. Je t'adore, Brandon !

— Non, je le crois pas, a marmonné Steven.

Il s'est levé et a quitté la table sans un mot pour se diriger vers l'escalier.

J'aurais voulu lui crier : « Ne t'en va pas, Steven ! Ne t'en va pas ! » Mais je ne pouvais pas parler : mes lèvres, comme tout le reste, étaient gelées.

Nikki l'a interpellé, visiblement interloquée :

— Steven ? Tu ne veux pas rester pour le filet mignon ? Enfin… on a quand même quelque chose à fêter, là, je veux dire.

— Non, lui a balancé Steven par-dessus son épaule. Vraiment pas.

Quelques secondes plus tard, on entendait claquer la porte de sa chambre.

Nikki a alors tourné un regard accusateur vers sa mère.

— C'est quoi son problème ?

— Il est contrarié, lui a répondu Mme Howard, désemparée. Moi aussi, Nikki. Je ne crois pas que vous ayez bien réfléchi à ce que tout ceci impliquait, Brandon et toi. Ni pris en compte cette pauvre Em. C'est complètement absurde – et, de surcroît, contraire à la morale – de pratiquer une opération risquée qui peut coûter la vie à deux jeunes filles en pleine santé pour une simple question de vanité.

— Il ne s'agit pas de « vanité », maman, lui a rétorqué froidement Nikki. C'est ma vie. Et je veux la récupérer. Steven peut faire la tête autant qu'il voudra. Il n'a jamais été dans ma situation, lui. Il ne sait pas. N'est-ce pas, Brandon ?

— Hmm…, a marmonné l'intéressé qui était en train de taper un texto sur son portable pendant qu'elle parlait. Tu disais, bébé ?

Elle a tourné la tête.

— Brandon ! Est-ce que tu serais en train d'envoyer un texto derrière mon dos ?

— Pardon, bébé. C'est mon avocat. Pour la voiture. Il pense que je devrais pouvoir porter plainte au civil.

— Ah ! a-t-elle maugréé, répondant au parfait sourire beau gosse qu'il lui adressait par une petite grimace crispée. Peut-être que tu ferais mieux d'appeler le Dr Fong et de commencer à prendre les dispositions pour faire livrer tout le matériel médical ici.

— Euh… Absolument. On peut dîner avant ?

— Bien sûr, bébé, lui a-t-elle susurré, en lui caressant amoureusement la joue.

Elle s'est penchée pour lui déposer un tendre baiser sur les lèvres.

Et moi j'étais toujours là, immobile, entièrement focalisée sur le poids et la chaleur de la tête de Cosabella sur mon pied. Je n'osais pas laisser dériver mes pensées. Si jamais je cessais de les canaliser là-dessus, je savais que je me mettrais à sangloter encore plus fort que Nikki tout à l'heure.

Si tant est que quelque chose puisse passer à travers mes canaux lacrymaux gelés, évidemment.

Mais à quoi je m'étais attendue exactement ? J'étais prisonnière ici, après tout. Je l'avais toujours été, en fait, depuis le jour de l'opération. C'est juste que je ne m'en étais pas rendu compte avant. Je n'avais pas voix au chapitre, aucun droit. Si Brandon voulait installer une salle d'op maison dans le garage et faire venir un chirurgien pour m'enlever le cerveau et le coller dans le corps d'une autre fille, je ne pouvais pas l'en empêcher.

Non, je ne pouvais pas, hein ?

Hein ?

Si je ne m'étais pas sentie si isolée, si tétanisée, comme si j'avais de la glace dans les veines, j'aurais peut-être eu les idées assez claires pour réfléchir.

Mais comme je restais là, à regarder mon reflet dans la baie vitrée qui donnait sur l'océan noir, je ne parvenais à penser à rien, si ce n'est à combien je me sentais isolée et à ce froid… j'avais si froid, si froid…

Oui, j'étais totalement livrée à moi-même et il n'y avait personne, vraiment personne, pour me sortir de là.

5

J'étais dans mon lit, dans la villa de Brandon, et je rêvais.

Dans mon rêve, Christopher était venu me sauver. En fin de compte, il ne m'en voulait pas de cette ridicule histoire comme quoi j'avais prétendu que je n'étais pas amoureuse de lui mais de Brandon

C'était même tout le contraire. Nos retrouvailles étaient plutôt… enjouées. Pour ne pas dire passionnées. Du coup, le sang qui s'était glacé dans mes veines était redevenu… chaud, très très chaud… chaud à rejeter les couvertures, chaud à avoir les cheveux qui vous collent dans la nuque.

Dans mon rêve, Christopher m'embrassait… doucement d'abord. Il s'amusait à déposer des petits bisous sur mes lèvres, légers comme le duvet de l'édredon que j'avais repoussé pour découvrir mes cuisses nues…

Alors, je lui ai rendu ses baisers pour lui prouver que c'était bien vrai, que je n'avais jamais aimé Brandon. Comment j'aurais pu aimer un mec pareil, franchement ? Nos baisers se sont prolongés… approfondis… enfiévrés. Mes lèvres se sont entrouvertes sans que j'y sois pour rien, quand j'ai senti ses doigts s'enfouir dans mes cheveux déployés en éventail sur l'oreiller. Sa bouche était fraîche contre la mienne (il ne devait pas faire chaud dehors) et la fermeture métallique de son blouson de cuir m'a fait l'effet d'une décharge électrique sur ma peau brûlante, lorsqu'il s'est penché en travers du lit pour se plaquer contre moi en chuchotant mon nom…

J'étais tellement soulagée qu'il ne m'ait pas crue quand je lui avais dit que je ne l'aimais pas, ce matin-là, dans le froid, devant la maison du Dr Fong. Il avait compris que Brandon m'avait forcée à lui mentir.

Ce qu'il ne savait pas, c'était pourquoi.

S'il n'avait pas gobé le bobard de Brandon, c'était parce qu'il m'avait toujours aimée, moi. Pas Nikki, la fille qui lui avait arraché le cœur pour l'écraser avec ses Louboutin.

Moi, Em. La fille dont il avait gardé la photo au-dessus de son bureau durant tous ces longs mois.

La fille qu'il avait crue morte pendant si longtemps.

Sauf que… si c'était bien ça, si Christopher n'avait pas avalé cette histoire… alors, pourquoi ne m'avait-il pas appelée ?

Parce que Christopher ne t'aime plus, s'est chargée de me rappeler une petite voix dans mon rêve…

Attendez un peu ! Qu'est-ce que c'était que ce rêve ? Mais il ne me plaisait pas du tout, finalement.

J'ai ouvert les yeux avec un hoquet de terreur en sentant une main se plaquer sur ma bouche. Argh ! Mais je ne rêvais pas ! Tout ça était bien réel !

Je savais qui c'était, forcément. Qui vouliez-vous que ce soit ? Qui avait essayé d'ouvrir ma porte toutes les nuits depuis une semaine (sans succès, vu que j'avais pris la précaution de la fermer à clef chaque soir) ? J'étais sûre que cette main sur ma bouche était masculine, même s'il faisait noir dans ma chambre et que je ne pouvais pas voir à qui elle appartenait. Sa largeur et son poids ne trompaient pas.

Alors, naturellement, j'ai fait la seule chose que je pouvais faire : j'ai planté mes dents dans la chair et j'ai serré de toutes mes forces.

Qu'est-ce que vous vouliez que je fasse d'autre ? Brandon s'était faufilé dans ma chambre au beau milieu de la nuit pour… eh bien, pour faire ce que ce genre de type fait aux filles endormies. Comment osait-il tenter d'abuser de moi alors même que j'étais en train de rêver d'un autre ? De quelqu'un pour lequel j'avais vraiment des sentiments.

Je l'ai mordu au sang et je n'ai pas lâché jusqu'à ce que j'entende les os craquer.

— Aïe ! Put… ! Em ! a juré une voix rauque dans un souffle.

La main masculine a brusquement quitté mon visage et, pendant une ou deux secondes, j'ai entendu un frottement de cuir… le frottement d'une manche contre un blouson comme quand quelqu'un secoue la main.

Attendez un peu. Mon cerveau embrumé a essayé de donner un semblant de sens à ce qui m'arrivait. Pourquoi Brandon aurait-il porté une veste de cuir *dans* la maison ?

— Qu'est-ce qui te prend de me mordre comme un chien enragé ? a murmuré Christopher.

Non, je délirais. Christopher ? Dans ma chambre ? Ici, dans la villa de Brandon ? Mais qu'est-ce qu'il faisait là ? Comment avait-il pu entrer ? Je n'avais pas rêvé alors ? Il m'avait vraiment embrassée ?

Je me suis redressée si brutalement que Cosabella, qui était roulée en boule dans mon cou, a valdingué.

— Christopher ? ai-je murmuré. C'est bien toi ? Oh là là ! Je t'ai fait mal ? Tu saignes ?

— Évidemment que c'est moi ! Qui veux-tu que ce soit ?

Il avait l'air tellement furax que j'ai eu envie de lui attraper la tête pour recommencer à l'embrasser à pleine bouche, comme dans mon rêve... si c'était réellement un rêve et pas un réel de rêve... Seul Christopher pouvait se mettre en rogne contre moi comme ça. Mon Christopher, si génial, si sidérant, si chatouilleux parfois...

— Attends. Ne me dis pas que Stark est déjà venu en douce ici. C'est pour ça que tu as verrouillé ta porte ? J'ai été obligé d'utiliser ma carte de bibli pour entrer. Sérieux, s'il a essayé d'entrer dans ta chambre, je vais le tuer !

J'ai complètement oublié que j'étais censée rabrouer Christopher sous peine de voir Brandon détruire tout et tous ceux que j'aimais.

J'ai oublié que j'étais censée prétendre qu'on était ensemble maintenant, Brandon et moi.

J'étais tellement chamboulée de voir Christopher assis sur le bord de mon lit, exactement comme dans mon rêve, que je lui ai sauté au cou. Je l'ai serré contre moi et je me suis juré de ne plus jamais le lâcher. Je me fichais bien que le métal de sa fermeture Éclair et des rivets de son blouson me fassent frissonner, comme autant de glaçons posés sur ma peau nue (enfin, celle qui n'était pas couverte par mon pyjashort rose – qui, il faut bien le dire, ne cachait pas grand-chose), exactement comme dans mon rêve.

— Oh ! Christopher ! Je suis si contente de te voir ! ai-je soufflé, en aspirant avec bonheur l'odeur d'embruns dont ses cheveux étaient encore tout imprégnés.

— Moi aussi, m'a-t-il répondu, en m'étreignant à son tour – fort. Et ne t'inquiète pas pour ma main. Je suis sûr que c'est superficiel.

J'ai étouffé un éclat de rire. J'étais à moitié hystérique. Mais je m'en fichais éperdument. C'était tellement génial d'être dans ses bras.

Christopher ! Christopher était là !

— Mais qu'est-ce que tu fais ici ? ai-je chuchoté dans la pénombre.

Il a desserré son étreinte, juste assez pour me dévisager. À un moment donné, pendant que je dormais, un croissant de lune avait dû apparaître. J'apercevais un vague rai de lumière entre les rideaux, à l'autre bout de la pièce. Il ne faisait pas assez clair pour que je puisse distinguer ses traits, vu qu'il était dos à la fenêtre, mais lui pouvait me voir.

— Tu crois vraiment que j'aurais pu avaler un truc aussi énorme ? J'y ai peut-être mis le temps, mais j'ai fini par comprendre qui tu étais vraiment, Em. Accorde-moi au moins ça. Et maintenant que je sais que c'est toi, je ne vais certainement pas te laisser me filer entre les doigts.

Mon cœur a exécuté un salto arrière. Je me cramponnais toujours à lui. Même s'il l'avait voulu, je crois bien que je n'aurais pas pu le lâcher – coup de chance, il n'avait pas l'air de le vouloir non plus.

Bien au contraire. Il s'est penché pour m'embrasser et, quand nos lèvres se sont frôlées, j'ai *su* que je n'avais pas rêvé. C'était vraiment lui qui m'avait embrassée. Qui m'avait embrassée jusqu'à me réveiller. Pas étonnant que j'aie eu si chaud...

Et que ses baisers recommencent à me faire l'effet qu'ils m'avaient fait avant, m'enveloppant dans un cocon protecteur, doux et ouaté... Je ne m'étais pas sentie autant en sécurité depuis... eh bien, depuis qu'il m'avait enlacée, si brièvement hélas ! dans la chambre du loft, pendant la fête que Lulu avait organisée pour célébrer le début des vacances.

Et, exactement comme ce soir-là, avant que je ne comprenne ce qui m'arrivait, Christopher prenait doucement mon visage entre ses mains, ses lèvres cherchaient les miennes...

… et puis je m'enfonçais… je m'enfonçais lentement dans les oreillers moelleux avec Christopher tout contre moi. À un moment donné, il avait dû se débarrasser de son blouson et il était maintenant à moitié étendu sur le lit…

Mais carrément sur moi. Et je ne prétendrai pas que ce n'était pas super agréable comme sensation. D'accord, d'accord, on avait des trucs urgents à se dire. Il y avait des choses que je devais savoir et des choses qu'il fallait que je lui explique.

Mais comment voulez-vous y penser sérieusement avec ses lèvres qui faisaient des trucs si passionnants sur les miennes et ses mains – hum, ses mains – qui avaient quitté mon visage pour tirer sur mon…

— Chris… Christopher, ai-je haleté, en détachant à regret ma bouche de la sienne.

C'était le plus gros effort que j'aie jamais accompli de toute ma vie. Parce que, dans cette chambre plongée dans l'obscurité, il n'y avait rien que je désirais plus au monde que de le laisser continuer à faire ce qu'il était en train de faire.

Mais je ne le pouvais pas. Il fallait que quelqu'un garde la tête froide. Et j'avais comme l'impression que ce ne serait pas lui.

— Il faut qu'on se concentre.

— Qu'on se concentre, a-t-il répété. (Il avait les yeux mi-clos et le regard un peu flou.) Carrément.

Ce qui ne l'a pas empêché de se repencher pour m'embrasser.

Ce n'était pourtant pas l'envie qui m'en manquait, mais je savais que je ne pouvais pas le laisser faire.

— Non.

J'ai esquivé son baiser et je lui ai échappé pour m'asseoir à l'autre bout du lit où Cosabella faisait sa toilette. Je l'ai prise dans mes bras pour m'en servir de bouclier canin anti-garçon, genre.

— Sérieux. Moi aussi je suis contente de te voir. Mais il faut qu'on parle. Qu'est-ce que tu viens faire ici, d'abord ?

Christopher s'est ressaisi. Il a perdu son regard flou – enfin, plus ou moins – et il s'est redressé, s'asseyant bien droit.

— Ça me semble évident, ce que je viens faire ici, Em. Je suis venu te sauver.

Mon cœur a recommencé à faire des galipettes. Franchement ! À croire que tout ce que disait – ou faisait – ce mec incitait mes organes vitaux à jouer les animaux de cirque !

— Me sauver ?

Jamais personne ne m'avait dit quelque chose d'aussi adorable. Il avait fait tout ce chemin depuis New York pour venir *me sauver* ? Juste au moment où je perdais tout espoir que quelqu'un puisse seulement penser à moi ? Sauf Lulu et ma mère (et Rebecca, mon agent, forcément).

— Oh ! Christopher !

J'ai dû me retenir à mort pour ne pas retraverser le lit et me jeter dans ses bras.

Mais, inutile de me le dire, ç'aurait été une erreur monumentale. Parce que je n'aurais jamais eu le courage de lui échapper une seconde fois. Pas avant que les choses ne soient allées beaucoup trop loin, du moins. Enfin, plus loin qu'aucun de nous deux n'aurait pu... su le gérer... maintenant, en tout cas, j'entends.

J'ai repoussé les cheveux – tout emmêlés par une nuit de sommeil – qui me tombaient dans les yeux et je me suis résolue à suivre mon propre conseil : me concentrer.

— Mais comment tu as pu arriver jusqu'ici, d'abord ? lui ai-je demandé. Brandon a fait sécuriser cette baraque comme une véritable forteresse. Elle est plus verrouillée que Fort Knox.

Christopher a tiré un petit boîtier de sa poche.

— C'est un capteur universel de code. Le dernier des nombreux petits joujoux de piratage maison sur lesquels mon cousin Felix travaille à ses temps perdus. Ce modeste gadget peut analyser quelque chose comme un million de combinaisons à la seconde avant de détecter le bon code. Je m'en suis servi pour ouvrir le garage de Stark.

J'ai examiné le minuscule objet de métal lisse et brillant qu'il tenait à la main. Bon, là, c'était clair, je ne rêvais pas. Impossible que j'aie pu inventer un truc pareil. Je n'étais pas persuadée que la place du cousin de Christopher soit dans le sous-sol de chez sa mère où il était assigné à résidence. Quant à moi, je l'aurais plutôt vu rivaliser avec tous ces petits génies recrutés par les sociétés informatiques de la *Silicon Valley*.

— C'est aussi comme ça que tu as déjoué le système d'alarme, je suppose.

— Oh non non, s'est empressé de me détromper Christopher d'un ton détaché, en fourrant le boîtier dans sa poche comme s'il s'agissait d'un simple briquet. Une fois dans le garage, je me suis contenté de taper le mot de passe de Brandon. Je me suis dit qu'il était bien capable d'être assez débile pour utiliser son propre nom. Et tu sais quoi ? J'avais raison.

Je n'ai pas réussi à retenir un petit sourire goguenard.

— Et on est donc censés sortir d'ici comme tu es entré ?

— C'est à peu près ça, oui. Tu es prête ?

Je n'ai pas pu m'empêcher de me marrer. Comme si je pouvais juste sortir de chez Brandon avec Christopher et laisser en même temps tous mes problèmes derrière moi. Si seulement ça pouvait être aussi simple que ça !

Mais où aurions-nous pu aller ? Parce que, avec la tête que j'avais, on n'allait pas nous reconnaître où que ce soit avant qu'on n'ait fait deux pas, peut-être ?

Et Steven ? Et Nikki ? Et leur mère ? OK, je sais que je n'ai aucun lien de parenté avec les Howard – sauf mon sang –, mais je me sentais redevable envers eux. Non mais, vous avez vu avec quelle énergie ils m'avaient défendue à table ? Bon d'accord, ça n'avait rien donné. N'empêche, je ne pouvais pas les laisser tomber comme ça. Steven avait été si dégoûté de voir Brandon accepter le plan délirant de Nikki qu'il s'était senti obligé de quitter la pièce – par crainte, m'avait-il avoué plus tard, de « réduire sa jolie petite gueule en bouillie ». Il était même venu dans ma chambre pour me dire qu'on devait plier bagage avant qu'on ne finisse par y laisser notre peau, Nikki et moi.

D'accord, mais pour aller où ? Steven pourrait toujours rejoindre sa base navale. Il saurait se faire oublier dans les profondeurs de l'océan à bord de son sous-marin qu'il avait quitté pour partir à la recherche de sa mère disparue. Mais elle, justement, Mme Howard, comment ferait-elle, alors qu'il lui était impossible d'utiliser la moindre carte de crédit et de payer la moindre facture de peur que Stark Enterprises ne retrouve sa trace ?

Et Nikki, qui se refusait si obstinément à reconnaître le rôle déterminant qu'elle avait joué dans ce malheur qui frappait tant de gens autour d'elle, qu'est-ce qu'elle allait devenir ?

J'aurais voulu discuter de tout ça avec Christopher.

Mais, d'abord, j'avais quelque chose de bien plus important à lui dire (hormis que j'étais raide dingue de lui, ce dont il avait sûrement dû se rendre compte, dès les premières minutes de notre petite séance de… câlins).

— Christopher, me suis-je lancée, le souffle court, Nikki a parlé. Elle nous a raconté ce qu'elle avait découvert pour faire chanter le père de Brandon : ce qu'elle a entendu et qui lui a valu de se faire tuer – et m'a amenée là où j'en suis aujourd'hui.

Il a tendu la main pour repousser une mèche tombée sur mon visage. J'ai fermé les yeux, le temps de jouir de la chaleur de ses doigts quand ils ont effleuré ma peau. J'ai alors senti une fulgurante montée de désir, aussi violente que les smashes de Whitney Robertson.

Grave de chez grave. Oui, j'étais gravement mordue de ce type... qui m'a juste répondu :

— Continue.

Il a laissé sa main retomber et j'ai rouvert les yeux.

— Eh bien, c'est juste que... Le problème, c'est que ça ne tient pas debout, son truc. Nikki dit qu'elle a entendu M. Stark se marrer avec ses super potes de Stark Enterprises et jubiler parce que le nouveau modèle du Stark Quark allait être commercialisé avec un genre de logiciel espion indétectable, inclus dans la nouvelle version de *Journeyquest*. Un spyware donc, qui va pomper toutes les infos que l'utilisateur va lui refiler – le plus petit mot qu'il entre dans n'importe quel site : Priceline, Facebook, l'e-mail le plus banal, etc. Et l'ensemble de ces infos va être stocké dans le système informatique de Stark Enterprises. Tout, sans exception.

J'ai haussé les épaules.

— Et ? s'est impatienté Christopher, en plissant le front.

— Et rien. Nikki jure qu'elle n'en a pas entendu davantage. Elle dit qu'ils étaient tous en train de se donner des grandes claques dans le dos et de trinquer à leur succès. Succès de quoi ? On se le demande. Enfin, je veux bien croire qu'un logiciel renifleur absolument indétectable soit un truc assez perfectionné, mais tu sais comme moi qu'un possesseur de PC sur trois a déjà un spyware dans sa bête et qu'il ne s'en doute même pas. Et puis, à quoi ça sert d'avoir toutes ces infos ? Parce qu'il s'agit quand même des données qui concernent des centaines de milliers de gens, là. Peut-être même des millions, vu que le Stark Quark va être le portable le moins cher de tous les temps. C'est juste pour les stocker sur le système central de Stark ? Ils se seraient vantés de les utiliser dans un but précis, encore. Mais non. De toute façon, les acheteurs potentiels du Quark ne roulent pas sur l'or. C'est quand même un produit assez bas de gamme. Ce n'est pas comme si Stark allait leur dérober leur numéro de carte bancaire. Alors je ne comprends vraiment pas pourquoi on aurait liquidé Nikki Howard, dans ce cas. On ne peut pas l'avoir éliminée pour ça. C'est quoi l'enjeu là-dedans ?

La lune était montée : un pinceau luminescent tombait en plein sur le visage de Christopher, à présent. Je pouvais enfin le voir, pour la première fois depuis qu'il s'était introduit dans ma chambre… et dans mon lit.

Pendant une seconde, j'ai cru apercevoir le masque de ce superméchant qu'il était devenu, après avoir appris ma mort et avoir décidé de la venger… ce superméchant qui avait plié bagage, quand il avait compris que je n'étais pas morte, finalement. Pour de bon. C'était, du moins, ce que j'avais cru.

Mais non. Cette noirceur, cette haine étaient toujours là. Peut-être même qu'elles ne disparaîtraient jamais.

Et j'allais devoir vivre en sachant que c'était moi qui avais provoqué ça.

— Pour quel mobile on commet un crime ? m'a-t-il demandé à voix basse.

J'ai cligné des yeux.

— Com… comment tu veux que je le sache ?

— Trois, m'a-t-il répondu, avant de les énumérer sur ses doigts : l'amour, la vengeance, le profit. Ils ont essayé d'assassiner Nikki Howard quand elle les a menacés de révéler la vérité sur eux.

— Et alors ? Je ne comprends toujours p...

— Robert Stark a forcément un plan pour mettre à profit les informations qu'il pompe aux acquéreurs de ses nouveaux portables, m'a-t-il coupée. Il ne nous reste plus qu'à trouver lequel, primo. Et, deuxio, comment on va le lui faire payer. Ça va être un sacré boulot. On n'est pas arrivés. On ferait mieux de s'y mettre tout de suite. Habille-toi, on y va.

— Pour Steven et sa mère, ça ne va pas être un problème, ai-je déclaré, tout en commençant à me dépêtrer des draps qui s'étaient entortillés autour de mes jambes. Je vais pouvoir les réveiller et les faire sortir rapidement. Mais je ne vois pas trop comment on va réussir à convaincre Nikki de venir avec nous sans faire d'histoire. Elle se trouve très bien ici, elle. Et elle compte sur un troc de cerveaux demain matin, alors...

— Attends un peu, m'a encore interrompue Christopher, en posant sa main sur mon épaule. De quoi tu parles ?

— De Nikki...

Je l'ai dévisagé au clair de lune. Quelque chose me disait que Christopher le Maléfique n'était pas seulement de retour, mais qu'il était bien décidé à se taper l'incruste, là.

— ... Elle ne voudra jamais partir. Il faut qu'elle vienne pourtant. Elle n'est pas en sécurité ici.

— Em, je me contrefiche de Nikki Howard. Je suis ici pour te sauver toi, pas elle.

— Mais... On ne peut tout de même pas l'abandonner ici.

— On va se gêner !

6

J'essayais d'appréhender le concept d'un monde dans lequel le preux chevalier – comprenez : le garçon que j'aimais – refusait de sauver une gente damoiselle en détresse.

Bon, je le reconnais, associer Nikki à « damoiselle », en détresse ou pas, j'avais du mal.

— Elle veut rester avec Brandon ? Eh bien, qu'elle reste, poursuivait cependant Christopher, tranchant. Et maintenant dépêche-toi d'enfiler un jean qu'on puisse se tirer d'ici.

— Elle a été gravement traumatisée, ai-je plaidé. Elle ne sait pas ce qu'elle veut. Elle en a vu de dures, tu sais.

— Toi aussi, m'a fait remarquer Christopher. Et ce n'est pas pour ça que tu t'amuses à faire chanter les gens. En même temps, je ne peux pas dire que j'aie été très impressionné par la façon dont tu as géré jusqu'ici, hein.

— Ce qui veut dire ? lui ai-je répliqué, piquée au vif.

— Tu as vraiment cru que j'allais gober cette histoire d' « escapade » avec *Brandon Stark* ? S'il y en a un avec qui ça ne risque pas, c'est bien lui ! Et tout ça parce que ce pauvre type serait irrésistible ? a-t-il persiflé d'un ton franchement méprisant. Je ne suis quand même pas idiot à ce point-là, tu sais.

Mon cœur a cogné un grand coup. Oh oh ! Avertissement reçu : Christopher avait l'air furax. Pas seulement énervé, mais grave grave en rogne.

Et peut-être aussi, en grattant un peu, vexé.

— Écoute, Christopher, je peux tout t'expliquer, lui ai-je répondu, quand j'ai réussi à recouvrer l'usage de la parole. Brandon m'a dit que, si je ne prétendais pas qu'on était… que lui et moi…

J'ai dégluti bruyamment. Argh ! j'avais le nez qui coulait. Et des larmes, pour tout arranger. Ça se présentait mal.

— … Enfin tu vois… Il dirait à son père où se trouvait la vraie Nikki.

— Et t'as avalé ça, toi ? Parce qu'il y avait vraiment des chances que ça arrive, à ton avis ? Alors que Nikki détient ce qui va permettre à Brandon de faire payer à son père de lui avoir confisqué son beau pistolet à eau quand il était môme – ou je ne sais quel autre truc que Robert Stark a fait à son fils pour qu'il lui en veuille à mort ?

Euh. Christopher avait tout bon sur ce coup-là. Je ne me débrouille peut-être pas trop mal pour ce qui est de comprendre comment fabriquer une bombe à retardement d'après YouTube, mais pour ce qui est des garçons…

J'ai comme qui dirait une lacune. Une méga lacune.

— Il s'est montré très convaincant, Christopher, me suis-je défendue.

Les larmes commençaient à déborder. J'espérais qu'il ne pouvait pas les voir dans le noir. J'ai bien essayé de les retenir. Je me sentais tellement nulle. Il piquait un coup de sang et je ne trouvais rien de mieux que de me mettre à larmoyer ? Et il avait quel âge, déjà, ce gros bébé pleurnichard ? Pas étonnant que Christopher préfère McKayla Donofrio. Je parie qu'elle ne pleurait jamais, elle. Elle était bien trop occupée à suivre les cours de la bourse sur CNBC ou à vérifier et revérifier son plan épargne retraite.

— Le père de Brandon a essayé de faire assassiner Nikki, ai-je tenté d'argumenter. Je pense que tu as raison. Et peut-être qu'il a même essayé de me tuer... ou, du moins, que la chute de cet écran plat, juste au bon moment, n'était pas vraiment un accident, comme tout le monde a bien voulu le faire croire. Alors, comment j'étais censée savoir qu'il n'allait pas essayer de tuer quelqu'un d'autre, ceux que j'aimais peut-être, comme ma mère ou mon père ou Frida ou même... toi ?

Je me disais que ça avait des chances de l'amadouer. Je venais de lui avouer que je l'aimais, je veux dire. On pouvait s'attendre à ce qu'il revienne à de meilleurs sentiments après ça.

Eh bien non. Il ne voulait toujours rien savoir.

— Et tu ne pouvais pas m'appeler ou m'envoyer un texto pour me le dire ? (Il s'emportait de plus belle, au contraire.) Franchement, Em ! Ça fait une semaine et pas un seul message ? Alors quoi ? Brandon ne t'a pas lâchée d'une seconde pendant huit jours ?

— Non, lui ai-je rétorqué, en essuyant mes larmes d'un revers de poignet.

C'est que moi aussi, je pouvais m'énerver. J'étais énervée contre moi, parce que je chialais comme un bébé, mais contre Christopher aussi. J'étais censée faire quoi, d'après lui ?

— Qu'est-ce que j'aurais pu dire, exactement, Christopher ? Comment je peux être sûre que ton téléphone n'est pas sur écoute ? Tu ne sais pas comment je suis fliquée. Ils sont partout. Ils surveillent tout. Et puis, j'avais promis à Brandon...

— Oh ! Tu avais promis à Brandon, m'a-t-il coupée. (Et, cette fois, il ne se contentait plus d'être *un peu* dur. Il y allait franco.) Bon sang, Em ! Pour une fille intelligente, ce que tu peux être lourde, par moments ! Presque autant que moi, vu le temps que j'ai mis à comprendre qui tu étais vraiment.

— Oui, eh bien, toi non plus, tu ne m'as jamais appelée ni envoyé de texto, ai-je riposté, un sanglot dans la voix.

C'était plus fort que moi.

— Hé ! Tu m'as carrément jeté, je te signale ! a-t-il explosé, en écartant les mains genre « rends-toi à l'évidence ».

C'est comme ça que j'ai remarqué pour les gants. Il portait des mitaines de cuir noir, comme les méchants craquants dans les films (ceux qui n'étaient pas si méchants que ça, à la fin). Je me suis dit que c'était ce qu'il était devenu.

Sauf que lui, il en était un vrai, de méchant. Ou il jouait les méchants. Et il était super convaincant.

— Je suis quoi, moi, pour toi ? a-t-il continué sur sa lancée. Ton chien ? Tu crois que tu peux me traiter comme une merde et que je vais juste revenir me traîner à tes pieds à chaque fois ? Ah non ! attends. Ton chien, tu le traites mieux que moi. (Il pointait le doigt sur Cosabella, qui s'était roulée en boule à côté de moi.) Tu ne lui caches rien, à lui.

J'ai cligné des yeux. Qu'est-ce qui nous arrivait, là ? On était passé de « super super cool » à « super super glauque » en moins de cinq minutes. Dans mon rêve, Christopher m'avait tout pardonné. Et, après, il m'avait même fait des câlins.

Apparemment, dans la vraie vie, ce n'était pas près d'arriver.

— Il faut que tu regardes les choses en face, Em. Tu ne m'aimes pas vraiment, a-t-il embrayé, bien décidé à appuyer là où ça fait mal, apparemment. Tu dis que si, mais tu te plantes. Tu sais comment je le sais ? Parce que tu ne me fais pas confiance. Dans toute cette affaire, tu n'as jamais eu assez confiance en moi pour tout me raconter. (Il s'est levé.) Eh bien, ce n'est pas comme ça que tu vas pouvoir avoir une vraie relation avec quelqu'un. Pas tant que tu n'arrêteras pas de penser qu'Emerson Watts est toujours plus maline que tout le monde. Pas tant que tu ne feras confiance à personne. Assez, du moins, pour leur laisser une chance de t'aider. Ça s'appelle devenir adulte, Em. Tu devrais essayer un jour, pour voir.

— Attends. (Ma voix commençait sérieusement à dérailler. Moi aussi, d'ailleurs.) Tu vas *te casser*, là ? Comme ça ?

— Eh bien, est-ce que tu vas venir avec moi, si on n'emmène pas Nikki ?

— Non.

J'ai séché mes larmes d'un geste rageur.

— Bon, alors, oui. Il faut croire que oui. Parce que, tu l'as dit toi-même, elle ne voudra pas partir.

Non, je ne le croyais pas. C'était mon heure de gloire, ma grande scène Princesse Leia – sauf que je n'étais pas sauvée par mon propre frère, heureusement ! – et j'étais en train de tout flanquer par terre. Mon preux chevalier allait se barrer et me laisser tomber comme une vieille chaussette.

Mais j'étais censée faire quoi au juste ? Abandonner Nikki ? Si peu digne de ma loyauté qu'elle puisse être – et, à mon avis, elle s'en fichait éperdument –, je ne pou-vais-pas.

— Très bien. On se dit au revoir là, alors, j'imagine ?

— J'imagine que oui.

Et, sur ce, il a tourné les talons et il a quitté la pièce, en prenant soin de fermer la porte derrière lui.

Je suis restée assise sur mon lit, m'attendant à voir la poignée tourner et son visage s'encadrer dans la porte, d'une minute à l'autre. Il serait un peu mal à l'aise et tout mignon – ou peut-être toujours furax et sur la défensive – et prétendrait que c'était ma faute. Sauf que, naturellement, voilà ce qu'il me dirait vraiment : « Je suis désolé, Em. Je t'aime encore. Viens avec moi. Viens, je t'en supplie. »

Peu importe. L'un ou l'autre ferait très bien l'affaire.

Mais il reviendrait. Bien sûr qu'il reviendrait.

Il ne pouvait pas s'en aller comme ça. Il ne pouvait pas être parti. Il ne pouvait pas. C'était tout bonnement impossible.

Sauf que *c'était* possible. Les minutes sur le réveil de ma table de nuit s'égrenaient, tic, tac, tic, tac, et il ne revenait toujours pas. La maison était plongée dans le silence. Pas un bruit. Rien. Aucun signe de Christopher.

Il m'a fallu un petit moment pour réaliser. Mais j'ai fini par comprendre. Il m'avait plantée. Il m'avait carrément *plantée* !

Je ne parvenais pas à le croire. C'était la pire catastrophe de ma vie.

Enfin, bon, pas tout à fait. Subir une greffe de cerveau, d'abord. Voilà la pire catastrophe de ma vie.

Mais ça arrivait juste derrière, alors, hein. Sans hésitation.

Ex æquo avec la deuxième greffe de cerveau que Brandon Stark allait me faire subir demain matin.

Oui, je sais. J'avais été complètement nulle de ne pas partir avec Christopher.

En même temps... Il s'était manifestement retransformé en Christopher le Maléfique, le superméchant que j'avais eu plusieurs fois l'occasion d'apercevoir, depuis que j'avais eu mon accident. J'imagine qu'on ne peut jamais vraiment se débarrasser de ce petit côté obscur, une fois qu'on y a goûté. Peut-être que j'avais bien fait de ne pas partir avec lui, en fin de compte. Mais oui, bien sûr ! Je ne pouvais pas me débiner avec lui et laisser les Howard en carafe. Parce que, en y réfléchissant bien, jamais Steven et sa mère ne se seraient enfuis sans Nikki. Abandonner sa fille, sa sœur ? Plus égoïste, tu meurs.

Non, j'avais fait le bon choix. C'était lui qui avait des problèmes, pas moi. Comment avait-il seulement osé me proposer un truc pareil ? Si quelqu'un devait grandir un peu, ce n'était pas moi. C'était lui.

Quand je me suis réveillée (je ne sais même pas comment j'ai pu réussir à me rendormir, vu la rage dans laquelle j'étais), Brandon Stark était en train de s'énerver sur la poignée de ma porte en demandant quand je comptais descendre prendre mon petit déjeuner. (Je ne me rappelais même pas m'être relevée pour verrouiller ma porte, c'est dire !)

Et, quelques secondes plus tard, Nikki déboulait dans ma chambre pour me rappeler que je devais faire attention à ne pas trop manger. Pas question de retrouver « son corps » « tout bouffi ».

Au même moment, mon portable sonnait sur ma table de nuit. Quand j'ai fini par l'attraper à tâtons, en plissant les yeux, j'ai vu que c'était un message de Rebecca, mon agent, qui me demandait quand je rentrais à New York.

Robert Stark organisait une grande soirée dans son hôtel particulier new-yorkais, juste avant le défilé des Stark Angels diffusé en direct sur toutes les télés, le surlendemain, et il était crucial que je sois là pour rencontrer les actionnaires. Si je ne venais pas, ce serait considéré comme une rupture de contrat. Non seulement, je serais remplacée par Gisele Bündchen (qui s'était débrouillée pour retrouver sa ligne après sa grossesse en un temps record et était revenue sur son refus de participer au défilé), mais j'allais aussi perdre « un sacré paquet de fric ». (Elle aussi, je présume.)

Inutile de dire que Rebecca ne me portait pas dans son cœur.

Je suis restée là, allongée dans mon lit, à me demander comment Rebecca réagirait si elle savait ce que sa plus grosse cliente allait *vraiment* perdre. Genre sa vie, si ça ne tenait qu'à Nikki.

Franchement, je ne sais pas ce qui m'avait pris. Je ne me suis jamais considérée comme une midinette, la fille girly de chez girly, vous voyez le style. Je suis née et j'ai grandi à New York. J'ai donc toujours estimé que plus rien ne pouvait m'étonner. J'avais même vu deux types se battre à coups de tessons de bouteille pour une place de parking, juste devant le restaurant mexicain du coin (Señor Swanky's).

Alors, est-ce que c'était si délirant de ma part de croire, quand je m'étais réveillée au milieu de la nuit pour entendre mon petit copain m'annoncer qu'il était venu me sauver, que tous mes problèmes étaient réglés et que, dorénavant, la vie serait un long fleuve tranquille ?

Apparemment oui. Apparemment, Aretha Franklin avait raison dans cette chanson que ma mère aimait tant : *Sisters Are Doin' It for Themselves*, les frangines devaient vraiment continuer à se débrouiller toutes seules.

C'était probablement ma faute. J'avais eu la bêtise de croire que tous ces « Ils vécurent heureux et eurent beaucoup d'enfants » gnangnans sur lesquels s'achevaient immanquablement les romans à l'eau de rose que ma sœur Frida dévorait, et où le héros sauvait toujours l'héroïne – généralement de situations périlleuses dans lesquelles elle s'était fourrée toute seule – pouvaient se réaliser en vrai.

Tu parles ! Tous ces bouquins racontaient n'importe quoi. Dans la réalité, figurez-vous, le héros trouvait que l'héroïne avait des « problèmes de confiance ». Si, si. Il doutait de la confiance que l'héroïne pouvait lui accorder. Et ces « problèmes de confiance » lui posaient problème, vous me suivez ?

Excusez-moi mais, j'ai des problèmes de confiance, moi ? Je ne prétends pas être parfaite. Je ne dis pas qu'il puisse y avoir une part – une toute petite part – de vérité dans ce que Christopher m'avait reproché.

Peut-être que j'ai du mal à m'ouvrir aux autres, à me laisser approcher d'assez près pour qu'on puisse me connaître vraiment, m'aider, ou je ne sais quoi.

Mais il croyait réellement que j'étais la seule à avoir des problèmes, là ? Alors, ça, c'était trop fort ! Il y avait quand même de quoi se rouler par terre, venant d'un mec qui se baladait avec un détecteur de code dans la poche.

Et, OK, Christopher s'était donné beaucoup de mal pour venir me sauver.

Mais bon. Est-ce que j'avais été sauvée ? Hmm... la réponse à cette question est assurément non. Le jury appréciera.

En même temps, je me disais que je n'en avais plus rien à faire. Non, plus maintenant que Spiderman avait rejoint le côté obscur de la force et m'avait volé mon charmant petit copain.

Même s'il n'avait été mon petit copain, en tout et pour tout, que... deux minutes et demie.

Pourquoi est-ce que je n'avais pas révélé à Christopher, cette nuit, que Nikki voulait récupérer son corps, oui, mais en échange du secret que Brandon voulait lui arracher ?

Non que ça ait nécessairement fait la moindre différence pour lui. Sans doute que ça n'en aurait fait aucune, vu comment il me détestait. Ce qui expliquait peut-être pourquoi je ne lui avais rien raconté. On a sa fierté, tout de même. Je ne voulais pas qu'il se remette avec moi par *pitié*. Argh ! l'hor-reur.

Mais bon, les choses étant ce qu'elles étaient, maintenant, il était parti, et moi, j'étais encore là. Et je ne saurais jamais si ça aurait changé quelque chose ou pas.

Et, en ce moment même, Brandon était sans doute en train de faire installer un laboratoire secret dans lequel on allait m'aspirer le cerveau pour le transplanter dans un nouveau corps – encore un !

Et qui savait seulement si j'allais me remettre de cette opération, de toute façon ? J'allais peut-être me réveiller lobotomisée ou, mieux, ne pas me réveiller du tout. J'allais peut-être demeurer un légume pour le restant de mes jours. Ou me retrouver avec cette tignasse immonde que Nikki avait carrément cramée avec son fer à lisser.

Je vais être honnête avec vous : ça ne m'emballait pas plus que ça d'être la nouvelle Nikki. Pardon mais, elle ne semblait pas vraiment montrer beaucoup de potentiel. Vous n'avez qu'à voir la manière dont elle se faisait balader par l'ancienne Nikki, toute boudinée dans mes vieilles frusques qu'elle était.

Et puis, je m'étais habituée à être Nikki Howard, moi. La seule, la vraie, l'unique Nikki Howard. C'était peut-être mon côté pétasse, et c'est vrai que je m'en étais plainte à plusieurs reprises. Mais, quoi qu'en disent Megan Fox ou Jessica Biel, il y a quand même pas mal d'avantages à être la bombe planétaire de la décennie.

Primo, vous êtes payée pour ça. Un max.

Et secundo, les gens sont juste beaucoup plus sympas avec vous quand vous êtes agréable à regarder et non un gros tas comme moi, avant, et comme l'ancienne Nikki, maintenant. Je sais, c'est écœurant. Mais c'est comme ça. C'est un fait. Tenez, Whitney Robertson, par exemple. Pourquoi est-ce que je voudrais recommencer à me prendre des ballons de volley en pleine poire (cible expressément visée par la susnommée) ou revoir ma propre sœur avoir trop honte de se montrer en ma compagnie ?

Vous pouvez toujours prêcher indéfiniment que, oui, oui, les autres sont censés vous aimer pour votre richesse intérieure.

Si c'était vrai, alors, bon sang ! mais comment quelqu'un pouvait-il aimer Nikki déjà, pour commencer ? J'étais de plus en plus convaincue qu'elle était le fruit d'un croisement entre Heidi Montag et Hitler.

Je n'avais aucun espoir de revoir Christopher. Sauf peut-être en cours d'expression orale, si je retournais un jour au lycée. On ne s'était pas vraiment quittés en très bons termes. Il y avait donc peu de chance pour qu'il revienne. Je n'arrivais toujours pas à croire qu'il m'ait accusée de l'avoir traité comme un chien, moi qui n'avais eu que sa sécurité en tête et qui n'avais pratiquement agi qu'en fonction de lui.

Bon d'accord, peut-être que, comme il me l'avait reproché, c'était infantilisant pour lui. Légèrement. Après tout, c'était un grand garçon et il n'avait pas besoin de ma protection. Il pouvait décider de sa vie tout seul.

Cependant, d'après moi, les efforts que je faisais pour essayer de le protéger n'étaient qu'autant de preuves de la profondeur de mon amour pour lui.

Ouah ! Peut-être que Christopher avait raison, en fin de compte. Peut-être que je me prenais vraiment pour une de ces héroïnes débiles qui peuplaient les bouquins de Frida.

Le truc, c'est que ç'avait été un tel bonheur de me réveiller et de le trouver dans ma chambre ! C'était tellement génial. Et puis je ne me débattais plus toute seule.

Sauf que… finalement…, ben si.

Et tout ça à cause de ma propre bêtise.

TBPV. Trop Bête Pour Vivre. C'était, d'après Frida, le surnom qu'on donnait aux nunuches qui se débrouillaient toujours pour mettre leur vie en danger dans ses romans à deux balles.

Des gourdes de ce style, on n'en trouve pas que dans les livres, d'ailleurs. Il y en a plein les films d'horreur. Comme quand l'héroïne entend un bruit à la cave et se dit qu'elle ferait mieux d'aller voir ce que c'est. Bien que le compteur ait sauté et que sa torche la lâche à la moitié de l'escalier. Et qu'un dangereux criminel en cavale ait été repéré dans le quartier.

Franchement, elle l'a bien cherché, non ?

Et moi ? Je veux dire, est-ce que je méritais qu'on me *re*-prélève le cerveau et qu'on me le *re*-greffe dans un nouveau corps pour créer une nouvelle personne à laquelle j'allais *encore* devoir m'habituer ?

J'ai envoyé un texto à Christopher : *Désolée. On peut se parler ? T où ?* Mais je ne m'attendais pas à ce qu'il me réponde (gagné !). Et puis j'ai pris une douche, j'ai enfilé un jean – griffé – et un haut à volants – de grand couturier parisien – que la boutique avait fait livrer et j'ai chaussé les boots avec lesquelles j'étais venue.

Pendant que je me séchais les cheveux, j'ai essayé de penser à autre chose qu'à ma petite personne. Genre : comment le père de Brandon pouvait-il tirer profit de toutes ces données que le système informatique de Stark Enterprises stockait ? Il n'allait certainement pas utiliser les numéros de cartes de crédit lui-même : il était milliardaire. Qu'est-ce qu'il avait à faire d'une carte cadeau Sephora ?

Et la plupart des acquéreurs potentiels du Stark Quark n'étaient que des lycéens ou des étudiants. Le Quark ne coûte que deux ou trois cents dollars max, je veux dire. Et il se fait en lavande ou en vert pomme.

Alors pourquoi cherchait-il à collecter toutes ces données ?

J'en étais là de mes réflexions quand Brandon a recommencé à s'énerver sur la poignée.

— Hé ! Tu descends ou quoi ?

J'ai marché d'un pas martial jusqu'à la porte et je l'ai ouverte à la volée. Brandon se tenait sur le seuil, un casque de cheveux mouillés sur la tête parce qu'il sortait de la douche. Il portait (encore !) une chemise Christian Audigier, un jean et une grosse chaîne en or autour du cou. De lourds effluves d'Axe m'ont assailli les narines.

Non, Brandon, vraiment ? J'ai eu du mal à réprimer un haut-le-cœur.

— J'arrive, lui ai-je déclaré sans un sourire. Est-ce que le docteur est déjà là ?

Brandon m'a regardée d'un air niais.

— Quel docteur ?

J'avais toujours soupçonné Brandon d'avoir largement abusé des sucreries étant petit. (Ça ramollit le bulbe, vous ne saviez pas ?)

N'empêche que, là, c'était un peu gros. Même pour lui.

— Le Dr Fong, lui ai-je répondu, en détachant bien chaque syllabe, histoire qu'il puisse suivre. Pour pratiquer la *gref-fe de cer-veau.*

— Ah ! Euh… pas encore.

Il a jeté un coup d'œil dans le couloir, articulant « Nikki » sans bruit, puis il a posé une main sur le mur au-dessus de mon épaule et s'est penché vers moi jusqu'à ce que je puisse sentir l'odeur de son dentifrice.

— Ne me dis pas que… tu n'as tout de même pas cru que j'allais marcher dans sa combine d'échange de cerveaux ou je ne sais quoi. Si ? (Il a attrapé mon pendentif, un genre de croissant de lune.) Mais elle est complètement barge. Et puis… c'est toi que je veux.

Je l'ai dévisagé sans répondre. Il y avait autant de chance que je croie à un truc qui sortait de la bouche de Brandon Stark qu'à la nouvelle de la grossesse de Jennifer Aniston étalée en couverture de *Star*.

— Euh… L'idée avait plutôt l'air de t'emballer, hier soir, quand tu en discutais avec Nikki.

— Sinon comment j'aurais pu découvrir avec quoi elle faisait chanter mon père ? s'est-il marré. Il fallait bien que je donne le change.

Je lui ai arraché mon pendentif des mains. Sérieux, son eau de Cologne était si forte qu'elle me piquait les yeux.

— Et comment je peux savoir que tu ne donnes pas le change avec moi ? lui ai-je rétorqué. Vous êtes sortis un paquet de temps ensemble, non ? Alors tu n'as pas toujours dû la trouver si « barge » que ça.

Brandon en est resté bouche bée – m'offrant, par là même, une vue imprenable sur ses couronnes (quand je vous disais qu'il avait eu des problèmes dentaires).

— Mais c'était juste… (Sa pomme d'Adam faisait du yoyo.) sexuel.

— Charmant. (J'avais de plus en plus envie de gerber.) Bon, et maintenant, qu'est-ce qui se passe ? Pour Nikki, Steven et leur mère, je veux dire ? Tu as l'intention de les garder enfermés ici indéfiniment, comme ton requin dans son aquarium ?

— Eh bien… (Il n'avait pas l'air très à l'aise, tout à coup.) Non.

— Et ils sont censés aller où, alors ? Ils ne peuvent pas reprendre leur vie normale : ton père les retrouverait. Tu veux avoir leur mort sur la conscience ? (Je lui ai planté un index accusateur dans le sternum.) Hein ? C'est ce que tu veux ?

— Non. (Il était acculé au mur, à présent.) Bien sûr que non. Et ça n'arrivera pas. Parce que ton copain geek va m'aider à trouver comment on peut utiliser cette information que Nikki détient sur mon père et comment la retourner contre lui.

— Ah oui ? Mon copain geek ? (Je savais très bien de qui il voulait parler.) Et qu'est-ce qui te fait croire qu'il voudra m'aider, après ce que tu m'as forcée à lui dire, l'autre jour ?

Je n'ai pas jugé utile de mentionner les petits soucis que j'avais avec Christopher à cause de mes « problèmes de confiance ».

— Ce n'est pas mon affaire, m'a rétorqué Brandon avec un haussement d'épaules désinvolte. C'est à toi de te débrouiller pour que ça marche. Sinon, Nikki pourrait bien finir exactement là où tu as si peur qu'elle finisse...

Ça n'aurait pas dû m'étonner. Tout, dans la vie de Brandon, était jetable. Hier soir, après avoir raccroché avec son avocat, il avait commencé à passer des coups de fil pour acheter une nouvelle voiture en remplacement de celle que j'avais brûlée.

Pourquoi ne considérerait-il pas les gens comme des Kleenex, après tout ?

Au moment même où il me balançait négligemment cette menace, l'intéressée est apparue dans le couloir, dans une robe ballon verte (on ne pouvait pas faire pire comme vert avec son nouveau teint) et en collants imprimés avec un motif qui lui faisaient des jambes comme des poteaux. Sans parler de sa coiffure (un désastre, comme d'habitude). Quant à son maquillage, eh bien... elle avait carrément jeté l'éponge, à mon avis. À ce niveau-là, ce n'était pas possible autrement. Peut-être parce qu'elle n'avait plus de maquilleur pro à dispo ?

— Bonjour, a-t-elle claironné. Prête à descendre ?

Je lui ai adressé un sourire crispé.

— Je brûle d'impatience, lui ai-je répondu, en laissant retomber ma main et en bousculant Brandon pour me diriger vers l'escalier.

Dans mon dos, j'ai entendu Nikki ronronner « Salut, beau blond ». Aux bruits suspects qui s'ensuivaient, j'en ai déduit qu'elle s'était sans doute pendue à son cou pour des salutations matinales plus poussées.

À croire que tout le monde s'était donné le mot pour me faire gerber avant même que je n'aie pris mon petit déjeuner !

Ce que j'ai vu, en arrivant dans la salle à manger, m'a pourtant illico fait passer mes nausées.

Mais que faisait ma petite sœur à servir du jus d'orange à la table de Brandon Stark ?

7

Oh ! elle portait une tenue camouflage. Ou ce qu'elle pensait être une tenue camouflage, je suppose : des lunettes à monture de plastique rouge, un pantalon à carreaux noirs et blancs, une veste blanche de cuisinier et elle avait ramassé ses cheveux dans une grande toque de chef, comme ils en portent parfois dans les émissions du Food Network, la « chaîne des gastronomes ».

Mais, à part ça, elle ressemblait... eh bien, à Frida, une petite élève de seconde fraîchement débarquée au lycée et censée être en stage de pom-pom girl pour les vacances de Noël.

J'aurais pu avoir tout un tas de réactions, à ce moment-là : lâcher « Mais qu'est-ce que tu fais ici ? » ; tomber dans les pommes ; foncer sur elle comme un rhinocéros en furie et lui ordonner de rentrer immédiatement à la maison... Non mais, est-ce qu'elle se rendait compte à quel point elle se mettait en danger en venant ici ? À quel point elle *nous* mettait tous en danger ?

Mais je me suis juste effondrée sur ma chaise – je ne sais pas si j'aurais pu tenir sur mes jambes beaucoup plus longtemps, de toute façon – et je suis restée assise là, à la regarder, tétanisée. Pendant quelques minutes, je me suis demandé ce qui se passait exactement. Ce n'est pas si fréquent de voir quelqu'un qui appartient à toute une partie de votre vie (votre vie familiale, par exemple) débarquer dans l'autre partie (la vraie vie quoi), de devoir superposer les deux et d'essayer de trouver un sens à ce que ça donne… sans loucher.

Et puis, au bout d'un certain temps – plus longtemps que je n'aurais voulu me l'avouer –, j'ai fini par comprendre de quoi il retournait.

Le fait que Christopher ait fait irruption dans ma chambre, cette nuit, pour finalement me planter là ?

Le fait que Frida soit devant moi, nageant dans une tenue de cuisinier trois fois trop grande pour elle, en train de nous servir – à la truelle – des œufs brouillés sur un plateau, en évitant de croiser mon regard à travers ses lunettes en plastique ?

Elle s'était rendu compte que je l'avais reconnue, ça se voyait : deux grosses taches rouge brique s'épanouissaient sur ses bonnes joues rondes, même si elle ne regardait pas – obstinément – dans ma direction.

Mon cœur s'était mis à cogner dans ma poitrine. Non seulement j'avais peur pour Frida, peur que Brandon (cet abruti, ce tordu dangereux de Brandon) ne débarque d'une minute à l'autre et ne la reconnaisse sur-le-champ, mais j'avais aussi réalisé que, si Frida était là, Christopher devait être dans la cuisine. Ce n'était pas possible autrement.

Mais qu'est-ce qui lui avait pris de laisser ma petite sœur venir ici ?

Et vous savez le pire ? Rien que de le savoir peut-être dans la pièce d'à côté, j'avais le cœur à cent à l'heure. Comment pouvait-on tomber aussi bas ?

Mais je me suis empressée de chasser cette pensée. Il y avait plus important – plus important et plus urgent : le danger que courait Frida. J'en avais les mains moites. Ne mesurait-elle donc pas les risques énormes qu'elle prenait ? Si jamais Brandon la chopait, il…

... Bon, je ne savais pas ce qu'il ferait.

Mais je savais que ça ne se passerait pas comme ça.

Et mes parents ? Est-ce qu'ils étaient au courant, mes parents ? J'en doutais. Sinon, jamais ils ne l'auraient laissé partir.

J'allais la tuer. Quand j'en aurais fini avec elle, je vous jure qu'on la ramasserait à la petite cuillère.

— Ne pourrait-on pas avoir autre chose que des œufs ? a poliment demandé Mme Howard, à peine arrivée à sa place.

Elle considérait les amas jaunes qui se figeaient dans son assiette d'un œil sceptique, le front plissé, comme si elle appréhendait ne serait-ce que d'y goûter.

Mme Howard n'avait bien sûr jamais vu Frida. Comment aurait-elle pu deviner que c'était ma propre sœur qui lui servait son petit déjeuner ?

— Des pancakes, lui a proposé Frida, avec l'accent du sud le plus pourri que j'aie jamais entendu.

On aurait dit une mauvaise imitation de Brad Pitt dans *Inglorious Basterds*, et il ne faisait déjà pas dans la dentelle. Est-ce que Frida croyait vraiment qu'il lui suffisait de fourrer ses cheveux dans une toque et de mettre des lunettes pour que personne ne voie qu'elle n'avait pas quinze ans ?

— Je reviens avec de suite, m'dame.

— Ah ! a répondu Mme Howard, en faisant tourner des bouts d'œufs brouillés dans son assiette avec sa fourchette. Ce sera parfait.

Elle n'avait pas l'air convaincue.

En face de Mme Howard se tenait Steven. Comme chaque matin, il s'était levé tôt pour aller s'entraîner dans la salle de gym perso de Brandon. J'ai étiré mes jambes aussi loin que possible sous la table et je lui ai touché le pied. Doucement. Enfin, c'est ce que j'ai cru.

J'avais oublié que je portais des boots pointues.

— Aïe ! s'est exclamé Steven, en portant la main à sa jambe.

Il m'a lancé un regard qui semblait dire : « Qu'est-ce qui te prend ? On n'est pas déjà assez mal comme ça, emprisonnés dans la villa de ce type ? Il faut, en plus, que tu m'exploses le tibia ? »

J'ai désigné Frida du menton. Steven lui a jeté un vague coup d'œil, puis m'a balancé un regard genre « Ben quoi ? », en continuant à se frotter le mollet.

J'ai recommencé à pointer le menton en direction de Frida avec de petits hochements de tête insistants. Steven l'a reluquée de plus près. J'ai vu la lumière se faire soudain dans son esprit.

Il m'a alors interrogée des yeux avec, sur le visage, une expression d'incrédulité effarée.

« Je sais, disait le regard que je lui ai adressé en réponse. Qu'est-ce qu'on va faire ? »

— Qu'est-ce que c'est que ça ? s'est exclamé Brandon au même moment.

Il avait réussi à se dépêtrer de sa sangsue en robe ballon verte pour s'attabler en sa compagnie.

— C'est du jus de fruits frais ? a demandé Nikki, avant d'en avaler une gorgée sans attendre la réponse.

— Vous ne me ferez pas croire que c'est des gaufres, ça ! s'est emporté Brandon, en foudroyant son assiette du regard.

— Ce sont des œufs brouillés, monsieur, lui a répondu Frida, en exécutant une petite courbette.

Mon cœur battait si fort que je pouvais à peine respirer. Brandon allait la reconnaître, forcément. Il l'avait vue moins d'une semaine avant, à la fête que Lulu avait organisée dans le loft. Il avait dansé avec elle, bon sang ! Comment ne pourrait-il pas faire le rapprochement ?

Est-ce qu'il allait la faire tabasser par un de ses agents de sécurité ? Il faudrait d'abord me passer sur le corps, avant de toucher à un seul cheveu de ma sœur.

Évidemment, vu que je ne savais même pas où il était – mon corps, je veux dire – et que celui que j'avais n'était pas le mien, c'était un peu une menace en l'air.

— Des œufs ! s'est insurgé Brandon. Depuis quand on a des œufs au menu dans cette maison ? Je déteste les œufs.

Je me suis affaissée de soulagement sur ma chaise. Il ne l'avait pas reconnue. Et pour cause : Brandon ne prêtait pas plus d'attention au « petit personnel » qu'à... eh bien, Nikki, par exemple (quand il pouvait faire autrement, j'entends).

— Il y a eu un léger changement, monsieur, l'a informé le maître d'hôtel Frida. Le chef espère que vous trouverez cependant la chère à votre convenance.

Ben dis donc ! Où ma sœur avait-elle appris tous ces grands mots ? Elle parlait comme un vrai gastronome. Je n'arrivais pas à le croire. Ma petite sœur était devenue grande !

Brandon a lorgné vers la gelée jaune dans son assiette.

— Pas de gaufres ? s'est-il désolé.

Il avait l'air un peu désemparé, maintenant.

— C'est un scandale ! s'est offusquée Nikki. On ne peut plus se faire servir correctement de nos jours. (Elle s'est levée en jetant sa serviette sur la table.) Je vais faire savoir à ce chef ce que j'en pense.

— Non ! me suis-je écriée, en jetant à mon tour ma serviette dans un geste qui se voulait indigné. Je m'en charge. Inutile de vous priver de ce petit déjeuner familial pour si peu.

Je me suis levée comme un ressort et je me suis dirigée vers Frida, Cosabella trottinant derrière moi, désormais habituée au cliquetis de ses griffes, contrepoint indissociable du moindre de mes déplacements dans cette maison. Pendant tout le trajet, mon cœur cognait en cadence. J'avais un peu honte de l'entendre marteler *Chris-to-pher, Chris-to-pher, Chris-to-pher* au rythme de mes pas.

Parce que c'était complètement ridicule. Ce n'était vraiment pas le moment de penser à des histoires de mec. Surtout un mec qui m'avait lâchement abandonnée à cause de mes prétendus « problèmes ». Ma petite sœur, voilà ce qui comptait. Ma petite sœur qui, aussi bête, aussi dingue, aussi incroyable que ça puisse paraître, se mettait stupidement en danger pour moi.

En un sens, j'étais hyper fière. Non que j'aie l'intention de le lui montrer, hein. (J'allais lui filer une de ces raclées !) Comment s'était-elle débrouillée pour venir de New York jusqu'ici ? C'était juste une petite élève de seconde, une gamine. Hier encore, elle me suppliait de l'emmener voir Gabriel Luna en concert au Stark Megastore.

Enfin, elle me suppliait surtout de *ne pas* l'accompagner. Elle ne voulait pas qu'on la voie avec moi, que je lui colle la honte à cause de mon look nul et de mes fringues ringardes. C'était avant que je ne devienne Nikki Howard, évidemment. Mon Dieu ! comme le temps passe !

— Venez par ici, jeune fille, lui ai-je dit, en l'attrapant par le bras. Allons dire deux mots à votre soi-disant chef.

— Euh..., a bredouillé Frida. (Elle avait du mal à suivre sur ses petites jambes, tandis que, du haut de mon mètre soixante-quinze, je l'entraînais au pas de charge vers la cuisine.) Comme vous voudrez, m'dame.

Mais non, il ne serait pas là. Je savais pertinemment qu'il ne serait pas là. J'avais bien vu ce regard qu'il m'avait jeté, cette nuit, en me balançant qu'il en avait sa claque de moi.

Sans même parler de la tête qu'il avait tiré, ce matin-là, près de la limousine, devant la maison du Dr Fong, quand je lui avais sorti que les choses auraient peut-être pu se passer autrement s'il m'avait aimée telle que j'étais avant de me faire opérer. Mais il ne l'avait pas fait. Et, maintenant, il était trop tard.

Pas étonnant qu'il ait autant de mal à me pardonner.

Et qu'il soit si convaincu que j'avais des « problèmes ».

Bon d'accord, ce que je lui avais raconté devant la limo ? Tout faux. Mais il faut avouer que, sur le coup, je m'étais dit que j'y croyais. Il fallait bien, sinon jamais je n'aurais eu le courage d'articuler le premier mot.

En même temps, l'expression qui s'était peinte sur son visage, à ce moment-là, n'était pas celle de quelqu'un qui serait, un jour, prêt à me laisser une seconde chance.

Pourtant... eh bien, Frida était devant moi. Là, maintenant. Je n'aurais jamais imaginé la voir ici. Jamais de la vie. Comme quoi, les miracles, ça existe, apparemment.

Alors, peut-être... juste peut-être...

Quand j'ai poussé les portes battantes – avec toute la rage indignée de la petite copine hystérique d'un millionnaire pour donner le change auprès de Brandon –, une Lulu en veste et toque blanche assortie a étouffé un cri.

Mon cœur a fait pschhhit !

Pas de Christopher en vue.

Juste Lulu qui soupirait de soulagement et m'adressait un sourire cent mille volts comme si j'étais Ryan Seacrest venant lui annoncer qu'elle était élue *American Idol* de l'année (Ben oui, c'était le présentateur et la coqueluche de tous les fans de l'émission – la *Nouvelle Star* version US, voyez ?).

— Ouf ! c'est juste vous deux ! s'est-elle exclamée, en se plaquant la main sur le cœur. Oh ! et Cosy ! Vous m'avez fichu une de ces trouilles ! Vous étiez vraiment obligées de me tomber dessus sans prévenir ?

J'hallucinais. J'essayais de donner un sens à la scène que j'avais sous les yeux, mais mes neurones buggaient :

ma coloc, Lulu Collins – et je ne parle même pas de ma sœur –, là, devant moi, dans la villa de Brandon Stark en Caroline du Sud !

Ben voyons ! Mais bien sûr qu'elles étaient là ! Où voudriez-vous qu'elles soient ?

— Qu'est-ce que vous faites là ? leur ai-je demandé, quand j'ai réussi à reprendre assez mon souffle pour parler. Comment vous êtes entrées ? Et où est passé le cuisinier ?

— Aucune idée, a chantonné Lulu, se contentant de répondre à ma dernière question – la moins compromettante – avec un haussement d'épaules je-m'en-foutiste.

Elle s'est retournée pour éteindre sous une poêle. Hé ! mais ça sentait rudement bon ! On aurait dit... une odeur de *pancake*. Depuis quand Lulu avait-elle appris à cuisiner autre chose que le coq au vin (sa spécialité) ?

— Je lui ai filé un petit chèque pour qu'il prenne sa journée. On lui a juste emprunté son matos et on est entrées bien gentiment, *pedibus gambus*, a poursuivi Lulu. Enfin non, en voiture. Et personne ne nous a demandé nos papiers ni rien. On stressait trop pour toi. T'as pas arrêté de faire des trucs tellement zarbs ! Sympa ton top, au fait. M'embrasse pas : je vais te mettre de la pâte à crêpe partout.

Et elle est venue m'enlacer. Je suis restée plantée sans bouger, avec ses petits bras tout fins pendus à mon cou, la tête penchée de côté pour foudroyer Frida du regard, derrière la toque de grand chef que Lulu avait empruntée. Ma frangine me souriait bêtement. Elle n'avait pas l'air franchement à l'aise.

— Est-ce que papa et maman savent que tu es là ? lui ai-je balancé, bien que je connaisse parfaitement la réponse.

— Papa et maman me croient en stage de *cheerleading*, m'a informée ma sœur. Et, avant que tu passes ta colère sur moi, Em, je te rappelle qu'ils ont repoussé leur visite chez mamie pour passer les fêtes avec toi à New York. Et voilà que tu t'envoles pour les tropiques avec ton nouveau petit copain Brandon. Ils n'ont pas précisément sauté de joie en apprenant ça, figure-toi.

J'ai cligné des yeux.

— Mais...

— Ouais, je sais, m'a coupée Frida, en hochant la tête. Mais je pouvais pas leur dire que tu étais venue ici contrainte et forcée. Ils auraient flippé comme des bêtes. Alors j'ai fait style : « Oh non ! voilà qu'elle est avec Brandon maintenant ! », comme si je gobais tout ce qu'ils racontaient dans les journaux. Même si je savais bien que tu te fichais de Brandon Stark comme de ton premier string. Ça se voyait sur ta tête. Enfin, moi, je l'ai tout de suite vu, parce que papa et maman, eux, ils n'ont rien capté. Donc, juste au cas où tu ne serais pas au courant, tu les tues à petit feu là. T'es contente de toi ?

Ouah ! Alors, comme ça, mon petit ami pense que j'ai des « problèmes de confiance » et je suis en train de tuer mes parents à petit feu ? Cool. Exactement le genre de chose que j'avais envie d'entendre. Surtout avant le petit déjeuner.

— Alors, quand Lulu m'a appelée au stage... Ah ouais ! parce que maman a balisé et préféré m'envoyer en stage de *cheerleading*. Elle veut pas que je devienne une obsédée comme toi, je pense... Donc, quand Lulu m'a appelée pour me dire qu'elle voulait organiser une opération commando pour te délivrer, j'ai sauté sur l'occaz. Parce que c'est quoi le plus important, tu crois : sauver ma grande sœur adorée ou apprendre à faire un *ball out to high splits* ?

Comme je ne savais pas quoi répondre, j'ai soufflé pour virer les cheveux qui s'étaient collés à mon gloss et je les ai fusillées du regard, pendant que Lulu reculait pour aller retirer de la plaque sa lourde poêle de fonte. Il y avait un *pancake* dedans.

Non ! Lulu avait vraiment prévu des *pancakes* pour le petit déj !

Et puis, se redressant de toute sa hauteur (Frida devait faire au moins vingt centimètres de moins que moi), elle a plaidé :

— Vraiment, Em, tu ne devrais pas le prendre comme ça. On est là pour te sauver.

Ça m'a scotchée. Je n'arrivais pas à croire qu'elles aient fait ça : venir de New York jusqu'ici, juste pour me ramener à la maison.

— Allez, Em, va chercher Steven, Nikki et leur mère qu'on se tire d'ici, a embrayé Lulu, avec un petit geste de la main. T'es prête ? Il est carrément génial ce top, au fait. Je te l'ai déjà dit, non ?

— Alors là, les filles, ai-je soufflé, en sentant les larmes monter.

C'était plus fort que moi. Elles étaient trop adorables... Je n'arrivais pas à le croire. Surtout après avoir été tellement persuadée que tout le monde s'en fichait. Enfin, sauf ma mère. Et Rebecca, mon agent, forcément.

Mais, ma mère ne s'en fichait pas parce que... eh bien, c'était ma mère : elle était bien obligée. Et Rebecca... eh bien, vu le fric que je lui rapportais...

Et pourtant, j'avais le cœur serré. Plus que je n'aurais voulu me l'avouer. Et je savais bien d'où ça venait : si elles étaient toutes les deux là pour moi, une certaine personne brillait par son absence...

En apercevant soudain mes larmes, Frida et Lulu se sont consultées du regard.

— Euh... Bon. Christopher avait raison, a alors affirmé Lulu.

Mon pouls s'est accéléré d'un coup.

— Vous… vous avez parlé à Christopher ? ai-je bredouillé. Qu'est-ce qu'il a dit ? Il ne vous a quand même pas tout raconté… si ?

S'il leur avait parlé de mes prétendus « problèmes de confiance », je vous jure que j'allais le tuer.

— Si, a confirmé Frida. Mais ne t'inquiète pas. Je gère. On a traité ça en cours de psycho. Em… (Elle s'est tournée vers moi, m'a posé la main sur les épaules et s'est mise à me parler en articulant len-te-ment :) Ce que tu es en train d'éprouver en ce moment s'appelle le Syndrome de Stockholm. C'est quand tu commences à sympathiser avec ton ravisseur parce qu'il s'est montré gentil avec toi. Bon, Brandon est peut-être canon et c'est vrai qu'il t'a filé un super top. Mais c'est toujours un sale type. Ce n'est pas parce qu'il ne t'a pas zigouillée qu'il est ton pote.

— Ça ne va pas, non ! me suis-je indignée, en la repoussant brusquement. Je ne suis pas amoureuse de Brandon Stark. Beurk ! C'est ce que Christopher vous a dit ?

En parlant de Trop Bête Pour Vivre…

— Ouf ! a soupiré Lulu avec emphase. Tant mieux ! Bon, dis donc, c'est pas le tout. On n'a pas la journée, là. J'ai affrété un jet pour rentrer à New York. Il attend sur le tarmac. Mais ils font raquer à l'heure, alors, hop hop hop ! Va dire aux Howard de rappliquer. Au fait… (elle a baissé de trois octaves) est-ce que Steven a parlé de moi ? Et mes œufs ? Il les a aimés, mes œufs ? Je les ai faits exprès pour lui. Il adore les œufs brouillés. Au fait, il sait que je craque pour lui, non ? Je cache mal mon jeu. (Elle a filé un coup de coude à Frida.) Tu vois, je t'avais dit que les œufs brouillés, ça me trahirait. J'aurais dû me limiter aux œufs sur le plat.

— Aïe ! Lulu ! a protesté Frida en se frottant le bras.

— J'ai risqué un œil tout à l'heure, a repris l'intéressée. Ce qu'il est sexy avec ce pull ! Mais bon, c'est du cashmere et on est à la plage. Il pourrait bien l'enlever, non ? Ça te dérangerait pas qu'il se balade torse nu, Frida, hein ? Tiens, tu vois, ça la dérangerait pas, Frida. Et c'est quoi son problème à Nikki avec ses cheveux, là ? Elle a lâché l'affaire ou quoi ? Et ce vert ! Mais ça ne lui va pas du tout.

J'ai respiré un bon coup.

— Écoutez les filles, sans rire, on ne peut pas partir comme ça. Christopher ne vous a donc pas dit ? Il faut qu'on...

— Ça va, Em ? m'a subitement interrompue Frida.

Elle avait enlevé ses lunettes en plastique et me reluquait maintenant avec des yeux humides. J'ai alors réalisé... mais oui, elle pleurait !

— Parce que tu as vraiment une sale tête, tu sais, a-t-elle embrayé. Sous le maquillage et tout, je veux dire. Est-ce que tu te rends compte que tu n'as pas souri une seule fois depuis qu'on est là ?

— Tu n'as pas fait un seul sourire depuis que tu as quitté New York, a renchéri Lulu, d'un ton plein de reproche. Je sais : je t'ai mise en *Google Alert*. J'ai vu toutes les photos qu'on a prises de toi. Et tu as l'air tellement malheureuse. C'est comme ça qu'on a compris. (Elle m'a lancé un regard entendu.) Qu'il fallait absolument qu'on te sorte d'ici.

— Écoutez... (Je les ai prises toutes les deux par le bras pour les entraîner vers la porte de service.) Merci beaucoup d'avoir essayé de me sauver. Vraiment, j'apprécie. Mais il faut qu'on...

C'est à ce moment-là que les portes battantes de la cuisine ont claqué. Lulu a poussé un hurlement de chat écrasé.

Franchement, je ne pouvais pas lui en vouloir. Parce que devinez qui se tenait là, tout à coup, devant nous.

Brandon Stark en personne.

8

— Mais c'est quoi ce bordel ? s'est exclamé Brandon.

— Oh ! s'est étranglée Lulu, en ouvrant des yeux grands comme ses pancakes. Salut, Brandon ! T'en as pensé quoi, des œufs ? C'est moi qui les ai faits !

Brandon l'a totalement ignorée. Vu la pertinence de la question, on ne pouvait pas vraiment lui en vouloir.

— Qu'est-ce que vous foutez ici ?

Il s'est arraché à l'examen critique des deux intruses plantées dans sa cuisine pour me toiser d'un œil noir.

Il fallait que j'improvise là, et vite. Ce n'était pas comme si j'avais le temps de réfléchir à la façon dont j'allais gérer la situation. Personne ne m'avait avertie que j'allais avoir droit à une deuxième opération commando ce matin. Ce n'était pas comme pour cette histoire de bagnole cramée que j'avais passé des nuits à méditer et à peaufiner. Le principe était simple, pour ce coup-là : je détestais Brandon Stark et j'avais décidé de lui faire la plus belle vacherie que je pouvais imaginer. À savoir, mettre le feu à son joujou préféré.

Mais là, je n'avais pas le temps de pondre un truc aussi génial qu'une bombe à retardement maison. Alors j'ai fait la première chose qui m'est passée par la tête.

Je me suis jetée à son cou et je lui ai collé mes seins sous le nez. (Encore un des avantages d'être Nikki Howard : elle a un effet… disons « perturbant » sur les hommes. Ils ont un peu de mal à se concentrer en sa présence…)

— Mes copines ont voulu me faire une petite surprise, Brandon, ai-je roucoulé. Elles nous ont même préparé le petit déjeuner. Si ce n'est pas mignon !

Mais Brandon n'avait pas l'air de trouver ça « mignon » du tout. Complètement insensible à mes roucoulements – et à mes seins (carrément bizarre, quand on le connaît) –, il avait même des envies de meurtre au fond des yeux.

— Non, a-t-il grondé, écumant de rage. Où est le chef ? J'ai claqué assez de pognon pour me le payer, celui-là !

— Oh ! il sera revenu demain, promis, a pépié gaiement Lulu. Allez, Brandon, regarde ces beaux pancakes que je suis en train de vous faire.

Brandon n'a pas eu l'air très impressionné. On le comprend, en même temps.

— Lulu, a-t-il aboyé, est-ce que c'est toi qui as mis le feu à ma Murcielago ?

La pauvre Lulu l'a regardé sans comprendre (pas étonnant, vu qu'elle n'avait rien à voir avec l'incendie de la Lamborghini et n'avait pas la moindre idée de ce dont il parlait).

— Hein ? a-t-elle inélégamment demandé, en reposant la poêle avec un « clang ! » sonore. Non, je…

— Je le savais, a sifflé Brandon, en sortant son iPhone de sa poche. Je savais que ce n'étaient pas les paparazzis qui avaient bousillé ma Lamborghini. Là, c'est bon. J'appelle les flics et je vous fais tous coffrer.

Je l'ai lâché et j'ai reculé.

— Brandon ! Mais qu'est-ce que tu fais ?

En même temps, c'était assez clair ce qu'il faisait en entendant les tonalités du 911 résonner.

— T'inquiète, bébé, je gère, m'a-t-il interrompue. (Il a pointé un index accusateur sur Frida et Lulu.) C'est de la violation de domicile, ça, figurez-vous. Et, ceci (il indiquait du doigt la direction du garage), c'est un acte de vandalisme. Cette Murcielago vaut plus d'un quart de million de dollars. Ton père a les moyens de me rembourser, Lulu, même si son dernier film a plutôt fait un flop. Allô, oui, a-t-il enchaîné, quand il a eu quelqu'un au bout du fil. Je voudrais signaler un...

Avant qu'il n'ait eu le temps de terminer sa phrase, un puissant tentacule moulé de laine anthracite s'est refermé sur son cou.

Brandon en a eu le sifflet coupé. Il a lâché son portable pour agripper le bras musclé.

Trop tard. Dans la seconde qui suivait, il fermait les yeux et, comme le bras mystère le relâchait, s'effondrait sans un bruit sur le sol. Cosabella s'est précipitée pour lui renifler l'oreille, puis la lécher avec enthousiasme.

On est toutes restées clouées sur place, éberluées de voir Brandon étendu là, sans bien réaliser ce qui venait de se passer (c'était allé si vite), jusqu'à ce que quelqu'un s'éclaircisse la gorge.

C'est à ce moment-là qu'on a remarqué la présence de Steven. Apparemment, il était derrière Brandon depuis le début. Et c'était son bras qui l'avait étranglé.

— Steven ! s'est écriée Lulu, son expression passant de la stupeur à ce que je ne peux qu'appeler de la pure adoration. Salut !

— Hum... euh... salut, Lulu, lui a répondu Steven, pas très à l'aise apparemment.

— Oh mon Dieu ! s'est affolée Frida, en attrapant une petite cuillère pour se pencher sur Brandon et la lui coller sous le nez (sans doute pour vérifier s'il respirait encore). Il est mort !

— Non, lui a répondu Steven. Il va se réveiller bientôt comme une fleur. Il ne comprendra même pas ce qui lui est arrivé.

— Tu as appris ça pendant ton entraînement militaire ? lui a demandé Lulu, en enjambant le corps de Brandon pour venir se frotter contre Steven.

Un vrai chat. Elle battait même des cils, je vous jure.

— Euh..., a bredouillé Steven, son regard se faisant de plus en plus incertain. Oui.

— Ouah ! c'était trop pas croyable, s'est extasiée Frida, qui semblait encore plus transie d'admiration que Lulu.

Je lui ai lancé un coup d'œil excédé. Elle était bien censée craquer pour Gabriel Luna, non ? Pas pour le grand frère de Nikki Howard.

— Bon, a repris Steven, qui avait manifestement décidé d'ignorer délibérément son tout nouveau fan club. Quelqu'un aurait-il l'obligeance de me dire ce qui se passe ici ?

Au moment même où il posait cette question, on a entendu une détonation... si forte qu'on a ressenti la secousse jusque dans la cuisine. Toutes les casseroles et les poêles pendues sur l'îlot central se sont entrechoquées et je me suis agrippée au plan de travail pour ne pas perdre l'équilibre.

— Qu'est-ce que c'était ? me suis-je alarmée.

— Oh ! ça ? (Lulu a tiré sur sa toque pour lui donner un petit air penché franchement canaille.) C'était juste Christopher. Il devait créer une diversion pour détourner l'attention des gardiens – et de Brandon – et nous permettre de filer en douce par-derrière. (Elle a levé un regard extatique vers Steven.) Mais, comme tu le vois, Steven s'est déjà chargé de Brandon.

— Attends ! me suis-je étranglée. (Mon cœur s'était arrêté.) Christopher est *là* ? Avec vous ?

— Ben forcément, a grommelé Frida. Il a dit que vous aviez eu une petite discussion cette nuit…

— On est venues te délivrer, expliquait en même temps Lulu au pauvre Steven, en papillotant et en lui faisant ses yeux de Bambi énamouré. Toi et ta mère et Em. Et ta sœur aussi, a-t-elle ajouté à regret, avec une légère moue de dégoût.

— Steven !

Les portes battantes ont claqué et une Mme Howard livide est entrée dans la cuisine, Harry et Winston sur les talons.

— Steven, que se passe-t-il ? s'est-elle écriée. Qu'est-ce que c'était que ce… (Elle s'est interrompue en apercevant Brandon qui semblait dormir comme un bébé sur le carrelage.) Oh ! Juste Ciel !

— Il va bien, maman, l'a aussitôt rassurée son fils, en venant lui entourer les épaules d'un bras protecteur. Pourquoi Nikki et toi n'iriez-vous pas préparer quelques petites affaires ? Je crois que nous allons être contraints de quitter les lieux sous peu.

Apparemment incapable de détacher les yeux du corps prostré de Brandon, Mme Howard a secoué la tête.

— Il semble que nous soyons toujours obligées de fausser compagnie à nos hôtes au moment le plus inattendu, a-t-elle commenté dans un murmure.

Mais sa réaction n'était rien à côté de celle de sa fille, qui est apparue quelques secondes plus tard en ronchonnant :

— Mais c'est quoi, ce binz ? Qu'est-ce que… ?

C'est alors qu'elle a vu Brandon à terre. Elle a poussé un hurlement à vous glacer le sang :

— Brandon ! (Elle est tombée à genoux au chevet de son ex.) Oh mon Dieu ! Brandon ! Tu es blessé ?

À peine avait-elle posé la question que Brandon revenait à lui. (Il faut dire que Nikki l'avait redressé en position assise, aussi). Il a agité la tête d'avant en arrière en marmonnant un truc comme quoi il ne voulait plus de salade au crabe. Quand il a ouvert les yeux en battant des paupières, il a regardé Nikki et lui a demandé d'une voix lointaine, carrément comme dans les films :

— Qu'est-ce qui s'est passé ?

— Steven t'a fait une prise militaire, un truc top secret qu'on n'apprend qu'à l'armée, s'est dévouée Lulu. Mais ne t'inquiète pas. Tu vas vite t'en remettre.

— *Quoi !* s'est insurgée Nikki, en pivotant d'un bloc vers son frère. C'est *toi* qui as fait ça ? Mais pourquoi ? S'il y a quelqu'un qui ne mérite pas ça, c'est bien Brandon. Lui qui s'est montré si gentil avec nous !

Euh, « gentil » ? Avec elle, alors. Parce que, avec moi, pas des masses.

— Pour la bonne raison qu'il allait appeler la police et faire arrêter nos amis, Nikki, lui expliqué Steven. Alors qu'ils cherchent juste à nous aider.

— À nous aider ? (Elle a tourné vivement la tête vers Lulu, puis vers moi, dans une envolée de cheveux raides comme des baguettes, avant de reporter son attention sur son frère.) Nous aider comment ?

— Nous aider à partir d'ici. (J'aurais largement préféré ne pas être celle qui lui annoncerait la mauvaise nouvelle, mais il fallait bien que quelqu'un s'y colle.) Maintenant que tu as dit à Brandon ce que tu avais appris sur le Stark Quark, il n'a plus besoin de toi, Nikki. Il va vous laisser tomber, ta famille et toi.

Brandon n'a pas cherché à le nier. (Il n'avait pas vraiment l'air en état de se défendre, en même temps, pour être tout à fait honnête.)

— Non ! (Elle secouait si violemment la tête que ses cheveux en sont devenus tout électriques, se dressant en l'air comme des antennes. Encore une chance, elle n'a pas semblé s'en rendre compte.) Non, il ne fera pas ça. Il ne peut pas : il m'a promis de me faire opérer. Hein, Brandon ? Dis-leur, toi.

Comme Brandon était encore trop secoué par le coup que Steven lui avait porté pour réagir, elle lui a administré quelques bonnes claques.

— Tu m'entends, Brandon ? a-t-elle insisté. Dis-leur !

— Euh, Nik, le gifler ne va pas arranger les choses, lui a fait remarquer son frère.

C'est à ce moment-là que la porte de service s'est ouverte à la volée et que Christopher a déboulé dans la cuisine, avec une tache de ce qui ressemblait à de l'huile sur la joue, un jean crade et son blouson de cuir claquant à tous les vents. Il s'est figé sur le seuil, apparemment surpris de nous trouver tous réunis et, plus encore, de découvrir Brandon étalé par terre...

... et moi debout à son chevet.

Il ne lui a pas fallu plus d'une ou deux secondes pour se ressaisir.

Et il ne m'en a même pas fallu autant pour oublier de respirer, rien que de le voir s'encadrer dans la porte.

Bon sang ! ce que c'était énervant ! D'autant que j'étais carrément, mais alors carrément en rogne contre lui. Et que je n'étais plus du tout, mais alors plus du tout, amoureuse de lui.

Comment je pourrais aimer quelqu'un d'aussi exaspérant, d'aussi borné, je vous le demande !

C'était du moins ce que je me disais.

— Oh super ! vous êtes tous là, s'est-il félicité. Allons-y alors. On n'a pas beaucoup de temps. Je suis bien sûr qu'un des gardiens a appelé les flics. Ils sont tous sur la plage, en train d'éteindre l'incendie. Il faut en profiter.

Ah oui ! L'incendie. Ben voyons ! Évidemment.

— Et lui, qu'est-ce qu'on en fait ? a demandé Steven, en désignant Brandon du menton.

Christopher a considéré un instant l'héritier de l'empire Stark.

— Qu'est-ce qui lui est arrivé ?

— Steven a utilisé sur lui une botte secrète de l'armée, s'est une fois de plus dévouée Lulu, gazouillant toujours aussi gaiement.

— Génial, a commenté Christopher, en complimentant Steven d'un hochement de tête viril. Ligotez-le.

Ligotez-le ? J'ai regardé Brandon. Il avait l'air d'halluciner autant que moi. Je n'arrivais pas à croire que Christopher – *mon* Christopher – venait juste de… d'ordonner, comme ça, de faire ligoter Brandon Stark. Mais c'était qui, ce mutant ? Où était passé le Christopher qui, il y avait encore une semaine, faisait plutôt dans le genre premier de la classe, au lycée de Tribeca, à Manhattan, et geek complet – quoique craquant.

Et voilà maintenant qu'il se prenait pour John Connor dans *Terminator Renaissance* ?

— « Ligotez-le » ? s'est indignée Nikki, des larmes plein les yeux – déjà barbouillés de mascara. Non mais, vous rigolez, là ? Hors de question que vous touchiez à un seul de ses cheveux !

— Tiens, voilà de quoi ficeler le rôti, a lancé Lulu, après avoir ouvert plusieurs tiroirs au hasard.

— Parfait, a applaudi Christopher, en tendant la main vers le rouleau de ficelle de cuisine qu'elle lui présentait. Tu veux bien me donner un coup de main, Steven ?

— Avec plaisir.

Steven a commencé à attacher les jambes de Brandon pendant que Christopher s'occupait de ses poignets.

— Non mais ! ça ne va pas ? s'est rebellé Brandon. (Il avait l'air de reprendre ses esprits. Pas assez, toutefois, pour se défendre, sinon vocalement.) Vous savez qui je suis ? Quand mon père apprendra que…

— Quand ton père apprendra quoi ? l'a coupé Christopher. Comment tu as passé près d'une semaine ici avec la fille qu'il a tenté d'assassiner sans lui en parler, parce que tu avais l'intention de faire avouer à ta petite protégée pourquoi il a essayé de la tuer ?

Christopher venait de marquer un point, là. D'un autre côté…

Frida s'est discrètement approchée de moi pour me glisser à l'oreille :

— Qu'est-ce qui va se passer quand Brandon réussira à se déficeler ou je sais pas quoi ? Il va être fou de rage, je veux dire, non ?

— J'imagine, lui ai-je répondu.

— Et alors ? Tu crois pas qu'il va se lancer aussitôt à notre poursuite ?

— Y a des chances.

C'était exactement ce que je me disais. J'étais un peu étonnée que Frida ait suivi le même raisonnement. Ma petite sœur avait récemment montré des signes d'une croissance et d'une maturité assez hallucinantes pour une fille qui, il n'y avait que quelques mois de ça, était prête à faire des heures de queue afin d'obtenir l'autographe d'un type dont je n'avais seulement jamais entendu parler.

Je me suis soudain rendu compte que les sanglots de Nikki avaient atteint un tel paroxysme qu'ils viraient cataractes, genre pleureuses professionnelles. Je n'avais jamais vu de vraies pleureuses avant, mais j'avais lu des trucs là-dessus dans des bouquins. Ça ressemblait à des espèces de lamentations, mais en plus perçants. Nikki s'étreignait comme si elle mourait de froid et se balançait d'avant en arrière, à genoux, tel un gamin auquel on vient de confisquer son jouet préféré.

— Non, non, non, noooon, geignait-elle de plus en plus fort. Je ne partirai pas d'ici ! Je ne partirai pas sans Brandon !

Vu la tête qu'elle tirait, il était clair que Lulu considérait la comédie de Nikki avec beaucoup moins de compassion que les autres spectateurs de la scène. Comme j'avais toujours vu Lulu ne se conduire qu'avec la plus grande gentillesse envers tout le monde, j'ai été carrément sciée quand elle a balancé à Nikki, non sans manifester une certaine irritation :

— C'est dingue cette loyauté que tu sembles avoir envers Brandon, Nikki. Ça doit être nouveau parce qu'il n'y a pas si longtemps, tu sortais derrière son dos – et le mien – avec mon petit copain. Justin, ça te dit quelque chose ?

Ça lui a coupé le sifflet, à la pleureuse, comme une sirène qu'on aurait débranchée. Juste au moment où, au loin, s'élevait le hurlement d'une vraie sirène.

La police arrivait.

Brandon a dévisagé Nikki avec stupeur. On aurait presque dit qu'il la voyait vraiment pour la première fois.

— Toi..., a-t-il murmuré, en fronçant les sourcils, et *Justin* ?

Nikki en est restée bouche bée. Son regard est passé de Lulu à Brandon et réciproquement. On avait l'impression qu'elle manquait d'air, comme un des poissons de l'aquarium de Brandon. Un poisson qui aurait accidentellement sauté hors de ses paisibles eaux bleues.

— Tu... comment tu as su ? a-t-elle bredouillé.

Elle avait l'air un peu sonnée tout de même.

— Il a essayé de faire du bouche à bouche à Em, a répondu Lulu, en me montrant du doigt. Sauf qu'elle n'avait aucun mal à respirer, si tu vois ce que je veux dire...

J'ai fait la grimace. Je m'étais toujours demandé si Lulu nous avait vus par la fenêtre, le jour où Justin m'était tombé dessus devant le loft.

Maintenant, je savais. Pauvre Lulu !

Et pauvre Nikki ! Elle battait des cils, éberluée, comme si elle venait de se prendre une gifle, et sa bouche bougeait toujours comme si elle essayait de dire quelque chose.

Sauf qu'aucun son n'en sortait.

— J'adorerais rester à regarder ce numéro exclusif de l'Élection des Dix Futurs Top Models de Moins de Vingt Ans, est intervenu Christopher, mais il faut qu'on bouge avant que...

C'est alors que la sonnerie de la porte a retenti.

— Je crois que c'est le signal, a ironisé Steven.

Mme Howard est justement revenue s'encadrer dans la porte au même moment. Elle avait à la main le sac avec lequel je l'avais vue quitter la maison du Dr Fong, il y avait pratiquement une semaine.

— Je présume que je ferais mieux de ne pas aller ouvrir, a-t-elle posément demandé.

— Vous présumez bien, lui a confirmé Christopher.

Nikki s'est alors levée d'un bond pour se jeter sur sa mère.

— Maman, s'est-elle écriée, ils veulent nous obliger à partir avec eux ! Et à laisser Brandon ici !

J'ai lorgné vers Christopher. Je savais qu'il me détestait, maintenant, et tout et tout. Et peut-être qu'il avait de bonnes raisons pour ça.

Il fallait qu'il m'écoute pourtant. Parce que c'était quand même mon évasion, là, non ?

— On doit l'emmener avec nous, lui ai-je annoncé.

Christopher m'a alors dévisagée comme s'il ne m'avait encore jamais vue de sa vie. Ça m'a même fait penser à ces premiers jours de cours, dans la classe d'expression orale de M. Greer, quand il ne savait pas encore que c'était moi, Em, qui le regardais à travers les yeux de Nikki Howard, ses célèbres yeux bleu saphir.

— Absolument pas, m'a-t-il rétorqué, catégorique. Ce n'est pas prévu au programme.

Je suis allée me planter devant lui – si près que mon visage n'était plus qu'à quelques centimètres du sien.

— Eh bien, il va falloir changer de programme, lui ai-je répliqué sur le même ton. Parce que, sinon, à la minute où notre avion se posera, on va se retrouver cernés par les fédéraux. Brandon ne va pas manquer de les appeler, j'en mettrais ma main à couper.

— Il ne va rien faire du tout. Comment il pourrait ? Qu'est-ce que tu veux qu'il dise ? Qu'il t'a enlevée et que tu t'es débiné ?

— Il trouvera bien quelque chose pour tous nous impliquer. Il racontera des horreurs sur notre compte. Il inventera qu'on l'a torturé ou un truc dans le genre et, avant qu'on ne comprenne ce qui nous arrive, Steven sera devenu l'ennemi public numéro 1 et la star d'*America Most Wanted*.

— Je ne crois même pas que l'émission existe encore, a persiflé Christopher, en arquant un sourcil.

J'ai bien vu qu'il me regardait de haut. J'ai également remarqué que ses lèvres étaient vraiment tout près des miennes...

Comment je pouvais penser à un truc pareil ? Il y a des moments, franchement, où je me hais.

— Oh ! si, si, elle passe encore. Et tu sais qui ne va pas tarder à arriver en tête de sa liste des douze hommes les plus recherchés des *States*, Christopher ? Toi. Si tu continues à ce rythme-là. Qu'est-ce que tu as fait exploser, d'abord, quand tu étais en train de détourner l'attention des gardiens, dehors ? Comment tu peux être sûr qu'aucun n'a été blessé ?

Il est tout de suite monté sur ses grands chevaux.

— Parce qu'il n'y a pas eu de dommages collatéraux. J'y étais, figure-toi. C'était juste une bombe artisanale et je l'ai lancée loin sur la plage, là où il n'y avait personne.

— Tu oublies les paparazzis ? Ils sont planqués dans les dunes.

— J'ai vérifié avant. Bordel ! Em, tu me cherches là, a-t-il aboyé. Qu'est-ce que tu me veux ?

Je ne pouvais décemment pas lui dire ce que je lui voulais.

Parce que ce n'est pas le genre de chose qu'on dit en public. Encore moins devant ce public-là, ma réponse ayant en partie à voir avec une histoire de cours de langues très... particuliers....

Faute de quoi, je lui ai balancé :

— Je veux que tu sois responsable de tes actes...

Mais qu'est-ce qui me prenait, moi ? Qu'est-ce que j'avais à lui hurler dessus comme ça ? Il essayait seulement de m'aider, après tout. Ce qui était quand même plutôt sympa de sa part, vu qu'il n'éprouvait plus aucun sentiment pour moi (appréciez l'euphémisme !).

— ... au lieu de partir dans tous les sens comme ton avatar de *Journeyquest* qui, entre parenthèses, frappait toujours d'abord et réfléchissait après – quand il réfléchissait. Et c'est précisément pour ça que tu te prenais toujours une raclée...

— Jamais ! Tu ne m'as jamais mis de raclée ! C'est moi qui t'ai...

— Hum..., est intervenue Mme Howard, juste au moment où on sonnait de nouveau à la porte. (On tambourinait, même, maintenant.) Désolée de vous interrompre, mais je crois vraiment que nous devrions partir... Et je crois également qu'il serait plus raisonnable d'emmener Brandon, a-t-elle ajouté après coup. Sinon, je crains qu'il ne fasse quelque chose... d'irréfléchi.

— Vous osez poser un doigt sur moi et j'appelle mes avocats ! a rugi Brandon, en se débattant sur le sol. Je vais tous vous coller un procès ! Même à toi, Lulu ! Ce n'est pas parce que ta mère a fréquenté le même ashram que la mienne que ça va m'en empêcher !

Le regard braqué sur lui, Lulu a plissé les yeux. Brandon venait de commettre une grave erreur, c'était clair. Lulu ne parlait jamais de sa mère sans émotion.

— On l'embarque, a-t-elle décrété, en sortant un torchon de la poche de son tablier. Bâillonne-le, Steven.

Steven n'a pas mis longtemps à enfourner le torchon dans la bouche vociférante de Brandon. Avant que je n'aie compris ce qui se passait, mi-tirant mi-poussant, Christopher et lui entraînaient Brandon vers la porte de service pour contourner l'arrière de la maison et l'embarquaient à bord du monospace garé là. On entendait super bien le bruit des vagues qui s'écrasaient sur la plage à une dizaine de mètres...

... mais pas autant que le hurlement des sirènes qui se rapprochaient à vitesse grand V.

Dehors, l'air était vif et une odeur de fumée se mêlait à celle des embruns. Tout excitée par ce qu'elle considérait comme sa première promenade de la journée, Cosabella s'est précipitée devant moi dans l'allée, flairant tout ce qui lui tombait sous la truffe et faisait ses petites affaires, en compagnie des chiens de Mme Howard.

Perchée sur ses compensées, Nikki ne cessait de trébucher et de jeter des regards en arrière.

— Mon opération, répétait-elle fébrilement. Si on s'en va, jamais je ne me ferai opérer.

— Non, a reconnu son frère, à peu près aussi compatissant que Lulu l'avait été avec elle en lui parlant de Justin. Et c'est encore une chance, parce que maman a dit que tu y resterais. C'est ce que tu veux ?

— Mais non, s'est faiblement défendue Nikki. Je voulais juste être jolie.

Sans mentir, quand j'ai entendu ça, c'est moi qui ai raté une marche.

Je pouvais à peine la regarder. « Je voulais juste être jolie. » Oh Seigneur !

Nikki n'a plus trébuché vu qu'on montait tous dans le monospace. Enfin... on a été obligés de tasser Brandon derrière la banquette arrière, une humiliation qu'il n'a pas eu l'air d'apprécier à en croire les grognements qui nous parvenaient du fond du véhicule (qui a démarré sur les chapeaux de roue pour filer vers l'aéroport).

Toujours affublée de sa toque de grand chef, Lulu saluait joyeusement de la main les beaux pompiers qu'on croisait dans leurs rutilants camions. Certains lui ont même répondu, sans soupçonner une seconde qu'on était responsables du feu qu'ils s'empressaient d'aller éteindre.

En revanche, le visage de Nikki était bien le truc le plus triste que j'aie jamais vu de ma vie.

« Je voulais juste être jolie. »

J'avais peut-être été libérée, mais Nikki, elle, semblait tout à coup se sentir atrocement prisonnière...

Prisonnière de ce corps qui n'était pas le sien.

Et condamnée à le supporter...

À perpétuité.

9

On a raconté aux pilotes et au personnel de bord que Brandon était attaché parce qu'on l'emmenait en cure de désintox contre son gré.

Pour avoir lu des articles sur lui dans les journaux à scandale – et parce qu'ils avaient déjà volé en sa compagnie une ou deux fois –, ils en savaient assez sur Brandon Stark pour avaler ça. Pendant tout le vol, ils se sont baladés dans l'appareil en secouant la tête comme s'ils se disaient : « Oh ! ces pauvres gosses de riches ! Je suis tellement content que mes enfants ne connaissent pas ce genre de problème. »

À ce propos justement, on n'avait toujours pas réglé celui du sort que Brandon allait nous réserver à l'arrivée.

— Je vous ferai tous coffrer, tous sans exception, avait-il grondé à un moment, après avoir réussi à recracher son bâillon.

Lulu avait levé les yeux au ciel et lui avait recollé le torchon dans la bouche.

Mme Howard pensait qu'on devrait tenir une conférence de presse, comme celle que j'avais organisée au pied levé quand j'avais lancé des recherches pour la retrouver.

— Sympa comme idée, a commenté Steven, en s'accoudant à sa tablette. Mais qu'est-ce qu'on va leur raconter aux journalistes ?

— Eh bien, la vérité, lui a répondu sa mère. Que Robert Stark a tenté d'assassiner ma fille.

— Vous avez une preuve ? lui a demandé Christopher.

— Vous l'avez sous les yeux, lui a-t-elle répondu, en me désignant de l'index.

Christopher n'avait assurément pas les yeux posés sur moi, à ce moment-là. Il évitait même soigneusement de me regarder. Puisqu'on avait cassé – à cause de mes supposés « problèmes de confiance » –, il s'était fait un plaisir de prendre la place la plus éloignée de moi dans l'avion et à la table du dîner.

Non pas que ça me fasse quoi que ce soit, d'ailleurs. Et je ne me suis pas donné la peine de prétendre le contraire. Tu parles ! je n'avais même pas remarqué ! J'avais pris un siège juste devant l'écran plat et je m'étais aussitôt mise à examiner le stock de DVD pour voir s'ils avaient des nouveaux films que je n'avais pas encore vus.

— Le problème, c'est qu'elle est vivante et même en pleine forme, lui a fait observer Steven. À mon avis, ça ne va pas être évident pour le téléspectateur américain moyen de comprendre qu'Em n'est pas Nikki Howard. Même si elle jure qu'à *l'intérieur*, elle est effectivement quelqu'un d'autre. Par « preuve », je crois que Christopher entend quelque chose d'un peu plus probant que ça. Parce que, vu de *l'extérieur*, elle est bel et bien Nikki Howard.

— Elle a une cicatrice, a argué Frida. Em peut leur montrer sa cicatrice de l'opération, l'endroit où elle a été opérée.

— J'ai bien peur que ce ne soit pas suffisant, a soupiré Steven. Ce qu'il nous faut, c'est un témoin. Quelqu'un qui était présent quand ils ont pratiqué l'intervention.

— Oui, eh bien, vous pouvez oublier le Dr Fong, leur ai-je annoncé, en venant les rejoindre à l'arrière de l'avion.

Je venais juste de reposer le téléphone du jet.

— Ils l'ont tué ? s'est écriée Lulu, horrifiée.

Steven l'a un peu regardée de travers.

J'aurais été incapable de dire s'il l'aimait ou pas. Il y avait des moments où j'aurais dit oui et d'autres où j'en étais moins sûre. Alors que, pour moi, cette fille était un vrai bonheur, le frère de Nikki semblait parfois effrayé par son… intensité, disons.

En même temps, j'imagine que ça pouvait se comprendre. Dès qu'elle avait regagné l'avion, Lulu avait troqué son uniforme de grand chef contre un académique panthère, un tutu mauve et une veste à paillettes, le tout accessoirisé d'un béret rouge cerise posé de guingois sur son parfait carré blond platine, ce qui lui donnait un petit air canaille et faisait ressortir son teint café au lait.

N'empêche, moi, je la trouvais craquante.

Steven, en revanche, semblait la considérer comme une sorte de spécimen rare qu'il n'avait jamais eu l'occasion d'observer avant dans la nature, ni en captivité. Ni nulle part, d'ailleurs.

Je suppose que les filles comme Lulu ne couraient pas les rues à Gasper.

— Euh, non, je pense qu'il est en cavale, comme nous, lui ai-je répondu. L'opératrice dit que sa ligne fixe n'est plus en service actuellement et, quand j'ai appelé l'ISNN, on m'a dit qu'il avait démissionné.

Du fin fond de l'avion m'est alors parvenue une plainte étranglée. Quand je me suis retournée, j'ai aperçu Nikki roulée en boule sur son siège.

Ça n'aurait pas dû m'étonner. Après tout, le Dr Fong était son seul espoir de récupérer son corps.

« Je voulais juste être jolie », s'était-elle lamentée, avec, dans la voix, plus de désespoir que je n'en avais jamais entendu chez qui que ce soit.

Qui aurait pu dire le contraire ?

Bon, d'accord… moi. Être jolie avait toujours été le cadet de mes soucis. Avant que ce fichu écran plasma ne me tombe sur la tête, je n'avais jamais fait le moindre effort pour essayer de ressembler à quelque chose.

C'était bien pourquoi Frida ne voulait jamais qu'on la voie avec moi. J'enfilais toujours la première fringue qui me tombait sous la main – celle qui se trouvait le plus près parce qu'elle traînait par terre. Une coupe de cheveux, pour moi, c'était ce qui se faisait de moins cher chez Supercuts (OK, OK, c'est un coiffeur pour hommes, mais bon. Une coupe, c'est une coupe, non ?) Quant au maquillage… rien à déclarer. J'avais bien dû essayer une fois ou deux, mais sans grande conviction, et ça s'était toujours soldé par un désastre. C'était comme si je m'étais dit : « Bon, je ne peux pas ressembler à Nikki Howard ? Alors, autant lâcher l'affaire tout de suite. »

Ce qui peut expliquer en partie pourquoi le garçon qui me plaisait n'avait jamais remarqué que j'étais de sexe féminin…

Le problème, c'était que, d'après ce que j'avais pu récemment observer (et j'étais plutôt bien placée pour ça), la vraie Nikki Howard n'était pas très jolie-jolie non plus… intérieurement, du moins. Peut-être que si elle se donnait un peu de mal pour que ça change à ce niveau-là, ça finirait par se voir à l'extérieur…

En même temps, si j'avais dû regarder quelqu'un d'autre se balader sous mon nez avec mon corps, peut-être que, chez moi, ça n'aurait pas été très joli-joli non plus.

— Et cette histoire d'ordinateurs, a suggéré Frida. (Elle levait son Quark. Un cadeau de Robert Stark.) On ne pourrait pas parler de ça à la presse ou à la police ? Ce truc que Nikki a entendu pendant cette réunion chez Stark ?

— C'est pareil, lui a répondu Steven, en tendant la main vers le PC portable, on n'a aucune preuve là-dessus. Pas encore, du moins…

Il a consulté Christopher du regard. Lequel s'est empressé de lever les mains – toujours gantées de noir – en un geste de défense.

— Pas la peine de te tourner vers moi. Je suis hors jeu.

Je l'ai dévisagé, les yeux plissés.

— Comment ça « t'es hors jeu » ?

Lulu s'est alors redressée et, pinçant ses ravissantes lèvres rouge cerise (elle forçait un peu sur le gloss, ces derniers temps, à cause d'un certain… S. H., si vous voyez de qui je veux parler), m'a annoncé :

— Christopher nous a dit qu'il viendrait nous aider à te tirer des griffes de Brandon, parce qu'il trouvait qu'on avait raison de le faire et qu'il te devait bien ça. Mais qu'une fois l'opération sauvetage terminée, il ne voulait plus entendre parler de cette histoire.

— Ah bon ! alors, comme ça, on est censés se débrouiller pour éclaircir le mystère du Quark tout seuls comme des grands, c'est ça ? ai-je balancé à Christopher, sans cesser de le considérer à travers les meurtrières qui me tenaient lieu de paupières.

— Hé ! C'est pas toi que ça empêchait de dormir, de savoir que tu nous mettais tous en danger avec cette affaire ? C'est sans doute pas plus mal que j'aie repris mes billes, alors. Pour ma propre sécurité. Non ?

Je l'ai foudroyé du regard.

— Qu'est-ce qui est arrivé au plan anti-Stark ? ai-je riposté. Ce n'est pas toi qui voulais tellement déboulonner Robert Stark ? Tu as déjà oublié ? Tu vas juste mettre ça au fond de ta poche et ton mouchoir par-dessus ?

— Mais Em Watts n'est plus morte, m'a fait valoir Christopher, avec un petit rictus suffisant. N'est-ce pas ?

— Alors tout va pour le mieux dans le meilleur des mondes, hein ? (Je n'en croyais pas mes oreilles.) Et qu'est-ce que tu fais de ce que tu nous as raconté en cours ? Ces trois cents milliards de dollars de bénéfice que Stark Enterprises a amassés l'an dernier et que Robert Stark s'est mis directement dans la poche. Ces contrefaçons chinoises à deux balles qu'ils revendent et que nos produits américains ne peuvent pas concurrencer. Ces petits commerçants que les Stark Megastores chassent des centres-villes. Comment, si on ne veut pas suivre le chemin de la Rome antique, avec une économie en chute libre et une société qui dépend de l'importation, il nous faut redevenir des producteurs et cesser de consommer à outrance...

Christopher a haussé les épaules.

— C'est pas mon problème, a-t-il grommelé. Tu n'as pas besoin de moi. Tu n'as même pas assez confiance en moi pour me *demander* mon aide. Ça te rappelle quelque chose ?

Je l'ai dévisagé. Il était vraiment sérieux, là ? Il me regardait sans ciller et ces lèvres légèrement retroussées... Mais, il souriait ! À croire que ça l'amusait !

Je ne pouvais pourtant pas m'empêcher de penser que, derrière cet impénétrable regard bleu, il y avait un autre Christopher – le Christopher d'avant – qui priait pour que je le démasque et que je lui colle la honte en lui faisant remarquer devant tout le monde qu'il se comportait comme un imbécile. Que je lui dise : « Mais je suis en train de te la demander, ton aide, là. Est-ce que tu veux bien nous aider ? Est-ce que tu veux bien *m'*aider ? »

Seulement voilà, je ne l'ai pas fait.

J'étais bien trop en colère contre lui. Pourquoi se comportait-il comme un gamin de quatre ans ? Je lui avais déjà expliqué les raisons qui m'avaient poussée à agir comme je l'avais fait, à prendre les décisions qui s'imposaient. Des décisions tout à fait raisonnables, des décisions rationnelles.

Alors pourquoi se conduisait-il comme ça ?

— On ne sait même pas s'ils font vraiment un mauvais usage de ces données, à part les stocker, a hasardé Steven d'un ton hésitant. Si seulement on savait pourquoi ils les récupèrent…

Christopher a détourné la tête pour regarder obstinément par l'un des hublots du jet.

— *Ce n'est plus mon problème*, a-t-il articulé, à l'intention du hublot, semblait-il.

Mais je savais pertinemment que ce n'était pas au hublot qu'il s'adressait.

C'était *à moi*.

Et je n'exagère pas en disant que c'était comme s'il avait enfoncé ses mains dans ma poitrine pour m'arracher le cœur et le jeter trente mille pieds plus bas. (On devait survoler la Pennsylvanie à ce moment-là.) Tout comme j'avais écrasé le sien, ce matin-là, devant la maison du Dr Fong.

Et tout ça parce que je n'avais pas voulu partir sans Nikki cette nuit ? Et qu'il avait été obligé de passer au plan B et d'appeler Lulu et Frida à la rescousse ?

Ou plutôt à cause de mes prétendus « problèmes » ?

Oui, eh bien, si vous voulez mon avis, c'est lui qui en avait, des problèmes.

J'ai consulté Lulu du regard pour voir ce qu'elle en pensait et je n'ai pas été franchement étonnée de la voir rouler des yeux en articulant « les mecs ! » en silence. Après quoi, elle m'a fait signe d'aller m'asseoir à côté de lui.

Euh… désolée, mais elle avait dû tester son masque en douce, là, se faire un petit shoot d'oxygène concentré. Parce qu'elle pouvait toujours s'accrocher !

Au contraire, j'ai reporté toute mon attention sur la conversation qui se poursuivait à table, ignorant Christopher qui, de son côté, se faisait un devoir d'ignorer tout le monde.

Mais je m'y attendais. Avant même que Frida n'ouvre la bouche, je savais que quelqu'un allait y penser. Ça n'a pas loupé.

— Ben, si Christopher ne veut plus nous aider, peut-être que son cousin pourrait, a-t-elle suggéré.

Et comment ! Felix, le petit génie de l'informatique, cousin de Christopher, qui était déjà en résidence surveillée pour avoir délesté un prédicateur de la télé de quelques dizaines de milliers de dollars, en programmant un téléphone public pour qu'il appelle automatiquement le numéro de l'émission (qui commençait par 1-800) plusieurs centaines de milliers de fois de suite. (Qui pouvait savoir que les détenteurs de numéros commençant par 1-800 payaient la communication à chaque fois qu'on les appelait ?)

Pourquoi ne pas mouiller Felix dans cette affaire (même s'il n'était pas beaucoup plus vieux que Frida) ? Il n'avait plus rien à perdre, après tout.

— Non.

Christopher s'est retourné brusquement vers nous. (Ah ! Je savais bien qu'il écoutait, mine de rien.)

— Si j'abandonne la partie, il est hors jeu aussi, a-t-il décrété.

Et Felix, comment il allait la prendre, cette décision, lui ? Grâce à moi, il avait déjà trouvé le moyen de pirater le système informatique de Stark Enterprises. Et il m'avait plutôt fait l'effet de quelqu'un qui, une fois impliqué dans un projet, n'était pas du genre à laisser tomber.

Enfin bref, je ne voulais même plus avoir à faire à Christopher, de toute façon. J'ai préféré changer de sujet. On avait trop de trucs bien plus importants à gérer.

Dont Brandon, notamment. Et comment on allait pouvoir s'y prendre pour qu'il nous fiche la paix. J'ai décidé de m'occuper de ça personnellement.

Je suis allée m'asseoir en face de lui, dans le confortable siège de cuir crème du jet.

— Brandon, me suis-je lancée, en me penchant pour poser la main sur une des siennes (qui commençaient à enfler un peu à force d'être ficelées comme un rôti), si la boîte de ton père coule, il y aura une super opportunité pour la nomination d'un nouveau PDG. Ce serait dommage que tu ne puisses pas prendre son fauteuil parce que tu t'es fait arrêter aussi pour tous les trucs que tu m'as faits : tu sais, me faire chanter, me menacer et m'enlever pour me séquestrer hors des frontières de l'État, alors que je suis encore mineure, et tout ça... Ça ferait vraiment mauvais effet sur *Fox News*. Comprends-moi bien : ce n'est pas que je *veuille* porter plainte contre toi pour m'avoir fait subir tout ça. Parce que tu es quand même un Stark (même si ce n'est pas précisément un atout, en ce qui me concerne... enfin, au moins, tu ne sembles pas trop branché assassinat, toi)... Mais si jamais, une fois rentré à New York, tu cherches des ennuis à mes amis, je te préviens gentiment : je te dénonce direct au FBI.

Au-dessus de l'énorme paquet de tissu blanc à rayures vertes qui lui sortait de la bouche, Brandon ouvrait des yeux comme des soucoupes. Et il en disait des trucs, apparemment !

Mais j'avais un peu de mal à le comprendre. À cause du bâillon.

— Il y a une chose qu'il faut que tu saches, Brandon, ai-je enchaîné, en m'adossant à mon siège pour croiser mes longues jambes bronzées. C'est moi qui ai mis le feu à ta Murcielago.

Les yeux de Brandon se sont encore élargis et il a encore dit plein de trucs. Et en braillant beaucoup plus fort. Je ne pouvais toujours pas savoir quoi. (Enfin, en dehors des jurons que je parvenais parfaitement à identifier, même déformés par le bâillon.)

— Oui, je sais, lui ai-je balancé. Mais tu ne l'avais pas volé. Tu ne peux pas traiter les femmes – ni personne d'autre, d'ailleurs – de la façon dont tu m'as traitée. Est-ce que tu comprends ça ? Et non, je ne vais certainement pas te payer une nouvelle voiture. Je vais même te faire bien pire, si tu recommences à me chercher, au contraire. Je vais appeler les petits copains d'Oprah pour programmer une interview détaillée sur la manière dont tu t'es servi de moi qui montrera quel pitoyable *loser* tu fais (Mais si, dans *The Oprah Winfrey Show* : plus de huit millions de téléspectateurs. La consécration, quoi). Tu deviendras la bête noire de l'Amérique. Et alors là, il n'y aura plus aucune chance pour que les actionnaires de Stark Enterprises te laissent prendre la succession quand ton père se fera virer.

Ça l'a calmé net. Il me regardait maintenant avec un air de chien battu, un peu comme Cosabella, quand je la gronde parce qu'elle mordille une de mes paires de Jimmy Choo que, allez savoir pourquoi, elle semble trouver aussi irrésistible que moi. (Elle a bon goût, notez bien.)

— Alors, qu'est-ce que tu choisis ? lui ai-je demandé. Est-ce que tu vas jouer le jeu ? Ou est-ce que tu vas continuer à te comporter toute ta vie comme un crétin fini ? Parce que, tu sais, Brandon, à un moment donné, il va bien falloir que tu te décides. (J'ai levé les paumes bien à plat façon balance de la Justice.) Crétin fini ? Adulte ? C'est à toi de voir.

Il a examiné mes mains. Et puis, pointant le menton en direction de celle qui correspondait à « adulte », il a baragouiné quelque chose. Sauf que je n'ai toujours pas compris. À cause du bâillon.

— Tu as bien dit « adulte », Brandon ? ai-je insisté.

Hochements de tête virulents côté Stark. Je me suis penchée pour lui enlever son bâillon.

— Pas trop tôt ! s'est-il exclamé. Et je te pardonne pour la Murcielago. Si si. J'avoue que c'était vraiment nul ce que je t'ai fait. Tu l'as dit, je peux me comporter comme un imbécile, parfois. Oui, oui, carrément. Et, maintenant, tu ne pourrais pas me détacher, s'il te plaît, et demander à la petite nana de m'apporter un verre et un sandwich ? Je meurs de faim.

— À l'hôtesse, l'ai-je repris.

— Hein ?

Il me regardait comme si j'étais folle.

— C'est une hôtesse de l'air, Brandon. Pas une « petite nana ». Puisque tu es sur la voie de la rédemption et que tu ne veux plus te comporter comme un parfait crétin, tu pourrais peut-être commencer par oublier d'être un gros macho. « Petite nana », c'est sexiste. Et je vais te détacher et te faire apporter un Coca . On leur a fait croire qu'on t'emmenait en *rehab*. Alors, il vaudrait mieux que tu évites tout ce qui ressemble à de l'alcool, pour le moment.

— Comme ça t'arrange, a concédé Brandon. Merci. Et je suis désolé.

J'étais déjà en train de me lever, mais, en entendant ça, j'ai failli me rasseoir. Je n'aurais jamais cru entendre un jour ces mots-là dans la bouche de Brandon Stark... « *Je suis désolé* » ?

Vous le croyez, vous, que des types comme lui puissent grandir et changer ?

J'ai jeté un coup d'œil vers Christopher qui, penché sur son téléphone portable, écrasait les touches à toute allure avec les pouces.

Hé ! si les mecs pouvaient changer pour le pire, pourquoi ne pourraient-ils pas changer pour le meilleur ?

Mais je prenais mes rêves pour des réalités, là, non ?

10

Que c'était bon de rentrer à la maison !

Oh ! il y avait bien des tonnes de courrier à trier – dont pas mal de factures, c'est vrai. Mais pas seulement. Des colis aussi, des paquets cadeaux envoyés par des clients admiratifs et des sponsors, et même par certains des anciens amis de Nikki pour lui souhaiter de bonnes fêtes de fin d'année. Il y en avait un qui lui avait offert une caisse entière de vodka, un autre, un sac Chanel à 3 000 dollars et encore un autre, quatre iPods différents, toujours dans leur boîte.

Ça allait assurément faire le bonheur de quelqu'un (au centre anticancéreux Memorial Sloan-Kettering auquel j'allais donner tous ces trucs. Ils les revendraient dans leur boutique solidaire qui leur servait à lever des fonds pour aider les malades à se faire soigner – je n'étais pas persuadée qu'ils prendraient la vodka, cela dit).

Et je n'allais pas pouvoir éternellement ignorer les messages sur ma boîte vocale – ni mes parents –, c'était clair.

Mais c'était trop génial de me retrouver *chez moi*, entourée de *mes* affaires, en plein cœur de *mon* New York adoré.

Sauf que ce n'était pas vraiment chez moi, évidemment.

Et que ce n'étaient pas vraiment mes affaires.

Allez savoir combien de temps j'allais encore pouvoir en profiter ? Je n'étais toujours pas délivrée de l'angoisse de devoir les rendre un jour ou l'autre à leur légitime propriétaire. Il allait bien falloir que je commence à m'en préoccuper. En même temps… peut-être pas. Vu qu'il y avait aussi cette histoire de mon-boss-pourrait-bien-essayer-de-me-tuer dont je devais m'inquiéter. (S'il y parvenait, le problème serait tout de suite réglé !)

Parce qu'on ne pouvait pas dire que les choses se soient particulièrement bien terminées avec Christopher. Pas plus qu'avec Nikki, d'ailleurs.

J'avais pourtant fait de mon mieux. Avec les deux. Si, si, je vous jure.

Allongée sur mon lit, je me repassais le film : comment, une fois le problème de Brandon réglé, j'avais essayé de me racheter auprès de Nikki. J'avais l'impression d'avoir une dette envers elle. Ne me demandez pas pourquoi. Pour ce qu'elle avait été sympa avec moi !

Mais je ne supportais pas de la voir prostrée là, en larmes, à l'arrière de la limo (la limousine qu'on avait prise à l'aéroport pour regagner le centre ville. Enfin, pas tous, puisque Frida était repartie avec le jet, direction la Floride, pour finir son stage de… pom-pom !).

« Je voulais juste être jolie. »

Tous ces après-midi, toutes ces soirées où, assise dans le salon avec Christopher, j'avais prié pour qu'il me voie autrement, pour qu'à ses yeux je ne sois pas un simple compagnon de jeu avec lequel il pouvait se faire de super marathons de *Journeyquest*. Est-ce qu'à ce moment-là, je n'avais pas, en un sens, « voulu être jolie » moi aussi ? Mais c'est surtout Frida qui l'avait carrément exprimé comme ça.

« Si seulement je pouvais être aussi jolie ! » soupirait ma petite sœur, en admirant une photo pleine page de Nikki

Howard dans une stupide robe en métal doré à 20 000 dollars en couverture de *Elle*.

Ma mère, en digne sociologue féministe enseignant l'histoire des femmes à l'université de New York, lui ressortait chaque fois le même refrain :

« Ne sois pas ridicule, ma chérie, lui rétorquait-elle, sur le même ton exaspéré. L'apparence importe peu. Ce qui compte, c'est qui tu es vraiment, ta personnalité. »

Et, chaque fois, Frida ricanait : « Mais oui, maman. C'est dingue ce que les garçons s'intéressent à ma *personnalité*, au lycée. »

« La beauté se fane, renchérissait ma mère. Mais l'intelligence est éternelle. »

« Mais tu me trouves jolie quand même, lui serinait Frida. Hein, maman ? »

Ma mère lui prenait le visage à deux mains et lui resservait invariablement la même salade : « Je trouve que ta sœur et toi devenez de solides jeunes femmes, fortes et indépendantes, ma chérie. Et j'espère que vous le resterez toute votre vie. »

Je m'étais toujours demandé si Frida s'apercevait que maman ne répondait jamais à sa question.

— Nikki, avais-je dit à l'intéressée, en lui étreignant légèrement la main, tu vas provisoirement habiter chez Gabriel Luna, le temps qu'on réussisse à régler cette affaire.

Gabriel n'avait pas précisément sauté de joie à cette perspective. Ça lui avait même fait un choc, quand je l'avais appelé de l'avion pour lui annoncer que les Howard allaient s'installer chez lui.

En même temps, c'était bien lui qui nous avait proposé son aide, à la soirée de Lulu, quand toute cette histoire avait commencé à mal tourner, non ?

Eh bien, on en avait besoin, de son aide, maintenant. On ne pouvait pas vraiment planquer Nikki, Steven et leur mère à l'hôtel. Sûr que Starck remonterait direct à la source avec nos cartes de crédit.

Mais les cacher sous le nez de Robert Stark, chez Gabriel Luna, un artiste signé sur le propre label de Stark, dans le nouvel appartement fourni par Stark (un truc hypra sécurisé qui dominait tout Manhattan, dans lequel Gabriel avait été obligé d'emménager pour échapper à ses hordes de fans hystériques) ? Une pure idée de génie. Même si Gabriel lui-même n'était pas très convaincu. Pas seulement que Stark ne découvrirait pas le pot aux roses, mais il se voyait mal héberger Nikki, laquelle lui avait pratiquement craché à la figure, avant d'aller s'enfermer dans la chambre d'amis, quand il lui avait lancé un jovial « Ravi de te connaître ». Yeah !

« Eh bien, avait commenté Gabriel, ça promet ! »

— Je vais faire le maximum pour te rendre tout ce que tu as perdu, avais-je assuré à Nikki, dans la limousine qui nous ramenait de l'aéroport.

Essayer, du moins.

— Ah oui ? (Elle s'était tournée vers moi, ruisselante de larmes.) Mon visage aussi ? Tu vas me rendre mon visage ?

— Eh bien…, avais-je bredouillé, prise de court. (J'avais inconsciemment levé la main pour me toucher la joue. Enfin, la joue de Nikki, plus exactement, j'imagine.) Je ne suis pas très sûre de pouvoir te rendre ça, Nikki. Mais l'argent, l'appartement… c'est à toi, tout ça.

Elle s'était retournée vers la vitre.

— Alors, on n'a plus rien à se dire, avait-elle tranché, glaciale. Parce que je ne veux qu'une seule chose, moi : redevenir aussi belle qu'avant.

Et, un peu comme ma mère, je n'avais pas su quoi lui répondre. Parce que, s'il y avait une chose que je ne pouvais pas lui donner, c'était bien la beauté. Peut-être aussi parce que, la beauté, c'était à Nikki de la retrouver. En elle.

Allongée sur mon lit, dans le loft de Nikki, à regarder le plafond de Nikki, avec le chien de Nikki niché au creux de mon cou, le cou de Nikki, je ne cessais de penser à ce qu'elle m'avait sorti dans la voiture :

« Alors, on n'a plus rien à se dire. Parce que je ne veux qu'une seule chose, moi : redevenir aussi belle qu'avant. »

Je n'avais jamais vu autant de tristesse dans les yeux de quelqu'un.

Je pouvais la comprendre. J'avais vécu la même chose. Bon, pas exactement la même chose… Mais c'était un peu pareil, si on considérait que j'avais perdu des trucs aussi importants pour moi que son look de bombe atomique l'était pour Nikki : ma famille, ma maison, mon meilleur ami…

Je ne sais pas depuis combien de temps j'étais allongée là, quand Lulu a passé la tête par l'entrebâillement de la porte pour me demander :

— J'ai les crocs. Je crois que je vais me faire monter un truc d'en bas. Tu veux un banana split ?

J'ai roulé sur le flanc pour la regarder.

— Lulu, un banana split, ça fait pas un repas.

— Ben si, m'a affirmé Lulu, en entrant dans ma chambre pour venir se jucher souplement à côté de moi. Il y a un fruit, des laitages et des fruits secs : toutes les catégories d'aliments y sont. Enfin, les plus importants, si tu ajoutes la sauce chocolat. Et, après, je suis toujours calée quand j'en mange un.

J'ai capitulé (ça m'épuisait d'avance).

— Vas-y. Et commandes-en un pour moi aussi, alors, lui ai-je répondu, en me laissant retomber sur le dos avec un soupir.

Lulu s'est penchée au-dessus de moi pour atteindre le téléphone posé sur la table de chevet. Elle a appuyé sur la touche du traiteur du coin (son numéro était préenregistré, vu que c'était quasi le seul qu'on appelait d'ici) et lui a demandé de nous livrer deux banana splits. Et puis elle a raccroché et elle m'a dévisagée en silence.

— Tu penses pas à Christopher, là ? m'a-t-elle balancé, d'un ton réprobateur, au bout d'un moment.

— Non, je pense à Nikki.

Sauf que, forcément, je pensais à Christopher quand elle m'avait posé la question, ne serait-ce qu'indirectement.

Lulu a fait la moue. Elle n'estimait manifestement pas son ancienne coloc digne de nos cogitations, et encore moins d'une discussion.

— Il t'aime encore, tu sais.

Elle lui préférait Christopher, apparemment.

— Ah oui ? ai-je raillé avec un petit rire amer. Ce n'est pas ce qu'il dit.

— C'est seulement parce qu'il t'en veut de lui avoir menti. Et pas qu'une fois, hein. Faut pas mentir à celui qu'on aime. Sauf pour lui dire qu'il est d'enfer avec sa nouvelle coupe alors qu'il ressemble à rien.

Je me suis redressée, en appui sur mes coudes.

— Même si c'est pour lui sauver la vie ?

— Encore moins, m'a doctement assuré Lulu, en secouant la tête avec gravité. Les garçons ont horreur de ça. Ils sont hyper susceptibles. Surtout maintenant, avec le féminisme et tout et tout. Ça les a carrément embrouillés. Ils ne savent plus où ils en sont. Est-ce qu'ils sont censés faire des trucs comme t'ouvrir les portes et payer l'addition, ou te laisser gérer ? Mystère. Alors imagine ! Le tien, il essaie de venir te délivrer et tu ne veux même pas venir avec lui. Mets-toi à sa place ! Il va falloir que tu le laisses faire des trucs pour toi, de temps en temps. Même si tu sais qu'il va droit dans le mur. Surtout que toi, tu as déjà tout pour toi, alors que lui... ben, pas vraiment.

Je lui ai décoché un regard mauvais. Il y avait de quoi être vexée, non ? Elle était quand même gonflée de dire que mon petit ami n'avait rien pour lui. (Bon, OK, mon ex-petit ami, techniquement parlant, j'imagine. N'empêche !)

— Christopher a plein de trucs pour lui, ai-je protesté. En informatique, c'est carrément une bête. Et puis il est trop tordant, et il est adorable... quand il ne joue pas les superméchants pour venger ma mort ou je ne sais quoi. Et quand il n'est pas fou de rage parce que je me suis tirée avec le fils de son ennemi mortel.

— Oh ! moi, je veux bien te croire, a transigé Lulu, toujours diplomate. Mais, là, tout de suite, il morfle, tu vois. Alors il va falloir que tu te débrouilles pour réussir à franchir le rempart qu'il s'est construit tout autour pour pas recommencer à morfler.

Je me suis laissée retomber sur les oreillers.

— Oui mais, ce n'était pas seulement pour le protéger lui. C'était aussi pour protéger ma famille. Et Nikki. Je lui ai déjà expliqué tout ça. Mais, rien à faire, il me hait toujours.

— Je te l'ai déjà dit : il ne-te-hait-pas. (Lulu avait trouvé du vernis noir dans le tiroir de la table de chevet de Nikki et se faisait les ongles des pieds, après avoir viré ses mules mauves à talons compensés.) Mais il va falloir que tu trouves un moyen de lui faire comprendre que tu as besoin de lui pour qu'il voie qu'il compte grave pour toi.

— Mais il *compte* pour moi ! me suis-je écriée. Je l'aime !

— Oui, mais il ne peut rien *faire* pour toi. Enfin, pas vraiment, s'est-elle entêtée, son attention entièrement focalisée sur son gros orteil qu'elle laquait avec application. Le fric, c'est toi qui l'as, le fric et le pouvoir. Lui, c'est rien qu'un petit lycéen. Tout juste s'il peut t'inviter à dîner chez Balthazar – pas entrée *et* plat *et* dessert, en tout cas. Il ne pourrait même pas t'offrir cette bouteille de vernis, si ça se trouve. (Elle a fermé la bouteille en question pour la secouer.) C'est du Chanel. Ça coûte plus de vingt dollars. Comme je te l'ai déjà dit chez Brandon,...

— Mais je lui ai donné l'occasion rêvée de pouvoir faire quelque chose pour moi, aujourd'hui ! ai-je protesté. Je lui ai demandé de m'aider pour cette histoire de Stark Quark. C'est lui qui n'a pas voulu !

— Il est encore en rogne. Laisse-le décompresser. Les garçons ont besoin qu'on les laisse respirer un peu, de temps en temps. C'est comme pour mes ongles, tiens. Il va falloir les laisser sécher, avant que je puisse renfiler mes chaussures pour aller chez Gabriel voir Nikki. Elle va avoir droit à un relooking gratuit. Elle en a autant besoin que Christopher et toi d'un petit coup de fil à la *Loveline* de ce bon Dr Drew.

Je l'ai fusillée du regard.

— On n'a pas besoin d'une *Loveline*, Christopher et moi. Il me déteste, c'est tout.

— Mais non ! C'est lui qui a eu l'idée d'aller te délivrer. C'est lui qui m'a appelée, carrément emballé à l'idée de débarquer chez Brandon pour te tirer de là. Le méga trip Luke Spacewalker, tu vois.

J'en aurais pleuré. C'était trop chou.

— Skywalker, Lulu. C'est Luke Skywalker.

— C'est ça. Bon, alors, comment on va faire ? m'a-t-elle tout à coup balancé, en me dévisageant avec ses immenses yeux marron. (Pour une fois, elle avait renoncé à l'une de ses innombrables paires de lentilles colorées qui donnaient à ses prunelles un éclat surnaturel, d'autant plus bizarre sur sa peau foncée : de vrais yeux de chat.) Pour ce binz, là, je veux dire, a-t-elle insisté. On ne peut pas planquer les Howard chez Gabriel Luna jusqu'à perpète. Bon, Brandon a une trouille bleue de toi, depuis que tu lui as dit pour la Lamborghini. Alors il se tiendra à carreau. Mais son père…

— … est l'un des quatre hommes les plus riches du monde, je suis au courant. Et aussi l'un des plus puissants.

Je lui ai rendu son regard. Pourquoi c'était à moi qu'elle posait la question ? Qu'est-ce que j'en savais, moi, « comment on allait faire » ? Je n'avais jamais rien demandé à personne. Je n'y étais pour rien dans toute cette histoire.

Et je n'avais pas la moindre idée de la façon dont on pouvait la régler non plus.

On était assises là à se reluquer bêtement quand, soudain, une sonnerie a retenti, si fort qu'on a fait un bond de trois kilomètres.

— Argh ! s'est étranglée Lulu. Qu'est-ce que c'est que ça ?

On a sauté du lit et on a commencé à courir dans tout l'appartement pour tenter de trouver l'origine de la sonnerie, pendant que Cosabella sautait partout en aboyant joyeusement.

— Ce ne seraient pas les banana splits ? Ils sont déjà arrivés ? me suis-je étonnée.

— Non, c'est pas l'interphone, m'a fait remarquer Lulu.

Autrement dit, la ligne privée dont se servait le gardien de l'immeuble pour nous avertir quand quelqu'un nous attendait dans l'entrée.

— Ben c'est quoi alors ? ai-je gémi, affolée par ce hurlement strident qui ne voulait pas s'arrêter.

— Oh mon Dieu ! s'est écriée Lulu, en se figeant près de la table basse. C'est le fixe !

— Le *fixe* ? (Je ne savais même pas qu'on *avait* une ligne fixe. On était tellement accros au portable, toutes les deux, qu'on ne se servait du téléphone de la maison que pour se faire livrer des trucs à manger.) Tu veux rire ?

Lulu a décroché.

— Allô ? a-t-elle demandé, avec une drôle d'expression sur le visage.

Quelqu'un a répondu et elle a levé les yeux vers moi.

— Oh ! a-t-elle dit. Oui. Ah ! Bonjour. Oui, oui, bien sûr qu'elle est là. Ne raccrochez pas. (Elle a plaqué une main sur le combiné.) C'est pour toi. C'est ta mère.

— *Ma mère* ? me suis-je exclamée dans un murmure étouffé. Mais je ne veux pas parler à ma mère, moi ! Dis-lui que je ne suis pas là.

Lulu a eu l'air ennuyé.

— Mais je viens juste de lui répondre le contraire. Pourquoi tu refuses de parler à ta mère ?

— Parce qu'elle m'en veut à mort, ai-je hurlé (le son réglé au minimum, mais le ton y était). T'es pas au courant ? Je viens de passer la semaine toute seule chez un garçon, alors que ses parents n'étaient même pas là ! C'était étalé dans tous les journaux d'Amérique. Je suis mal.

— Aaaah ! s'est exclamée Lulu, en hochant la tête, la lumière se faisant enfin dans son esprit. Je vois. Tu veux que je lui explique que c'était une histoire de chantage, que, si tu ne le faisais pas, Brandon allait dire à son père où il pouvait trouver Nikki et qu'après il l'aurait tuée ? Je suis sûre que Karen comprendra. (Elle a ôté sa main de l'appareil pour embrayer direct :) Allô, Karen ? C'est encore moi, Lulu. Écoutez, si c'est parce qu'Em est partie en Caroline du Sud avec Brandon Stark, je peux...

En un clin d'œil, j'ai plongé sur le téléphone, l'arrachant des mains de Lulu pour atterrir avec sur le lit et me le coller à l'oreille dans l'élan. Je crois bien que je n'ai jamais bougé aussi vite de ma vie. Lulu a ouvert des yeux comme des pancakes, choquée de m'entendre balancer à ma mère un « Hé ! salut, maman ! » d'un ton plus faux-cul tu meurs.

— Bonjour, Emerson, m'a répondu ma mère.

Oh oh ! Là, c'était grave. Ma mère ne m'appelait jamais par mon prénom. Enfin, mon prénom en entier, je veux dire. Sauf... quand elle était folle de rage.

Sans compter qu'elle n'était pas censée utiliser mon vrai nom au téléphone. Encore moins sur le fixe de Nikki Howard.

Quelque chose, dans sa voix, laissait cependant supposer que ce n'était peut-être pas le meilleur moment pour le lui rappeler.

— Alors ? ai-je vaillamment persévéré, en m'allongeant sur le lit, pendant que Cosabella, excitée par toute cette activité, sautait sur les coussins autour de moi. Comment ça se passe à la maison ? Comment va papa ?

— Ton père va bien, m'a répondu maman, carrément pincée de chez pincée.

Elle avait une voix tellement tendue, pointue, froide... On aurait dit qu'elle venait juste de se faire faire des injections de Botox, vous voyez l'idée ? Il était clair qu'elle avait étouffé sa colère toute la semaine, attendant de m'avoir pour m'exploser à la figure comme une des bombes maison de Christopher.

— Trop aimable à toi de le demander. Je t'ai laissé plusieurs messages sur ton téléphone cellulaire. Ne les as-tu pas reçus ?

« Téléphone cellulaire ». Elle avait bien dit : « Téléphone cellulaire ». Alors là, j'étais morte. Non mais, morte-morte, je ne rigole pas.

— Euh, non, ai-je menti. Tu ne sais pas ce qui m'est arrivé ? Tu vas rire. J'ai laissé tomber mon portable à la mer, figure-toi. Et je n'ai pas encore eu le temps de le remplacer...

Plantée à côté du lit, Lulu a tapé du pied en me balançant un regard mauvais.

— Plus de bo-bard, a-t-elle articulé en silence. À personne !

J'ai levé les yeux au plafond.

— Eh bien, j'ai eu beaucoup de chance de te trouver chez toi, dans ce cas.

Ma mère avait toujours cette petite voix incroyablement pointue. C'est dingue ce qu'elle était froide. Glaciale.

— Oui, lui ai-je répondu, tout en agitant la main pour chasser Lulu de ma chambre.

Sans grand résultat, hélas ! Elle sautait toujours partout en faisant « Arrête de mentir ! Tu mens ! ». Ce qui n'était pas du tout énervant, évidemment (à peine).

— Et mamie, comment ça va ? ai-je continué à ramer (assez lamentablement, je le reconnais).

— Ta grand-mère se porte bien, m'a assuré ma mère, toujours aussi chaleureuse qu'un citron givré. Emerson, ton père et moi aimerions te rencontrer. Aurais-tu assez d'un quart d'heure pour te rendre au Starbucks de l'Astor Place ?

— Quoi ?

Prise de panique, j'ai jeté un coup d'œil par la fenêtre. Il tombait de la neige fondue. Rien d'étonnant pour une fin décembre à Manhattan, mais bon...

— ... Euh...

— Ton père et moi y sommes déjà. Nous t'attendons, a poursuivi ma mère, puisque, si j'en crois TMZ point com – le seul moyen que j'ai, désormais, d'être au courant des faits et gestes de ma propre fille, semble-t-il –, tu es de retour à New York. Si tu agissais en adulte, tu viendrais à ce rendez-vous, naturellement. Si, cependant, tu préfères nous laisser assis là à t'attendre bêtement comme de parfaits idiots, à ta guise. Néanmoins,...

— Oh ! mon Dieu ! maman, j'arrive, me suis-je écriée, en me redressant d'un bond sur le lit. Est-ce que tout va bien ?

— Non, Emerson, a-t-elle martelé. Tout ne va pas bien.

Et puis *clac !* ça a coupé.

J'ai regardé le téléphone.

— Qu'est-ce qui se passe ? s'est alarmée Lulu, qui bondissait partout comme une sauterelle (et collait probablement du vernis noir plein la moquette – en fausse fourrure blanche quand même, je vous rappelle, la moquette).

— Ma mère vient de me raccrocher au nez, ai-je soufflé.

Je n'en revenais pas.

— Ah oui ? (Lulu a haussé les épaules.) La mienne me fait le coup à chaque fois. Quand elle pense à m'appeler. Genre une fois par an : pour mon anniversaire.

Argh ! Je me suis sentie tellement mal pour Lulu que je l'ai prise dans mes bras.

— La mienne ne m'a jamais fait ça, en tout cas, lui ai-je expliqué. Il doit vraiment y avoir un méga problème – en dehors du fait qu'elle est méchamment en rogne contre moi parce que je viens de passer la semaine chez un garçon, alors que ses parents n'étaient pas là, je veux dire.

Le visage de Lulu s'est assombri.

— Style Robert Stark en train de lui braquer un flingue sur la tempe pour la forcer à t'appeler, comme quoi, en vrai, c'est un piège, ou un truc comme ça ?

— Oh génial ! ai-je soupiré. Il ne manquerait plus que ça ! Je n'y avais même pas pensé. Elle dit qu'elle est au Starbucks. Pourquoi Robert Stark lui braquerait un flingue sur la tempe dans un Starbucks ?

— Ah ! a concédé Lulu. (Elle avait l'air déçue.) Oui, t'as raison. Y a peu de chances, hein ?

Je lui ai encore fait un câlin. C'était plus fort que moi : elle était trop mignonne.

— Il faut que j'y aille. On se voit plus tard.

— Et les banana splits ? m'a-t-elle interpellée, comme je courais chercher mon manteau et un chapeau, sans oublier la laisse et le manteau de Cosy.

— Mets le mien au frais. Je reviendrai à temps pour le manger.

— J'espère bien, l'ai-je entendue crier, au moment où je m'engouffrais dans l'ascenseur.

Et moi donc ! Elle n'avait pas idée.

11

J'ai trouvé mes parents au fond du Starbucks, serrés autour de deux grandes tasses de café, la mine sombre. Comme ils sont tous les deux profs, ils ont déjà l'air sérieux, la plupart du temps. Mais, là, c'était sérieux de chez sérieux. Plus sérieux que d'habitude, je veux dire.

Mon père avait de grands cernes quasi marron et, apparemment, ça faisait un moment que ses joues n'avaient pas vu l'ombre d'un rasoir.

Les cheveux de ma mère auraient eu bien besoin d'un petit soin et je ne crois pas qu'elle portait la moindre trace de maquillage. Non qu'elle ait jamais été très copine avec Gemey Maybelline, hein.

Mais j'en étais arrivée à trouver qu'on peut faire beaucoup avec pas grand-chose, pour ce qui est du mascara et du gloss. Réflexion qu'on n'aurait pas mal fait de rapporter à la vraie Nikki, entre parenthèses.

Ouah ! est-ce que c'était bien moi, Emerson Watts, qui venais de penser ça ? Mais qu'est-ce qui m'arrivait ?

Contrairement à ce que craignait Lulu, Robert Stark n'était nulle part en vue. Mes parents n'étaient donc pas retenus en otages.

Ils ne m'ont pourtant pas dit bonjour, ni fait un signe de la main, quand je suis allée commander mes cookies et mon infu (rien de pire que la caféine pour déclencher les reflux gastriques de Nikki) avant de les rejoindre. Ils se comportaient comme de parfaits étrangers.

Carrément injuste, non ? Enfin, bon, on n'est plus du même sang, c'est vrai. Mais je suis toujours leur fille. Même si j'ai collé la honte à toute la famille en « sortant avec Brandon Stark », comme les plus grands magazines people des *States* et la majorité des *tabloids* britanniques le proclament.

— Eh bien, bonjour ! leur ai-je lancé, en essayant de la jouer super enjouée, pendant que je me débarrassais de ma veste de cuir.

Cosabella sautait partout et les flairait avec enthousiasme. Ce qu'elle considère comme le but ultime de son existence : renifler tout et tout le monde. Et faire sourire les gens, en fait. Parce qu'il n'y a qu'une seule chose qui l'intéresse : récupérer des trucs à manger. Et se faire caresser et admirer.

Bon, j'imagine que ça fait deux choses, finalement. Ou plutôt trois.

— Bonjour, a fini par répondre ma mère, pendant que mon père, un peu plus chaleureux, me donnait du « Bonjour, ma chérie ».

— Alors, ai-je dit, quand, mon manteau et celui de Cosabella enlevés, on était tous bien installés et que j'avais déjà avalé ma première gorgée de tisane. (Et que je m'étais, par conséquent, brûlé la langue et tout ce qu'il y avait autour.) Quoi de neuf ?

Je trouvais la question plutôt sympa et consensuelle : pas de risque de conflit.

Mes parents se sont regardés et j'ai bien vu qu'ils se faisaient des yeux le coup du « Vas-y, toi. Non, toi d'abord ».

Et puis mon père a fait style :

— Em, ta mère et moi voulions t'entretenir de quelque chose. Nous avons choisi de le faire ici, dans ce café, parce que nous sommes ainsi en terrain neutre : ni chez toi, ni chez nous, et nous avons pensé que c'était une façon d'éviter un surcroît d'émotion dont nos appartements respectifs pourraient être chargés.

Ouah ! Mon cœur a commencé à s'emballer. Ça avait l'air méga grave ! « Terrain neutre » ? « Un surcroît d'émotion » ?

Attendez un peu... Est-ce qu'ils divorçaient ?

Je m'en doutais ! Mon père bossait la plus grande partie de la semaine à New Haven (il enseigne à Yale). Quand il avait accepté le poste, je m'étais demandé si leur mariage, toujours sur la corde raide vu qu'ils étaient tous les deux de religion différente et tous les deux universitaires, et séduisants par-dessus le marché, (je ne comprends toujours pas comment ils se sont débrouillés pour faire une fille aussi moche que moi, soit dit en passant), si leur mariage, donc, pourrait survivre au stress de la séparation.

Et voilà que la réponse éclatait au grand jour : il ne pouvait pas.

À moins que... Non, attendez. Peut-être que c'était moi. Peut-être que c'était à cause de moi que leur mariage ne pouvait pas tenir. À cause de mon accident, du coma qui avait suivi, et de mon réveil dans le corps d'un top model hyper connu.

— Le problème..., a poursuivi mon père, c'est que nous avons été un peu navrés par ta conduite, ces derniers temps...

Attendez là. Ma « conduite » ? Oh Seigneur ! C'était bien ma faute ! Ils allaient divorcer à cause de moi !

— Non seulement ta conduite, est intervenue ma mère. Mais tes notes de ce semestre sont abyssales.

— Mes *notes* ?

Quand ma mère avait appelé pour organiser cette petite réunion de famille (avant de me raccrocher au nez), j'avais imaginé tout un tas de trucs :

- que Robert Stark usait de son emprise sur eux, les menaçait peut-être.

- que, tout comme le mien, leur appartement était sur écoute et qu'ils venaient de s'en rendre compte (pourquoi un rendez-vous au Starbucks et pas à la maison, sinon ?).

- qu'ils avaient découvert pour Frida (qu'elle avait séché son stage de pom-pom pour prendre l'avion direction la Caroline du Sud et venir me délivrer) et étaient donc tout naturellement inquiets de voir leur fille mineure sauter de jet en jet pour se balader d'un bout à l'autre de la côte sans leur autorisation. Ça ne m'aurait pas étonnée plus que ça. Frida avait raconté aux responsables de son stage qu'elle allait chez sa grand-mère. J'avais trouvé ça un peu léger comme plan. Mais Frida m'avait assuré que personne ne s'en apercevrait. Elle rentrerait à la maison juste à temps pour le défilé Stark Angel, la nuit du réveillon (autrement dit : demain soir), et tout le monde n'y verrait que du feu.

Sauf que, maintenant, évidemment, je savais qu'elle s'était plantée.

- et puis, après, je m'étais dit qu'ils voulaient divorcer.

- ou même (Seigneur surtout pas ça !) que l'un d'entre eux avait le cancer.

- ou une liaison (La mère de Lulu avait quitté son père pour un autre homme, après tout. Et la mienne était bien capable de nous annoncer qu'elle était devenue lesbienne.).

Mais je n'aurais jamais imaginé que ce pouvait être au sujet de mes *notes*.

Tout ce speech sur cette histoire de terrain neutre lalali lalala juste pour parler de mes *notes* ?

Pardon mais, une multinationale essayait d'assassiner mes amis, là. Et la vraie propriétaire de mon corps voulait le récupérer. Et l'amour de ma vie venait juste de me jeter. Direct et sans prendre de gants.

Et mes parents voulaient discuter de mes *moyennes trimestrielles* ? Non, c'était un gag.

— Comment vous avez fait, d'abord, pour vous procurer mes notes ? ai-je riposté. Vous n'êtes pas les tuteurs légaux de Nikki Howard : vous n'êtes pas censés avoir accès à...

Ma mère a sorti quelque chose de sa poche. C'était une copie papier toute chiffonnée d'une page du site TMZ.com. Quelqu'un (un reporter de leurs services, sans doute, bien que ce ne soit pas précisé, forcément) avait piraté le système informatique du lycée de Tribeca pour obtenir mes notes (enfin, celles de Nikki plutôt) et les placarder sur la toile.

Bon, disons que je ne faisais pas vraiment des étincelles.

La Top Model de l'Amérique pas vraiment Top au Lycée, proclamait le gros titre.

Je lui ai arraché la feuille des mains pour y jeter un coup d'œil.

— Un C⁻ ? me suis-je écriée, sciée. M. Greer m'a collé un C⁻ en expression orale ? Le faux-jeton !

Mon père a manifesté sa désapprobation d'un vague ronchonnement dans sa tasse de café.

— Voyons, Em.

— Non mais, franchement ! me suis-je énervée. C'est juste expression orale, quoi !

— C'est exactement ce que j'ai pensé, a renchéri ma mère, en me prenant la feuille des mains. Il n'y a aucune raison pour que tu n'aies pas obtenu un A dans cette matière. Il suffit de se mettre debout devant la classe et de parler. Tu n'as jamais eu de difficulté à te tenir debout devant les gens ni à parler, auparavant. Cela aurait plutôt été le contraire : personne n'arrivait même à te faire taire.

— Voyons, Karen, a déploré mon père, exactement comme il avait dit « Voyons, Em » quand j'avais traité M. Greer de faux-jeton. Je suis persuadé que c'est un peu plus compliqué que cela.

— Ah ça oui ! me suis-je exclamée, décidant bravement d'assurer ma propre défense. Il faut proposer des arguments logiques et...

— Et qu'en est-il de toutes ces matières dans lesquelles tu excellais ? m'a coupée ma mère. Peux-tu m'expliquer, je te prie, ce C^- en mathématiques ? Et ce D en anglais ? Dieu du Ciel, Emerson ! il s'agit là de ta langue maternelle !

Je me suis renfrognée aussi sec.

— Je n'ai pas eu le temps de lire les textes, ai-je plaidé. Ce n'est pas ma faute si...

Ma mère a laissé échapper un petit « Ha ! » de triomphe, en pointant l'index sur moi.

— Tiens ! a-t-elle exulté, en se tournant vers mon père. C'est elle qui l'a dit ! Ce n'est même pas moi ! C'est elle !

J'ai jeté un coup d'œil interrogateur de l'un à l'autre.

— Quoi ? Qu'est-ce que j'ai dit ?

— « Je-n'ai-pas-eu-le-temps » ! a répété ma mère, en frappant du plat de la main sur la table pour accentuer chaque syllabe. Reconnais-le, Emerson. Tu négliges tes études parce que tu passes trop de temps en mondanités.

— « En mondanités » ? me suis-je étranglée, avec une grimace éloquente. Pardon mais, je ne vois pas quand je sortirais. Je passe tellement de temps à bosser que je n'arrive même pas à voir mes amis !

— Oh ! je crois que tu parviens à passer de très bons moments avec tes... « amis », a craché ma mère, en sortant une deuxième feuille de son sac. Des moments très… privilégiés.

Elle a déplié la page, révélant une couverture de *Us Weekly* qui me montrait en bikini, au bord de la piscine, chez Brandon, dans sa villa de bord de mer, et le montrait lui, debout à côté de moi, tenant à la main ce qui ressemblait à un cocktail.

Sauf que, remis dans son contexte, ça donnait plutôt ça : le cocktail était en réalité mon smoothie matinal et le bikini, ma tenue de jogging pour courir sur la plage, ce que je venais de faire le plus innocemment du monde.

Ça n'empêcherait pas des parents d'y voir à redire, vu que, après tout, j'avais quand même pratiquement passé une semaine entière chez Brandon sans leur permission.

Et ça n'arrangeait rien qu'on puisse lire en gros titres, barrant la photo du « couple vedette » :

Ils remettent ça !
Nikki et Brandon raniment un amour si torride
qu'ils ont dû aller l'abriter au sud de la frontière
(îlienne)

Je me suis sentie piquer un fard magistral. D'abord, la villa de Brandon se trouvait sur une île-barrière. Je ne savais même pas que ça existait une « île-frontière ». La presse pouvait-elle donc écrire n'importe quoi et s'en tirer à si bon compte ? Eh bien oui, apparemment.

Ensuite…

— Écoutez, me suis-je lancée, en revoyant Lulu m'affirmer qu'il valait mieux avouer la vérité, je peux tout vous expliquer.

— Il n'y a rien à expliquer, a tranché ma mère, en repliant la photo pour la ranger. Tout cela nous paraît parfaitement clair. N'est-ce pas, Daniel ?

Mon père n'a pas eu l'air très à l'aise, tout à coup, se contentant d'un « Mmm… » évasif.

— Écoutez. (Je remontais courageusement à l'assaut.) Ce n'est pas ce que vous croyez. Brandon m'a forcée à partir avec lui en Caroline du Sud. Je ne voulais pas y aller. Et il ne s'est rien passé. Lui et moi… on n'est pas… enfin, vous voyez, petit copain/petite copine, quoi. Enfin, Nikki et lui, si. Enfin, ils l'étaient, je veux dire. Et il voudrait bien que lui et moi…

— Je ne veux pas le savoir, m'a interrompue ma mère, en secouant la tête, sans me regarder. (Ce qu'elle n'avait pas fait très souvent, depuis je m'étais réveillée de mon opération, il faut avouer.) Vraiment pas. Tout ce que je veux – tout ce que j'ai toujours voulu –, c'est qu'on en finisse avec cette histoire, que les choses redeviennent normales : comme avant. Et que je récupère ma fille.

Hou ! Qu'elle était vache, celle-là ! Parce que le truc, c'est que je *suis* sa fille. À l'intérieur. Je n'ai jamais cessé d'être sa fille. Même avec des notes pas terribles, je suis toujours sa fille.

Alors, qu'est-ce que ça voulait dire, hein ? Qu'elle m'aimait seulement si j'avais des notes – et un physique – dans la moyenne ? Qu'est-ce que c'était encore que ça ? Une question de « personnalité » ?

Je ne pigeais pas là. Carrément pas. Je me sentais comme Frida avec son histoire de « jolie ».

— Eh bien, qu'est-ce que vous croyez que je ressens alors, moi ? leur ai-je balancé. Mais vous ne…

— Par conséquent, a enchaîné ma mère, m'ignorant royalement, ton père et moi avons décidé de verser l'argent.

Je les ai regardés avec des yeux ronds. Il y avait de l'animation dans le Starbucks qu'ils avaient choisi : ça grouillait de bloggeurs et d'étudiants de la *New York University* qui encombraient toutes les tables avec leurs PC portables et leur équipement de prise de vue hors de prix (le Starbucks de l'Astor Place se trouve en bas de la rue où est située la *Tisch School of the Arts* qui abrite l'école de cinéma de la *NYU*), l'air hyper angoissés, avec leurs bonnets péruviens faits main, leurs piercings et tous ces tatouages qu'ils se sont fait faire pour afficher leur singularité.

Sauf que, en quoi ils étaient si singuliers, exactement, puisqu'ils les arboraient tous sans exception, ces piercings et ces tatouages ?

J'étais la seule personne de moins de vingt ans qui n'avait ni piercing à la lèvre ou au sourcil, ni tatouage apparent.

Et j'étais aussi la seule sous contrat avec une multinationale qu'ils haïssaient tous, je parie.

Et pour cause.

Alors je pose juste la question : qui était le plus conformiste ici ?

— Comment ça, vous allez verser l'argent ? ai-je demandé à ma mère, en essayant de ne pas me laisser impressionner par la présence de tous ces bloggeurs hyperactifs et autres Eli Roth en puissance – qui, détail, empile quand même, à trente-huit ans, les casquettes de metteur en scène, producteur, scénariste et acteur plusieurs fois primé. (Modestes avec ça, les étudiants de la Tisch !)

— À Stark, a-t-elle précisé. Nous n'avons pas de grosses économies sur notre livret et sur notre compte épargne retraite, mais nous allons retirer tout ce que nous pouvons et leur verser l'argent pour que tu ne sois plus obligée de faire ce « travail ». Ce ne sera pas assez, nous ne nous faisons pas d'illusions, mais ce sera un début. Tu pourras redevenir toi-même, Em...

Voilà que, tout à coup, je redevenais Em. Ma mère m'a même pris les mains à travers la table.

— Nous allons te libérer de ton contrat, a-t-elle conclu.

Je les ai dévisagés. Je n'étais pas très sûre d'avoir bien compris. En même temps, j'avais bien peur que si.

Mais c'était tellement délirant. Je préférais encore croire que j'avais mal entendu.

— Attendez, ai-je réussi à articuler, en retirant doucement mes mains qu'elle recouvrait des siennes. Vous êtes bien en train de dire que... vous voulez violer la clause de confidentialité que vous avez signée et qui assure que personne ne doit savoir que je ne suis pas vraiment Nikki Howard et *rembourser Stark* ?

— C'est exactement ce que nous disons, m'a confirmé ma mère, en reposant les mains sur ses genoux. Nous voulons te sortir de là, Em. Nous n'aurions jamais dû accepter. Nous ne l'avons fait que parce que nous avions peur et... eh bien, nous voulions te sauver la vie. Cependant, à présent, nous nous apercevons que... eh bien, peut-être que nous n'avons pas fait le bon choix.

Pas fait le bon choix ? Ils auraient dû me laisser *mourir* plutôt que me laisser devenir mannequin ?

Ça m'a fait un tel choc que ça a dû se voir sur mon visage parce que mon père s'est penché vers moi pour s'empresser de me rassurer :

— Ce n'est pas ce que ta mère voulait dire. Elle veut dire que nous aurions peut-être dû négocier davantage...

— Mais... (J'ai essayé de me rappeler cette conversation dans le cabinet du Dr Holcombe, le jour où mes parents m'avaient parlé des papiers qu'on leur avait fait signer, quand ils avaient donné leur autorisation pour que soit pratiquée l'intervention qui m'avait sauvé la vie.) Vous ne pouvez pas... Vous allez tout perdre.

— Eh bien, pas tout, non, a objecté mon père, de ce ton jovial qu'il prenait toujours, comme si on discutait de nos préférences en matière de sandwichs (avec ou sans œuf dur ?). Nous aurons toujours nos postes d'enseignant.

Et ils ne peuvent pas prendre l'appartement de ta mère, puisque c'est un logement de fonction mis à sa disposition par l'université. Donc, nous ne serons pas à la rue.

— Mais vous serez sur la paille ! me suis-je insurgée. Ce type, là, cet avocat ou je ne sais quoi, dans le cabinet du Dr Holcombe, il a dit qu'il pouvait même vous envoyer en prison !

Je n'ai pas jugé utile de mentionner que Robert Stark les ferait tous les deux liquider, avant de laisser un scandale pareil arriver. Si ç'avait été aussi simple (juste rendre l'argent de l'opération), j'aurais essayé de le faire moi-même depuis longtemps avec le fric que Nikki Howard avait sur ses comptes en banque.

— C'est possible, a concédé ma mère, après avoir avalé une revigorante gorgée de café. Mais je préfère encore aller en prison que de voir ma fille ne pas tenir toutes ses promesses, alors qu'elle jouit d'un formidable potentiel, et se balader à moitié nue, avec des playboys, en couverture des magazines.

J'en suis restée bouche bée. Non, sans blague, ça m'a carrément scotchée.

Bon, ma mère a toujours été féministe. Mais je n'aurais jamais pensé qu'elle puisse être prude.

— Parce que tu crois que j'ai couché avec *Brandon Stark* ? (Non, je ne le croyais pas !) Maman, je n'ai pas couché avec lui ! Et ce n'était même pas un bikini, c'était ma tenue de jogging. Jamais je ne coucherais avec ce bouffon !

Pas impossible que je l'aie dit un peu trop fort, vu le paquet d'étudiants de la NYU qui se sont retournés pour nous regarder, à ce moment-là, par-dessus la mousse de leurs cappuccinos lights. Même que le piercing de certains est remonté avec leur sourcil. Je voyais déjà tous les blogueurs massacrer leur clavier. Ils avaient beau se la jouer branchés et se croire au-dessus de ça, ils ne crachaient pas sur un bon scoop et raffolaient de radio ragots tout autant que la concierge du coin.

Twitter devait friser la surchauffe.

Ma mère avait remarqué, elle aussi.

— Emerson, a-t-elle sifflé entre ses dents, ne pourrais-tu pas parler un peu plus bas ?

— Non, mère, je ne peux pas, lui ai-je rétorqué.

Si elle me donnait du « Emerson », j'allais lui donner du « mère », moi, tiens ! Ce qui ne m'a pas empêchée de baisser d'un ton. C'est vrai, c'était carrément gênant, je veux dire.

— Pour votre information, ai-je chuchoté, la seule raison pour laquelle j'ai suivi Brandon Stark où que ce soit, c'était parce que, si je refusais, il aurait révélé à son père où trouver la vraie Nikki Howard.

Mes parents m'ont dévisagée avec une même expression de parfaite incompréhension. Ce qui ne m'a pas franchement étonnée, d'ailleurs. Les conseils de Lulu, comme quoi il valait mieux « parler vrai », c'était bien beau pour elle. Ses parents lui adressaient à peine la parole. Son père, un réalisateur célèbre, se contentait de régler ses factures de là où il était – quelque décor naturel où il tournait son dernier film – et sa mère avait pratiquement disparu de la circulation en compagnie d'un moniteur de snowboard de l'âge de sa fille (ou pas loin).

En un sens, Lulu avait une sacrée veine. Elle m'enviait ce qu'elle considérait comme ma « famille normale », je le savais. Mais elle ignorait quelle plaie ça peut être une « famille normale », à quel point des parents, ça se permet de vous juger et ça vous prend la tête, la plupart du temps. J'aurais donné n'importe quoi, à ce moment-là, pour que ma mère se contente de me dire qu'elle me trouvait mignonne sur cette photo en couverture de *US Weekly*, avant de passer à autre chose.

— Eh oui ! ai-je insisté en réponse à leurs regards inexpressifs. Vous avez bien entendu. La vraie Nikki Howard est toujours en vie. Enfin, son cerveau, du moins. Il se trouve dans le corps de quelqu'un d'autre, forcément.

J'ai vu mes parents échanger des coups d'œil consternés. C'étaient ce genre de messages codés que s'envoient les gens qui sont mariés et vivent ensemble depuis des années.

Je pouvais pourtant parfaitement les déchiffrer, moi aussi.

Ils signifiaient : « Cette enfant est complètement folle et je me fais énormément de souci pour elle. »

Ben oui. Ils ne me croyaient pas.

Pourquoi m'auraient-ils crue, en même temps ? Comme me l'avait reproché Lulu, j'aurais dû être honnête depuis le début, au lieu de jouer les déesse mère et d'essayer de protéger tout le monde.

— Em, a prudemment hasardé ma mère, tu as été soumise à un énorme stress, récemment. C'est évident. Tes notes en chute libre en témoignent. Et, avec les gens que tu fréquentes... eh bien, tu n'es certes pas le meilleur exemple pour ta petite sœur, à présent, n'est-ce pas ?

Je dois avouer que, là, ça m'a fait mal. J'en ai eu les larmes aux yeux. Moi, je n'étais pas le meilleur exemple pour Frida ? Frida qui n'avait jamais eu, pour toute ambition dans la vie, que de suivre un stage de pom-pom ? J'avais un vrai job, moi, au moins !

— ... Il serait donc peut-être préférable, avons-nous songé, qu'avant le retour de ta sœur, tu partes te reposer, ma mère m'a-t-elle alors annoncé. Papa et moi avions envisagé un long séjour quelque part où tu pourrais être à l'abri de toutes ces mauvaises influences dont tu es victime depuis que tu as commencé à travailler dans l'univers de la mode. Un centre de convalescence, un endroit agréable où tu…

Un centre de convalescence ? Elle voulait m'envoyer en *rehab* ?

Je l'ai coupée net :

— Vous savez quoi ?

Mais à quoi bon me fatiguer ? Qu'est-ce que j'espérais ? Quoi que je dise, ma mère refuserait de me croire, de toute façon.

Et, si je les mettais au parfum pour toute cette histoire du *cerveau-de-Nikki-qui-était-parfaitement-sain-que-c'était-Robert-Stark-qui-avait-juste-tenté-de-l'assassiner-parce-qu'elle-savait-que-les-nouveaus-PC-Stark-Quark-sortaient-avec-un-logiciel-espion-intégré-que-Stark-Enterprises-utilisait-pour-télécharger-et-stocker-toutes-les-données-de-leurs-clients-dans-son-propre-système-informatique-et-qu'elle-avait-essayé-de-le-faire-chanter-avec-ça-alors-il-l'avait-fait-décérébrer*, j'aurais juste mis deux personnes que j'aimais en danger. (Enfin, deux personnes de plus, quoi.)

Là, rideau. J'en avais ma claque. Terminé.

En ne leur disant pas la vérité, je ne leur mentais pas vraiment. Je n'étais juste pas aussi ouverte avec eux que j'aurais pu l'être.

Et eux, avaient-il été aussi justes envers moi qu'ils auraient pu l'être ? Gobant tous ces bobards que les sites people déversaient sur moi ? Se mettant en colère contre moi à cause de mes notes, alors qu'ils savaient parfaitement la pression que j'avais dû supporter ? Ce n'était pas comme si j'avais subi une *greffe de cerveau* ce semestre, non. À peine. Ce n'était déjà pas si mal un C⁻ de moyenne, quand on prenait ça en considération.

— … Je viens juste de me rappeler un truc, ai-je enchaîné, en me retournant pour prendre ma veste. Il faut que j'y aille.

— Em…

Ma mère ne parlait plus du tout comme un elfe islandais traumatisé. Elle avait recouvré une voix à peu près normale, sa voix de quand elle n'était pas enragée contre moi. Elle m'a une fois de plus attrapé la main.

Le problème, c'est que c'était trop tard. Je ne dis pas que c'était obligatoirement sa faute. Mais il était beaucoup, beaucoup trop tard.

— À bientôt, leur ai-je lancé, en me levant et en commençant à me diriger vers la sortie, Cosabella trottinant allégrement à mes côtés.

Mais, comme je me frayais un chemin entre les tables, j'entendais les gens chuchoter : « Non, j'le crois pas !… c'est Nikki Howard ! »

Ou « Hé ! Regarde… c'est *elle* ! »

Ou « C'est pas vrai ! Nikki Howard ! »

Je me suis alors rendu compte que je recommençais : je fuyais mes problèmes au lieu de les affronter.

Ce qui n'allait franchement pas arranger les choses.

Alors je me suis arrêtée à mi-chemin et je suis retournée à la table de mes parents pour me planter devant eux.

— Ce n'est pas que je n'apprécie pas ce que vous essayez de faire pour moi, leur ai-je expliqué. Parce que, pour être dans la… panade, je suis vraiment dans la panade. Sauf que ce n'est pas ce que vous imaginez. Ce n'est pas un problème de drogue. Je sais que vous n'allez pas me croire, mais je vais devoir vous demander de me faire confiance. Si je vous affirme que je n'ai rien fait, c'est que je n'ai rien fait. Et, je vous en prie, n'allez pas trouver Stark pour essayer d'annuler mon contrat… pas encore. Ce serait… eh bien, ce serait vraiment une très très grosse erreur.

Mon père me regardait avec une expression d'extrême inquiétude sur le visage.

— Emerson, m'a-t-il répondu. (Alors lui, c'était encore plus rare qu'il utilise mon prénom en entier. Et, quand il le faisait, c'était vraiment gravissime.) Que se passe-t-il ?

— Je ne peux pas vous le dire. Je vous demande juste de m'accorder quelques jours de plus. Et de me faire confiance. Est-ce que vous croyez pouvoir faire ça pour moi ?

Ma mère ouvrait déjà la bouche – pour protester, j'en suis sûre. Mais, avant qu'elle n'ait pu prononcer un mot, mon père m'a pris la main et l'a serrée à travers mon gant.

— Naturellement, m'a-t-il assuré, en m'étreignant discrètement les doigts et en m'adressant un sourire encourageant.

Ma mère lui a, tout d'abord, lancé un coup d'œil perplexe. Et puis, elle a levé les yeux vers moi et m'a souri à son tour. Son sourire à elle était plutôt crispé, en revanche, du genre nerveux.

Mais c'était un sourire quand même.

— Bien sûr, Em, a-t-elle acquiescé en écho.

J'ai alors pris la couverture du *Us Weekly* qui traînait sur la table. Et je la lui ai collée sous le nez.

— Maman, je sais que c'est idiot, mais... est-ce que tu me trouves jolie sur cette photo ? lui ai-je timidement demandé.

Elle a posé sur la photo un regard inexpressif.

— Jolie ?

— Oui, jolie.

— Tu... (Elle semblait fébrile.) Tu ressembles à Nikki Howard, a-t-elle répondu.

— Oui, je sais, lui ai-je posément fait remarquer, en serrant les dents. Mais est-ce que tu me trouves *jolie* ?

— Cette notion de « jolie », m'a rappelé ma mère, l'air mal réveillée, est un concept patriarcal destiné à dévaloriser les femmes à moins qu'elles ne correspondent à certains standards établis par les industries sous domination masculine de la beauté et de la mode. Enfin, tu le sais bien, Em ! Je ne cesse de vous le répéter à ta sœur et à toi.

— Hanhan, ai-je marmonné, en reposant la photo. C'est bien ça le problème. Du moins, en partie.

Et, sur ce, j'ai tourné les talons et je suis sortie.

12

Non, franchement, plus pourrie comme journée, vous connaissez, vous ?

Quand je me suis retrouvée sur le trottoir, devant le Starbucks, j'ai avalé de grandes goulées d'air frais et c'est exactement ce à quoi j'ai pensé. À cette triste, lamentable, pathétique journée.

D'abord, mon petit copain m'avait larguée. (Bon d'accord, techniquement parlant, ça s'était passé au beau milieu de la nuit. N'empêche.)

Ensuite, j'avais enlevé le fils d'un milliardaire.

Et, maintenant, mes parents me considéraient comme une espèce de traînée complètement camée.

La totale.

Est-ce que je venais d'avoir droit à une « confrontation pour prise de conscience d'une conduite addictive » comme dans *Intervention* sur *A&E TV* ou à un truc de ce genre ? Une séance de psy dans un *Starbucks* ?

Ouah ! mes parents étaient vraiment graves, là ! Ils n'étaient même pas fichus de faire une « *intervention* » correctement. Mais où était Candy Finnigan ? Ce n'était pas fait pour les chiens les « *interventionnistes* » professionnels, tout de même ! À quoi ça servait qu'elle écrive un « guide pour une *intervention* réussie » ?

Et pourquoi ma mère ne pouvait-elle pas tout simplement nous dire qu'on était jolies, Frida et moi ? C'était si dur que ça ? Qu'est-ce que c'était que ce discours à la noix sur le « concept patriarcal » ? Elle disait toujours que les papillons étaient jolis. Elle disait que le tissu qu'elle avait choisi pour recouvrir le canapé du salon était joli.

Pourquoi ne pouvait-elle pas dire qu'on était jolies, nous aussi ? Pourquoi on ne pouvait pas être solides, indépendantes *et* jolies ?

Je me débattais avec mon parapluie pour me protéger de la neige fondue – même mon parapluie était cassé : génial ! –, quand je l'ai vu. Un type en imperméable noir qui se tenait sur le trottoir d'en face.

Enfin, pas exactement en face. Il était un peu décalé sur le côté et, contrairement à moi, bien à l'abri sous un auvent.

Mais je l'ai tout de suite remarqué. Parce qu'il ne bougeait pas.

Bon, d'accord, on était en plein centre de New York (ou de Greenwich Village, pour être exact) et les rues étaient bondées. C'est ce qui a attiré mon attention, d'ailleurs. Le fait que, comme moi, il était parfaitement immobile, alors qu'autour de nous, les gens couraient dans tous les sens.

Et il me regardait fixement, comme s'il attendait de savoir quelle direction j'allais prendre.

Et, quand j'ai tourné les yeux vers lui, il s'est empressé de baisser la tête pour regarder ses doigts qui pianotaient sur un portable.

Au début, je n'y ai pas vraiment fait attention. J'avais plus urgent comme préoccupation : me débattre avec mon parapluie, notamment.

Et puis, je ne sais pas pourquoi, j'ai jeté un deuxième coup d'œil.

À son pantalon.

Et j'ai compris.

Comme ça. D'un coup. J'ai compris. Ce type n'était pas juste là en train d'attendre quelqu'un devant un magasin.

C'était moi qu'il attendait.

Il me suivait.

Et ce n'était pas un pervers, non plus. J'avais déjà eu affaire à ce genre d'énergumène (enfin, pas moi. Nikki Howard). J'avais dû appeler la sécurité de Stark pour m'en décoller.

Mais les pervers, c'était différent. Déjà, ils ne se fringuaient pas aussi bien. L'imper de ce mec sortait du pressing, de même que son pantalon. Il avait un pli au milieu, de ceux qu'on ne peut obtenir qu'avec un nettoyage à sec. Il « cassait » même impec sur ses chaussures.

Tous les pervers que j'avais vus portaient un pantalon si court que l'ourlet était presque à trois centimètres au-dessus de leurs tennis.

Et aucun d'eux ne s'était donné la peine d'apporter son pantalon chez le teinturier.

Le type qui se tenait de l'autre côté de la rue ressemblait beaucoup plus à un sbire de Stark qu'à un pervers.

Ça m'a glacée. De la tête aux pieds. Et ce n'était pas le froid.

Vous savez ce qui l'avait trahi ? Son fute. Noir et parfaitement coupé. En d'autres termes : classe.

On me filait. Je ne rêvais pas. Une vraie filature, tout ce qu'il avait de plus réelle, exécutée dans les règles de l'art par les très sérieux services de sécurité de Stark Enterprises.

Et il ne savait pas que je savais.

On se tenait tous les deux là, sur le trottoir bondé, de chaque côté de la rue. Impossible d'aller chez Gabriel voir les Howard, maintenant. C'était pourtant très précisément ce que j'avais eu l'intention de faire.

Mon premier réflexe ? Non ! Vous le croyez ? Appeler Christopher. S'il y en avait pourtant un à *ne pas* appeler, c'était bien lui ! Il ne voulait même plus me parler ! Non mais, franchement, on se demande pourquoi je l'appellerais.

Et qu'est-ce que ça me donnerait, de toute façon ? À tous les coups, il me raccrocherait au nez. On parie ? Ce n'était pas parce qu'il était venu à la rescousse, *une fois*, qu'il allait voler à mon secours *à chaque fois*.

En plus, je n'avais même pas besoin qu'on vienne me secourir. J'étais une fille solide, forte, indépendante. (D'après ma mère, en tout cas. Et pas jolie. Compris ? Pas jo-lie. Être jolie, c'était un archétype patriarcal.) Tout ça pour dire que je pouvais gérer.

D'accord mais… comment ?

Lulu ! Il fallait que j'appelle Lulu pour la prévenir de ne pas aller chez Gabriel. Juste au cas où on l'aurait fait suivre, elle aussi.

J'ai enfin réussi à ouvrir mon parapluie. Je l'ai alors penché de façon à ce que Fute Classe ne puisse pas me voir. Et puis j'ai dégainé mon portable – l'autre, pas celui de Stark – et j'ai composé vite fait le numéro de Lulu.

Elle a répondu à la deuxième sonnerie.

— Âbo.

Elle avait la bouche pleine. De banana split, je suis sûre.

— C'est moi, lui ai-je dit, les lèvres soudain paralysées. N'y va pas.

— Pas où ?

— Là où tu as dit que tu allais aller.

Je parlais en morse. Non parce que j'imaginais que, s'ils me filaient, mon téléphone pouvait être sur écoute, mais parce que je venais de réaliser que le loft pouvait l'être. On était partis presque une semaine. Allez savoir qui y avait eu accès en notre absence ? Je n'y avais même pas pensé. Ils pouvaient avoir démonté le générateur de bruit, ou je ne sais quoi, que Steven avait installé. Je n'avais même pas vérifié. Est-ce qu'on avait dit quoi que ce soit sur l'endroit où Nikki et sa famille se planquaient ? J'essayais de réfléchir.

Il y avait de grandes chances...

— On me suit, lui ai-je annoncé, laconique.

Rien que de le dire, c'était déjà flippant. Je me suis instinctivement agrippée à la laisse de Cosabella qui se baladait tranquillement à mes côtés, flairant le sol mouillé à la recherche de miettes de sandwichs, bretzels ou hotdogs que les passants auraient pu semer.

— Ah oui ? (Lulu avait l'air ravie.) Oh là là ! C'est comme dans les films de Jason Bourne ! Et tu joues le rôle de Julia Stiles ! Elle est trop mimi ! T'es où ?

— Astor Place. (Je marchais aussi vite que possible dans la direction opposée au loft et au Starbucks pour tenter d'éloigner Fute Classe de ceux que j'aimais. Ce qui était carrément ridicule, vu que, forcément, Stark savait pertinemment où on habitait, mes parents et moi.) Il faut vérifier que nos amis sont en sécurité là où on les a laissés.

— Ben oui, a acquiescé Lulu, comme si ça tombait sous le sens. Je peux faire ça.

— *Discrètement.*

— Je peux être discrète, s'est rebiffée Lulu, manifestement vexée.

— Je... (Je n'osais pas regarder par-dessus mon épaule pour voir si Fute Classe était derrière moi. Mais j'en étais quasiment sûre : je ne le voyais plus sur le trottoir d'en face.) Je ne sais pas quoi faire. Pour ce type, je veux dire.

— Ohoooo ! a jubilé Lulu, montant encore d'un cran dans le ravissement extatique. Moi je sais.

Non mais, vous le croyez ? Elle chantonnait ! À croire que toute cette affaire n'était qu'un jeu pour elle : elle s'é-cla-tait. Non, sérieux.

— Appelle Christopher, a-t-elle finalement lâché.

— *Hein* ? T'es folle ou quoi ! (Je me demande bien pourquoi je lui avais posé la question, vu que ç'avait été mon premier réflexe, de toute façon. Mais bon.) Pourquoi je ferais un truc pareil ?

Soupir à fendre l'âme à l'autre bout du fil.

— On en a déjà parlé. Tu ne te rappelles pas ? Il faut que tu lui laisses une chance de se sentir utile, de t'aider.

— Je ne peux pas faire ça. (Je marchais si vite, maintenant, que Cosabella avait du mal à suivre.) Et si... et s'il lui arrivait quelque chose ? S'il était blessé ? Ce serait ma faute, et je m'en voudrais à mort, et ce serait moi qui deviendrais le grand méchant assoiffé de sang.

Je ne voulais pas lui dire la vraie raison pour laquelle je refusais d'appeler Christopher. À savoir que j'avais trop peur qu'il me raccroche au nez, que je ne pourrais jamais supporter de me faire jeter une deuxième fois.

— Oui mais, et si c'était encore toi qui prenais ?

Euh, c'était bien ce que je craignais... sauf que le coupable ne serait pas celui qu'elle imaginait.

— ... Et qu'il s'en veuille encore plus. Sauf que, là, ce serait de ton ultime trépas ? (Je ne rigole pas. Elle parlait comme ça.) Et qu'il invente alors un rayon mortel de supernova inversé qui aspirerait toute l'énergie du soleil et qu'on mourrait de froid à petit feu et que la terre deviendrait alors une coquille vide et que ce serait la fin de l'humanité et que tout ça serait ta faute parce que tu ne l'aurais pas appelé ?

— Hou là là ! mais tu as carrément abusé de la chantilly, toi.

— Ça pourrait arriver, s'est-elle défendue. J'ai vu ça à la télé, un soir. Ap-pelle-le.

— OK. (Hors de question de l'appeler.) Et, Lulu, fais gaffe à ce que tu dis dans l'appart. J'ai peur qu'ils l'aient remis sur écoute.

— Je fais toujours attention, a-t-elle protesté, vexée *et* énervée, maintenant. Je suis carrément bonne à tous ces machins d'espionnage. J'ai affrété un avion entier et je suis venue et j'ai aidé Christopher à te délivrer sans que personne sache rien, non ?

Euh, je n'en étais pas si sûre. Mais je me suis contentée de lui servir les remerciements qu'elle attendait et j'ai raccroché.

Je marchais à l'aveuglette, sans trop savoir où j'allais, tout en essayant de comprendre comment un truc pareil pouvait m'arriver.

J'ai gardé mon téléphone à la main et j'ai effectivement appelé quelqu'un. Mais pas Christopher.

— Alors, tu ne me détestes plus ? m'a demandé Brandon en décrochant.

— Quoi ?

— Tu m'appelles. J'en déduis que tu ne me détestes plus. Ça veut dire que tu veux sortir avec moi ? Je suis libre ce soir. Enfin, j'ai d'autres plans de prévu, mais je peux me libérer. Pour toi.

Oh là là ! Brandon était vraiment le plus gros obsédé que la terre ait jamais porté. Carrément répugnant.

— Brandon. Tu m'as enlevée. Et, après ça, tu as fait en sorte que la seule personne que j'aie jamais aimée me haïsse. Je te méprise royalement.

— Bon… Je prends ça pour un non. Tu ne veux donc pas sortir avec moi ce soir ?

J'ai regardé mon téléphone pour être sûre qu'il marchait correctement et que je n'avais pas de problèmes de réception.

— Non, lui ai-je répondu, après m'être assurée que ça passait parfaitement bien dans le secteur où je me trouvais. Je ne veux pas sortir avec toi ce soir. Je t'appelle pour savoir pourquoi quelqu'un du service de sécurité de Stark me suit.

— Comment tu veux que je le sache ? Peut-être parce que tu coûtes cher à la société : ils veulent être certains que tu n'es pas harcelée par les fans ou agressée par les paparazzis. Parce que tout le monde croit que tu sors avec moi, maintenant. Même si ce n'est pas vrai. Tu es sûre de ne pas vouloir te raviser ? Avoir des gardes du corps personnels n'est qu'un des nombreux avantages dont bénéficie l'attitrée de Brandon Stark. Hé ! aïe ! non, pas là !

J'ai revérifié mon portable.

— Qu'est-ce que tu es en train de *faire* exactement ?

— Je me fais masser. Ça laisse des traces de se faire assommer et ligoter pendant plus d'une demi-journée, je te signale. Vous n'êtes pas vraiment des tendres, toi et tes petits copains. Bon, puisque tu ne veux pas sortir avec moi, tu as autre chose à me demander ? Parce que je suis un peu occupé, là.

— S'il avait été envoyé pour empêcher les fans et les paparazzis de me harceler, il n'essaierait pas de se planquer pour ne pas que je le voie.

— Ah ! Ça change tout. (Lui aussi avait changé de ton, subitement.) Hé ! tu ne penses pas que mon père…

—Je ne sais pas quoi penser. Mais, si je crois que ton père en a après nous ? C'est à toi de me le dire.

— Pas de panique. Mon père ne m'a pas soufflé un mot là-dessus. Je suis persuadé qu'il ne sait pas ce qui se passe.

Qu'est-ce qui se passe, d'ailleurs ? Est-ce que tes amis et toi, vous avez trouvé…

Je n'ai pas pu réprimer un petit ricanement.

— Ben tiens ! comme si j'allais te le dire ! Quand je me déciderai à te mettre dans la confidence, Brandon, tu le sauras. C'est déjà te témoigner beaucoup plus d'égards que tu n'en as jamais eus pour moi.

Et, sur ce, j'ai coupé la communication.

Mes doigts tremblaient quand j'ai composé le numéro de Christopher. Qu'est-ce que vous vouliez que je fasse d'autre ? Je ne savais pas où aller et, pour être honnête, j'avais une trouille bleue. Christopher saurait quoi faire, lui. C'est, du moins, ce que je me suis dit.

Allait-il seulement répondre ? Je n'en avais pas la moindre idée. Vu la façon dont ça s'était terminé entre nous – tout juste s'il m'avait accordé un regard quand on s'était séparés à Teterboro, là où l'avion nous avait déposés –, je m'attendais à moitié à tomber sur sa boîte vocale.

Mais, miracle ! j'ai entendu son « Allô ? », si doux à mon oreille.

— Christopher ?

J'espérais que ma voix ne lui parvenait pas aussi chevrotante et terrorisée qu'elle me semblait.

— Qu'est-ce qu'il y a, Em ?

Il ne paraissait pas surpris de m'entendre. Pas surpris, non. Plutôt… résigné.

Génial. Mon petit copain – pardon, mon *ex*-petit copain – avait l'air *résigné* de m'entendre. J'étais donc si pathétique ? Comme ces filles que je voyais toujours dans les couloirs du lycée, le genre qui faisaient tout un cinéma rien que pour inciter leurs petits copains à leur accorder un peu plus d'attention ? *Oh Jason ! je n'ai pas réussi à ouvrir mon casier… Je sais, j'ai essayé de tourner le verrou sur la droite, et puis sur la gauche, mais il n'a pas bougé d'un pouce.*

Je suppose que je n'ai tout bonnement pas assez de force. Tu ne voudrais pas m'aider ? S'il te plaîîît ? Oh ! génial ! Oh ! Jason, tu es si fort…

Sérieux ? C'était moi, ça ?

D'un autre côté, il y avait quand même un type qui me filait. Je m'étais baissée pour ramasser la crotte de Cosabella, avec un sac en plastique que j'avais dans la poche, et j'en avais profité pour couler un coup d'œil discret par-dessus mon épaule. Me pliant à la réglementation sur les déjections canines dans la ville de New York, j'avais ensuite jeté le tout dans la poubelle la plus proche. Et il était là, parfaitement immobile, devant la grille d'une église, en train de tapoter sur son portable, style j'envoie un texto hyper urgent.

— Il y a quelqu'un qui me suit, ai-je chuchoté au téléphone.

— Je ne t'entends pas.

— Il y a quelqu'un qui me suit, ai-je répété plus fort.

— T'es où ?

Pas « Et qu'est-ce que tu veux que j'y fasse ? » ou « Je t'ai déjà dit que ça ne me concernait plus ».

Sciée – et plus soulagée que je n'aurais voulu me l'avouer –, j'ai immédiatement précisé :

— Je suis au croisement entre Broadway et la Neuvième rue.

— Je ne suis pas très loin. Continue à marcher vers le nord en direction d'Union Square. Je te retrouve là-bas.

Sa voix me paraissait tellement douce au téléphone, en dépit des bruits de circulation que j'entendais en fond sonore ! Il était manifestement dans la rue, comme moi.

— Ça fait longtemps qu'il te file ? m'a-t-il demandé.

— Je ne sais pas. L'équivalent de quatre pâtés de maisons ? Je suis allée boire un café avec mes parents et je l'ai remarqué dès que je suis sortie du Starbucks. Il m'avait peut-être suivie jusque-là, va savoir.

— À quoi il ressemble ?

— Grand, ai-je répondu, en me dirigeant à vives enjambées vers le nord, comme il me l'avait indiqué. Chaque fois que je m'arrête, il s'arrête aussi, et il fait celui qui écrit un texto.

— Qu'est-ce qu'il a sur le dos ?

— Un imper et un pantalon à pli noirs. C'est ce qui l'a trahi, en fait. C'est comme ça que j'ai compris qu'il était de chez Stark.

— Comment ça ?

—À cause de son pantalon. Il est classe.

— Son pantalon est classe, a répété Christopher.

Et je me suis rendu compte qu'il devait me prendre pour une débile mentale. Décidément, c'était ma journée ! Tout le monde me croyait dingue aujourd'hui !

— Non, sérieux, ce type fait partie de la sécurité de Stark. Ce n'est pas un fan de Nikki Howard. Pourquoi Stark me ferait suivre ?

— C'est exactement le genre de chose que tu pourrais demander à ton petit copain Brandon.

— Ah ! hahaha ! me suis-je esclaffée, comme si ce n'était pas précisément ce que je venais de faire... et comme si, en disant ça, il ne me plantait pas un poignard en plein cœur. Je t'ai déjà expliqué que Brandon m'a forcée à...

— Te fatigue pas, Watts. Je t'ai très bien entendue la première fois. Ah ! ça y est, je te vois.

— Quoi ? (Ça m'a tellement scotchée que j'ai failli en lâcher mon parapluie.) Tu me vois ? Mais comment tu peux... ?

À ce moment-là, Christopher est apparu au coin de la rue, juste devant moi, et m'a glissé un bras autour de la taille.

— Hé ! bonjour mon cœur ! a-t-il lancé, en m'embrassant sur la joue. Pile à l'heure.

J'hallucinais complètement. Ses lèvres étaient toutes chaudes sur mes joues gelées. Et il… il me tenait par la taille ?

C'était le paradis.

D'autant que je n'aurais jamais cru ressentir un jour l'étreinte de son bras contre moi.

— J'ai déjà les places, a-t-il enchaîné.

Il parlait excessivement fort. C'est comme ça que j'ai compris : ce n'était que du cinéma destiné à Fute Classe. Parce que des places ? Quelles places ?

— Génial, ai-je embrayé direct, jouant le jeu.

J'ai remarqué qu'il portait un sac de Forbidden Planet, une librairie spécialisée dans la B.D. qui se trouvait dans le quartier. Je me suis alors souvenue, avec un temps de retard, que Christopher avait un compte là-bas et qu'ils lui gardaient toutes les B.D. qu'il commandait chaque mois. Il était sans doute venu chercher sa livraison hebdomadaire quand je l'avais appelé.

— Alors, tu es prête ? m'a-t-il demandé.

Il ne m'avait toujours pas lâchée. C'était un tel bonheur que j'espérais qu'il ne me lâcherait jamais.

Cependant, je savais très bien que rien de tout ça n'était vrai. Ce n'était pas parce que Christopher m'aimait encore. C'était juste en souvenir du bon vieux temps.

Lulu s'était trompée : laisser croire à un garçon qu'on avait besoin de lui ne changeait rien.

Sauf que ça ne faisait qu'amplifier le manque, *notre* manque à nous.

— Bien sûr.

Je ne voyais pas comment cette histoire pouvait tourner. Maintenant, Fute Classe, qui se tenait au bord du trottoir, quelques mètres plus loin, en train de pianoter sur son portable, allait juste nous suivre tous les deux.

C'était ce que j'avais imaginé, du moins.

Parce que, en réalité, une seconde plus tard, Christopher me lâchait et, braquant les yeux sur le mec, se mettait à brailler :

— Hé ! vous là-bas !

13

Le type qui m'avait prise en filature a levé la tête, saisi. Et puis il a regardé derrière lui pour voir si Christopher ne s'adressait pas à quelqu'un d'autre.

— Oui, oui, c'est bien à vous que je parle, s'est époumoné Christopher, en marchant droit sur Fute Classe pour lui poser la main sur l'épaule et le pousser. Vous suiviez ma petite amie, là ?

Vous avez bien lu. Christopher avait bousculé un des sbires de Stark d'une bourrade à l'épaule.

Il m'avait aussi appelée *sa petite amie*.

Mon cœur s'est mis à cogner contre mes côtes. Et pas à cause de la confrontation qui se profilait, hein.

Fute Classe n'a pas aimé que Christopher attire autant l'attention sur lui. Ou il n'aimait pas qu'on le bouscule, même si c'était juste une petite bourrade de rien du tout. Non, non, franchement. Il a rangé son portable et déclaré d'une voix tendue – on sentait qu'il se contenait :

— Je ne te connais pas, fiston. Enlève ta main, s'il te plaît.

— Comment ça, vous ne me connaissez pas ? a riposté Christopher, assez fort pour que tout le monde se retourne sur le trottoir pour nous regarder. On ne dirait pas, vu votre comportement. Enfin, si ce n'est pas moi, du moins ma petite amie, Nikki Howard. Parce que vous l'avez suivie jusqu'ici sur l'équivalent de quatre pâtés de maisons, là.

Voilà qu'il recommençait ! « Ma petite amie » ! Il avait dit « Ma petite amie ». J'avais bien entendu.

Quand Christopher a prononcé les mots « Nikki Howard », ça a suscité encore plus de curiosité. Les gens ralentissaient le pas ou s'arrêtaient même carrément sur le trottoir pour observer la scène. Un gros balèze, qui déchargeait des caisses de canettes d'un camion garé au coin de la rue, est même venu se planter devant Fute Classe.

— Hé ! lui a-t-il balancé, en le regardant sous le nez. C'est vrai ? Tu suivais Nikki Howard ?

Fute Classe a jeté un bref regard circulaire comme s'il cherchait une échappatoire. Il a même glissé la main sous son imper – et pas pour prendre son portable : je l'avais vu le laisser tomber dans la grande poche extérieure.

Je me tenais juste au bon endroit pour entrevoir ce vers quoi il tendait la main…

Un *revolver.* Dans un étui d'épaule, la crosse nichée sous son bras.

J'ai eu un hoquet de terreur et j'ai agrippé le bras de Christopher, mes doigts s'enfonçant dans l'épaisseur du cuir. Je crois bien que j'ai arrêté de respirer une minute. Je n'arrivais pas à le croire.

Un flingue ! Ce type avait vraiment un flingue ! Il allait essayer de nous descendre !

Mais, entre Christopher, le gros balèze, l'attroupement qui commençait à se former et moi, ça devait faire un peu trop de témoins. Parce que, dans la seconde qui suivait, la main de Fute Classe retombait. Il semblait chercher une autre issue à la délicate situation dans laquelle il s'était fourré.

Je me cramponnais toujours au bras de Christopher, dans un tel état de panique que je n'étais pas certaine de réussir à rester debout si je le lâchais. Un flingue ! Ce type avait un flingue ! Et il avait été tenté de s'en servir !

— Ça se fait pas, ça, s'est insurgé le gros balèze, en poussant Fute Classe de l'index au niveau du plexus. (Et il n'y allait pas mollo, je trouvais, même. Surtout quand on savait que l'autre était armé.) On laisse les célébrités tranquilles, ici !

— C'est vrai, a renchéri Christopher, en secouant la tête et en considérant Fute Classe d'un air dégoûté. Il a raison.

Fute Classe semblait acculé.

Impossible pour lui de se tirer d'affaire en sortant son flingue. À moins d'être un vrai psychopathe. Il y avait beaucoup trop de monde autour de lui, maintenant.

Et je doutais que Robert Stark engage un psychopathe dans sa milice personnelle.

— Je ne la suivais pas, s'est défendu le type, s'adressant tant au gros balèze qu'à Christopher. On marchait juste dans la même direction, c'est tout.

— Hé ben, continue à marcher, qu'est-ce t'attends ? lui a balancé le gros balèze.

— Peut-être que je vais faire ça, oui, lui a répondu Fute Classe, apparemment vexé. Peut-être que je vais faire ça.

Mais, bien entendu, il ne bougeait toujours pas.

— Eh bien, allez-y, l'a houspillé Christopher. Puisque vous êtes si pressé.

— Ouais, a fait le gros balèze. Vas-y, qu'est-ce t'attends ?

Fute Classe nous a tous fusillés du regard et a lentement commencé à s'éloigner. Mon cœur continuait à cogner, tandis que je le suivais des yeux, craignant qu'il ne se retourne brusquement pour se mettre à tirer dans la foule.

— Plus vite, lui a ordonné le gros balèze.

Fute Classe a accéléré le pas en direction d'Union Square. Sans se retourner.

— Merci, ai-je soufflé, en desserrant un peu mon étreinte sur le bras de Christopher. Vraiment merci.

Je l'avais agrippé si fort que j'en avais mal aux doigts. Je préférais ne pas penser à l'état de son bras, ni à ce qu'il avait dû jongler pendant que je le broyais comme ça.

Il ne s'était pas plaint, en tout cas.

— Y a pas de quoi, m'a répondu le gros balèze. On peut pas laisser les gens harceler nos stars locales. C'est ce qui fait la différence avec L.A., voyez. Ici, les gens peuvent marcher dans la rue sans que personne les embête, voyez. Hé ! Faut que j'vous dise : ma nièce, eh ben, elle est presque aussi jolie et aussi douée que vous. Elle aussi, elle sera une super star un jour. Sans vouloir vous embêter, j'pourrais vous demander un autographe ? Histoire de l'encourager, voyez.

— Bien sûr, avec grand plaisir. Comment elle s'appelle ?

Et, quand il m'a répondu Helen Thomaides, j'ai gribouillé « Pour Helen. Décroche les étoiles. Bisous, Nikki Howard » sur une page de son carnet de commande.

Après ça, forcément, ça a été le raz-de-marée : tous ceux qui étaient restés sur le trottoir pour assister à notre aimable petite conversation avec Fute Classe voulaient un autographe. Une forêt de stylos a soudain surgi de nulle part et je me suis bientôt retrouvée à signer n'importe quoi, du ticket de caisse de la pharmacie du coin à l'intérieur des poignets des plus mal équipés.

Tout en m'exécutant, j'essayais de suivre ce qui se passait au-delà du cercle de chasseurs d'autographes qui m'entouraient. Où était le type qui m'avait filée ? Est-ce qu'il avait réellement renoncé ? Et où était Christopher ? Est-ce qu'il m'avait laissée tomber ou est-ce qu'il était encore dans les parages ?

À un moment, j'ai senti une main se refermer sur mon bras. J'ai brusquement relevé la tête, tétanisée. Mais, par chance, c'était Christopher, pas Fute Classe. Il tenait Cosabella dans ses bras. (Heureusement qu'il y avait pensé ! Sinon, la pauvre bête aurait pu se faire piétiner par la ruée.) Et il me parlait :

— Nikki ? Il faut y aller maintenant.

J'ai jeté un coup d'œil dans la rue et j'ai aperçu le taxi qu'il avait hélé et qui stationnait à notre hauteur, portière arrière ouverte.

Non ! Christopher m'aidait aussi à échapper à mes fans ? Après m'avoir dit qu'il ne voulait rien avoir à faire avec « tout ce cirque » ?

J'ai senti monter en moi une énorme bouffée d'affection pour lui. Encore plus que lorsqu'il m'avait passé le bras autour de la taille.

— Oh ! je suis désolée, me suis-je excusée auprès des chasseurs d'autographes. Je dois y aller.

— À un essayage ? m'a demandé une des filles qui m'avait donné son poignet à signer.

— À une séance photos ? m'a demandé une autre.

— Oui, ai-je répondu globalement. (À quoi bon les détromper ? Ils seraient tellement déçus !) Je vous aime !

Je leur ai envoyé des baisers, comme j'avais vu les stars de ciné le faire à la télé, et j'ai couru vers le taxi. Je me suis engouffrée à l'intérieur et je me suis glissée tout au fond de la banquette pour faire une place à Christopher. Qui s'est penché par la portière pour me tendre Cosabella.

— Viens avec moi.

Je le suppliais presque. Il avait eu beau faire tous ces trucs sympas pour moi, je voyais bien qu'il était prêt à se défiler.

— Em.

Son visage s'était refermé et son beau regard bleu était parfaitement impavide, comme s'il n'y avait plus personne derrière.

— Christopher, il avait un flingue !

— Je sais. (Il a jeté un coup d'œil par-dessus son épaule.) C'est bien pour ça que tu dois y aller *maintenant*.

Il le savait ? Et il avait gardé son calme tout ce temps ? Il avait bousculé le type et il savait qu'il était armé ? Non, je ne le croyais pas. Et il avait fait ça pour moi ? Alors qu'il prétendait ne plus rien éprouver à mon égard. Que du mépris. Peut-être qu'il y avait un monde entre ce qu'il disait et ce qu'il ressentait... Je n'osais pas me laisser aller à espérer...

— Je m'inquiète pour toi, ai-je plaidé.

Des gens, qui avaient vu l'attroupement, commençaient à se diriger vers le taxi, curieux de savoir qui pouvait bien être à l'intérieur.

— Si tu t'en allais, déjà, m'a froidement rétorqué Christopher. Il a sans doute trouvé un taxi, lui aussi, et il est déjà en chemin...

— Je t'en prie, monte. (Cette fois, je l'implorais vraiment.) J'ai *besoin* de toi.

« Qu'est-ce que tu veux que ça me fasse, aurait-il pu me répondre. C'est toi qui as un problème. Pas moi. »

Mais non.

Lulu avait raison : peut-être que les garçons ont vraiment envie de sentir qu'on a besoin d'eux, parfois. Pas tout le temps. Parce que, sinon, on virerait à la Whitney Robertson : la fille carrément geignarde et sans défense.

Mais, une fois de temps en temps, peut-être qu'il faudrait arrêter de courir dans tous les sens et dire aux gens qu'on a besoin d'eux, leur laisser la possibilité de nous aider.

Y compris le garçon sur lequel on craque.

Christopher s'est assis dans le taxi, à côté de moi, et a claqué la portière.

Et il ne paraissait pas si mécontent que ça d'être là, finalement.

— On va où ? m'a-t-il demandé.

— J'allais chez Gabriel, mais je crois que... enfin, je ne sais pas, mais... j'ai bien peur que Nikki ait été un peu trop bavarde...

Rien que de m'entendre dire ça tout haut, j'en ai eu la bouche sèche et le pouls qui piquait un sprint. Je ne pouvais pas regarder Christopher en face. Pas tant parce que j'étais vraiment inquiète pour Nikki et les siens – ce qui était le cas.

Que parce que j'étais hyper consciente de la situation : on était là, seuls tous les deux, enfermés bien au chaud dans un joli petit taxi tout ce qu'il y avait de confortable...

C'était la première fois qu'on se retrouvait tous les deux depuis qu'il était venu me réveiller dans mon lit...

... pour me jeter. En fin de compte.

En même temps, il venait juste de me sauver la vie...

— Il se pourrait bien que tu aies raison là-dessus, s'est-il contenté de répondre, vu le nouveau petit copain que tu viens de te faire. Et je ne pense pas que ce soit une très bonne idée d'aller là-bas avec les agents de Stark à tes trousses.

— Quelle adresse ? a demandé le chauffeur.

Il avait été obligé de hurler pour se faire entendre à travers la vitre blindée qui séparait le conducteur des passagers. Il avait desserré le frein à main et on se traînait sur Broadway, dans le sens opposé à celui que Fute Classe avait pris.

S'il n'avait pas sauté de son côté dans un taxi pour nous prendre en filature.

— Contentez-vous de rouler, a crié à son tour Christopher. (Il suspectait la même chose que moi, apparemment.) On vous dira quand tourner.

— Tu crois qu'il nous suit ?

Je me suis retournée pour vérifier. Mais je ne pouvais rien voir, que le flot habituel de taxis qui remontaient la rue derrière nous. Impossible de savoir si Fute Classe se trouvait dans l'un d'entre eux.

— Sans doute, a posément répondu Christopher.

— Qu'est-ce qu'on fait alors ? me suis-je affolée.

— Je propose qu'on se fasse une petite balade dans le centre et qu'on essaie de le semer, juste au cas où, avant de sauter hors de la voiture pour plonger dans la première station de métro et remonter vers le nord quand on se sentira assez en sécurité.

Je n'en revenais pas de le voir si calme. C'était manifestement là le nouveau Christopher, le grand vilain méchant, celui qui était habitué aux courses-poursuites dans des bolides.

Sauf qu'on n'allait pas très vite, vu qu'on était coincés à un feu rouge.

J'ai jeté un coup d'œil à Cosabella, qui avait sauté sur mes genoux pour admirer le paysage par la vitre. Cosy adorait se faire trimballer dans tout ce qui bougeait. C'était plus facile de la regarder que de regarder Christopher. Ce qui réveillait toujours en moi cette super envie que j'avais de sortir avec lui.

Et me rappelait toujours, par la même occasion, qu'il ne voulait pas de moi.

Enfin, jusqu'à très récemment, en tout cas. Je ne savais pas trop si je pouvais laisser les derniers rebondissements me faire miroiter un changement imminent...

— Qu'est-ce qui te fait croire que Nikki nous aurait balancés ? m'a-t-il demandé.

— Elle est à cran avec toute cette affaire. Ça la rend malade de ne pas pouvoir récupérer son ancien corps. C'est ce qu'elle a demandé à Brandon, tu sais. (Je me suis tournée vers lui, un peu intimidée tout à coup.) C'est la condition qu'elle a posée, s'il voulait savoir pourquoi son père avait voulu l'éliminer.

Christopher m'a regardée sans comprendre.

— Elle lui a demandé quoi ?

— Son corps d'avant.

J'ai vu ses yeux s'écarquiller.

— Attends... elle voulait que tu...

— Han han, ai-je marmonné sans enthousiasme. Elle ne peut vraiment pas sentir le corps dans lequel elle s'est retrouvée.

Ça l'a chauffé direct.

— Et ça ne lui est pas venu à l'esprit que c'est ce qui arrive quand on essaie de faire chanter son patron ? Qu'est-ce qu'elle espérait ?

Je l'ai regardé avec des yeux ronds.

— Eh bien, pas qu'il essaie de la trucider, j'imagine.

— C'est illégal le chantage, tu sais, m'a-t-il rétorqué. Ça ne met pas les gens qui le subissent dans les meilleures dispositions.

— Possible, mais ce que fait Robert Stark est illégal aussi, lui ai-je fait remarquer. Je sais qu'on ne répare pas une injustice par une autre, mais ce n'est quand même pas comme si Nikki connaissait les risques.

— Hé ! Elle fait partie de l'espèce humaine, non ? Et puis, je croyais qu'elle s'était fait émanciper. Alors tu ne peux pas dire qu'elle ne connaissait pas les risques. Elle se prétend adulte, non ?

— C'était juste pour dire…

Je commençais à me sentir légèrement refroidie – par rapport à tout à l'heure, quand il m'avait tirée des griffes de Fute Classe. Je ne voyais pas comment lui faire comprendre à quel point perdre son corps pouvait être important pour une fille comme Nikki.

— Je sais ce qu'elle ressent. C'est terrible de devoir renoncer à tout ce qui faisait ta vie juste parce que tu as eu le malheur de commettre une stupide erreur.

— C'était quoi, ton erreur ? Pousser ta petite sœur pour que cette fichue télé qui se détachait du plafond ne lui tombe pas sur la tête ? T'être trouvée au mauvais endroit au mauvais moment ? Tu n'as commis aucune erreur. Nikki non plus, d'ailleurs.

J'ai été surprise par sa véhémence. Je n'avais pas réalisé que ça le touchait à ce point, que quelque chose pouvait le remuer autant… à part peut-être ce désir de vengeance… Mais bon, comme c'était pour venger ma mort, ça ne valait même plus la peine d'en parler puisqu'il savait maintenant que je n'étais pas morte.

— Je… je n'avais pas vu les choses comme ça, ai-je concédé, en caressant machinalement la petite tête laineuse de Cosy.

— Elle a perdu son corps, mais elle a encore sa tête, a renchéri Christopher. Ce n'est pas parce que sa carrière était entièrement basée sur son look qu'elle ne peut pas en avoir une autre. En faisant carburer ses neurones, pour une fois. Est-ce qu'elle y a pensé, seulement ? Et qu'on ne vienne pas me dire qu'elle n'a pas le sens des affaires. Comme tu l'auras peut-être remarqué, elle a quand même réussi à filer suffisamment les jetons au PDG d'une multinationale pour qu'il essaie de la trucider.

J'ai dû le regarder avec un air de chouette éblouie. C'était vrai. Nikki n'avait pas que sa jolie tête pour elle. Elle avait bien plus que ça.

Mais comment réussir à l'en convaincre ?

— Si seulement on pouvait trouver ce que Robert Stark avait tellement peur qu'elle raconte... (Un embryon d'idée commençait à germer dans mon esprit.) Ce truc avec les Quark, je veux dire. Le fait que, sans elle, personne ne s'en serait jamais douté... Si on pouvait le découvrir et rendre l'affaire publique, ça pourrait suffire à regonfler son ego et à lui redonner assez confiance en elle pour qu'elle n'ait plus envie qu'on aille encore me sortir le cerveau de la tête.

C'est alors que Christopher a hurlé au chauffeur :

— Tournez à droite !

— Ça ne va pas ! s'est égosillé le chauffeur. Je suis pas dans la bonne file !

— Allez-y, a insisté Christopher. Vingt dollars de plus si vous tournez ici.

Poussant une bordée de jurons, le chauffeur de taxi a opéré un virage si violent que j'ai été projetée avec Cosabella dans les bras de Christopher, qui les a refermés sur moi pendant que, tout autour de nous, s'élevait un concert de klaxons. Cosabella pédalait pour essayer de retrouver son équilibre, autant dire qu'elle me pétrissait allégrement les cuisses.

— Pardon, me suis-je aussitôt excusée, mortifiée de m'être carrément jetée sur Christopher – même si je n'y étais pour rien, à la base. Désolée.

— Pas de souci, a-t-il distraitement répondu, en se tordant le cou pour regarder derrière nous. S'il nous suivait, là, on l'a semé, c'est sûr.

— Ah oui ? (J'ai essayé de me redresser un peu, tout en constatant que Christopher avait toujours un bras autour de mes épaules. C'est terrible d'être méga consciente de ce genre de chose quand on sait que l'autre s'en fiche éperdument.) Eh bien, tant mieux.

— Et je vois ce que tu veux dire, a-t-il enchaîné. Pour Nikki. Elle a de bons réflexes. Il aurait juste fallu les canaliser dans la bonne direction. Elle a eu raison de réagir en surprenant cette conversation sur les Quark. Elle n'a juste pas pris la bonne décision. Faire chanter son boss au lieu de l'empêcher de nuire ne sert pas l'intérêt général... ce qui est quand même ce qu'on est censé faire.

— Robert Stark ne collecte pas toutes ces données pour des prunes, Christopher, lui ai-je fait observer, en le regardant dans les yeux.

Il avait toujours le bras autour de mes épaules. Alors ce n'était pas évident de faire autrement. Et de ne pas remarquer ses lèvres. Qui appelaient le baiser. Irrésistiblement. Mais j'ai essayé de diriger mes pensées vers des préoccupations un peu plus élevées. Comme sauver Nikki Howard *and co*, par exemple.

— J'ai bien écouté ton exposé, en expression orale, ai-je embrayé. On ne devient pas la quatrième plus grosse fortune du monde en faisant des trucs sans raison. Demain, je dois aller à une soirée chez lui. S'il existe la plus petite chance que je découvre à quoi il joue, ce sera le mom...

— Ouah ! s'est exclamé Christopher, en me serrant un peu plus fort. Tu as l'intention de le mettre face à ses responsabilités ? De l'affronter toute seule comme une grande ?

— Eh bien, je crois que ça va être notre unique chance d'en finir avec toute cette histoire. Sinon... sinon, mes parents risquent de se mettre sur la paille parce qu'ils croient qu'il leur suffira de se présenter bien gentiment chez Stark Enterprises et de rembourser les contrats que j'ai avec la société pour en être quittes. Ce qui ne risque vraiment pas d'arriver. Steven et sa mère vont être obligés de passer leur vie à se cacher, par crainte de ce que Robert Stark et ses petits copains vont leur faire subir, quand ils leur tomberont dessus. Et Nikki va finir par se faire tuer pour de bon – si elle ne s'est pas suicidée avant – à trop vouloir redevenir ce qu'elle était. Alors, oui, je vais aller le trouver moi-même. Avec ton aide, si tu es partant. Qu'est-ce que tu en dis ? Tu es partant ?

Il ne m'a pas répondu tout de suite. Le taxi roulait dans Houston Street, nous emmenant allez savoir où. Je retenais mon souffle, attendant son verdict. Je ne pourrais rien faire sans lui, je le savais. J'avais besoin de lui – et de son cousin Felix – pour pirater une fois de plus le système informatique de Stark et voir ce qu'ils pourraient trouver. Je me voyais quand même mal me planter devant Robert Stark et lui balancer : « Racontez-moi tout. » J'avais besoin de munitions.

Des munitions que seuls Felix et Christopher pourraient me fournir. S'ils savaient regarder au bon endroit. Et si l'info n'était pas codée. Ce qui serait probablement le cas.

N'empêche. Ils pouvaient au moins tenter le coup.

— T'es complètement barje.

Christopher avait l'air furax. Il m'en voulait. Il s'en voulait. Il en voulait à la terre entière pour cette situation délirante à laquelle on se retrouvait confrontés. Et je ne pouvais vraiment pas le lui reprocher.

— C'est une histoire de fou, a-t-il renchéri.

— Je sais.

J'ai haussé les épaules. En même temps, je trouvais ça plutôt encourageant. « T'es barje » ne voulait pas dire non.

— Ce type, là, tout à l'heure, il avait un flingue, a repris Christopher. Brandon Stark n'était même pas armé et il a réussi à t'enlever en te menaçant simplement de faire des crasses à tes amis. Comment tu crois que tu vas bien pouvoir gérer avec son père qui est un vrai gangster ?

— Eh bien… (Je ne trouvais plus ses paroles si encourageantes, tout à coup. J'avais même les larmes aux yeux, en fait.) C'est bien pour ça que, cette fois, je te demande ton aide. Je sais que je ne peux pas y arriver toute seule, là. J'ai besoin de toi, Christopher.

— Tu m'étonnes ! Il est temps que tu t'en rendes compte.

Et, sur ce, il m'a brusquement attirée à lui et il m'a embrassée. En plein sur la bouche.

14

— Mais vous étiez passés *où* ?

C'est ce que Felix nous a demandé quand on a débarqué dans son bunker une heure plus tard.

Il était clair, à la façon dont il disait ça, qu'il ne parlait pas de l'endroit d'où on venait, là, maintenant (d'échapper aux sbires de Stark et de flirter – enfin, un peu – à l'arrière d'un taxi).

Il voulait dire où on était passés depuis la dernière fois qu'il nous avait vus.

En fait, je n'étais pas sûre qu'il ait quitté sa place devant son poste de contrôle informatique multi-écrans depuis que j'étais venue. Il semblait même porter les mêmes fringues : baggy, chemise de velours vert et chaînes en or en pagaille.

Rien n'avait changé. À part le nombre d'assiettes sales empilées autour de lui. Sa mère lui avait manifestement livré ses repas « au bureau ».

Bon, c'est vrai que ça ne devait pas être tous les jours évident d'être un hacker assigné à résidence... Quoique. À la réflexion, il y avait certains avantages. Comme les sandwiches et les brownies descendus par maman.

— On vient de semer un type de la sécurité de Stark, lui a annoncé Christopher. Il filait Em. Il avait un flingue.

— Em ? (Felix a pivoté sur son fauteuil directorial ultra rembourré pour me regarder entre ses paupières mi-closes. Et puis il a hoché la tête.) Ah oui ! C'est vrai. J'ai vu le dossier médical. Tu n'es pas Nikki Howard. Tu ne fais qu'emprunter son corps. En réalité, tu t'appelles Emerson... Watts. C'est pas ça ?

— Euh, j'espère bien le garder définitivement, ce corps, lui ai-je rétorqué. Se faire transplanter le cerveau dans le corps de quelqu'un d'autre, ce n'est pas franchement une partie de plaisir, tu sais.

— Ben tu parles ! Surtout quand c'est le corps de Nikki Howard, hein ! s'est exclamé Felix. (Il a émis une sorte de grognement.) Bonne comme ça, tu penses ! Je le prendrais bien moi aussi, ce corps-là !

Christopher s'est rué sur son cousin pour lui flanquer une bonne calotte derrière la tête.

— Hé ! l'a-t-il rabroué. Un peu de respect ! Ce n'est pas parce que tu vis dans une cave que ça t'oblige à te comporter en homme des cavernes.

— Aïe ! s'est écrié Felix, en se frottant le crâne. Du calme ! Je blaguais.

— C'est pas grave, ai-je plaidé auprès de Christopher.

Il me faisait un peu pitié, son cousin, en fait. Ça ne devait pas être marrant d'être aussi brillant et de n'avoir aucun moyen d'exprimer toute cette intelligence – de manière positive, je veux dire.

— Si, a tranché Christopher, en hochant la tête. (Felix plaisantait peut-être, mais pas lui.) C'est grave.

Je me suis sentie piquer un fard. Voilà que Christopher se montrait chevaleresque, à présent !

Pourtant, dans le taxi, après m'avoir attrapée et embrassée avec une telle fougue que c'en devenait presque brutal, il m'avait repoussée tout aussi brusquement et avait marmonné : « Désolé, j'voulais pas. »

Je l'avais dévisagé, ahurie, la morsure de ses baisers encore sur les lèvres. Je lui avais dit : « Ce n'est pas grave, Christopher. »

Croyez-moi. Ce n'était *vraiment* pas grave.

« Si, avait-il répondu. C'est grave. »

Donc, il ne m'avait toujours pas pardonnée. Pas encore. C'était juste parce qu'il ne pouvait pas s'empêcher de m'embrasser, de temps en temps.

Les garçons sont bizarres quand même !

— On est toujours sur le système central de Stark, là ? a-t-il demandé à son cousin.

Il pointait de l'index un des écrans de Felix sur lequel défilait un flux continu de données.

— Ouais.

Felix avait l'air de faire la tronche. Il s'est adossé à son fauteuil pour pouvoir poser ses énormes pieds sur un des casiers à bouteilles qui constituaient son QG improvisé, à côté d'une pile d'assiettes sales.

— Pour ce qu'ils font d'intéressant dessus ! a-t-il soupiré. Ce hack me gave encore plus que toute la série des *Stargate* réunie.

— Ils font des trucs très intéressants, pourtant, lui a rétorqué Christopher. En fait, ils stockent les données uploadées par tous les acquéreurs du dernier Quark.

Felix a fait un bond de deux mètres, abattant violemment ses pieds sur le sol et entraînant la pile d'assiettes sales dans l'élan – lesquelles se sont explosées par terre avec un boucan d'enfer.

Ce qui n'a pas eu l'air de le perturber des masses. Il n'a même pas remarqué, en fait. Il s'est mis à pianoter comme un fou sur le clavier devant l'écran Stark.

— La vache ! a-t-il juré, semblant se réveiller subitement, tout excité. Pourquoi t'as pas dit ça dès le début ? Mais qu'est-ce qu'ils ont à foutre d'un paquet de données chargées par un tas de débiles assez branques pour acheter ces portables en plastoque de merde ? C'est nul. Et où ils les stockent ? Je les vois pas.

Il a tiré bruyamment sur sa paille, plongée dans un des Coca que sa mère nous avait apportés. (Tante Jackie était super contente de me voir. Son mari lui avait offert la collection complète des parfums Nikki Howard pour Noël et elle avait voulu que je lui dédicace la boîte avec le visage de Nikki qui vous adressait un sourire racoleur dessus.)

— Mais où ils les planquent ? s'énervait Felix.

— Comment ça, tu ne les vois pas ? s'est étonné Christopher. Tu la trouves, cette banque de données, ou pas ?

— Ah ! la voilà, a jubilé Felix, en aspirant son Coca à grand bruit. Leur cryptage est un gag. J'ai jamais vu une boîte qui se la pète autant. C'est comme s'ils se croyaient intouchables. Mais peut-être que personne a jamais voulu se fatiguer à essayer avant. En même temps, je vois pas ce qu'ils peuvent bien vouloir faire de ces conneries : les pages Facebook et Twitter de tous ces gosses, je veux dire. Ils filent même leur dossier dentaire ! Qu'est-ce qu'ils peuvent bien en avoir à faire ? Et, tiens, là, un paquet de réservations de voyages pour fauchés. Lastminute, croisières, virées scolaires pour les vacances de Pâques...

— Peut-être qu'ils veulent se lancer dans le tourisme ? ai-je hasardé avec un haussement d'épaules sceptique. Stark ne possède pas encore de compagnie aérienne.

— Phœnix, a dit Felix.

— Ils veulent implanter leur centre de transit dans la banlieue de Phœnix ? a tiqué Christopher.

— Non.

La paille de Felix a touché le fond de sa canette de Coca avec les gargouillements que vous imaginez.

— C'est le nom qu'ils donnent à la base de données dans laquelle ils stockent tous ces fichiers : Opération Phœnix, nous a expliqué Felix.

Christopher m'a jeté un regard interrogateur.

— Il y a quoi à Phœnix ?

Haussement d'épaules bis de ma part.

— Le désert ?

— Des retraités, a répondu Felix, quand Christopher s'est tourné vers lui. Des vieux qui conduisent des mini-bagnoles de golf. Fringués en pastel.

— Check-le sur le net, lui a demandé Christopher.

Felix a soupiré et tapé « phœnix » dans un moteur de recherche.

— « Phœnix ou phénix, a-t-il lu, quand la définition s'est affichée, légendaire oiseau de feu vivant plus d'un millier d'années qui, parvenu au terme de son existence, fait un nid de branches de myrrhe, puis s'embrase spontanément pour renaître de ses cendres. »

On s'est tous regardés d'un air pas franchement inspiré.

— C'est peut-être un nouveau jeu vidéo, ai-je proposé. Et les gens dont ils ont sélectionné les données font tous des scores déments à *Journeyquest* ou un truc dans le genre. Et ils veulent le leur faire tester.

— Ils me l'auraient envoyé alors, m'a fait remarquer Christopher, manifestement vexé (non sans raison).

— C'est ça, a raillé Felix, en cliquant sur la page Facebook d'un des nouveaux détenteurs du dernier Quark. Impossible que ce *loser* joue à *Journeyquest*. Non mais, écoutez ça : « Salut, je m'appelle Curt. J'aime le Dave Matthews Band. Je ne bois que du café bio. Je vais faire une randonnée avec mon chien à Seattle à la fin du mois. » Tiens ? Il a oublié : « Je crains. »

J'ai jeté un coup d'œil au profil de Curt. Il ne risquait pas d'être un *gamer*, c'est sûr. Il avait noté « courir » et « faire du vélo » dans ses hobbies. Il était mignon. Il n'avait pas un poil de graisse. Il aimait les chiens et ses neveux. Et il voulait sauver les baleines.

En résumé, il était bourré de qualités, ce garçon, et ce n'était pas très cool de la part de Felix de le descendre.

— Montre-m'en un autre, lui ai-je lancé.

— « Bonjour, a lu Felix, en cliquant sur un autre profil. Je m'appelle Kerry. » Oooooh ! Kerry est canon. Elle aime écrire et les couchers de soleil. Moi aussi, j'aime écrire et les couchers de soleil, Kerry. Visez-moi ça, Kerry va au Guatemala pour aider à apprendre à lire aux enfants, le mois prochain. Comme c'est gentil de sa part ! Qu'est-ce que Stark sait d'autre sur Kerry ? On va jeter un petit coup d'œil à son dossier médical. Elle a été obligée de l'envoyer par e-mail à l'organisation avec laquelle elle part au Guatemala. Oh ! Regardez-moi ça ! Une santé de fer. Pas même une carie. Dis donc, sont de vrais petits saints, ceux qu'achètent ce Quark ! Hé ! Fais-toi un cheeseburger, Kerry, un truc qui baigne dans la graisse ! braillait Felix à son écran.

Felix s'excitait pour un rien. Ce n'était peut-être pas si étonnant que ça, vous me direz, vu le nombre de Coca qu'il s'enfilait, avec toute cette caféine et tout ce sucre.

— C'est quand même bizarre qu'ils soient tous si « écolo-réglos »...

Je réfléchissais à haute voix.

— Sauf si quelqu'un de chez Stark s'occupe du tri sélectif..., a suggéré Christopher, en me regardant d'un air entendu.

— Et ne garde que les fichiers de ceux qui sont beaux et en bonne santé ?

J'ai plissé les yeux pour examiner la photo que Kerry avait postée sur son Facebook. Elle se tenait debout, en plein soleil, sur un sentier, en short et en tee-shirt. Elle avait la taille mannequin et le teint frais. Elle avait l'air bien dans sa peau, radieuse.

— Oui mais pourquoi ? s'est impatienté Felix, en attrapant le Coca auquel je n'avais pas touché. (Le corps de Nikki ne supportait ni la caféine ni le fructose à haute dose.) Je peux pas blairer ce genre de petits saints.

— Je ne sais pas, lui a répondu Christopher. Mais qu'est-ce qu'ils ont d'autre en commun ?

— Ils prennent tous soin de leur corps, ai-je hasardé.

— C'est tous des canons, a affirmé Felix.

— Et ils partent tous en voyage..., a constaté Christopher, leur vie en bandoulière...

— Robert Stark est en train de lever une armée ? me suis-je exclamée, interloquée.

— Ouais, a persiflé Felix, sarcastique. Une armée de raseurs de première.

15

— Ah ! Dieu merci vous voilà ! s'est écrié Gabriel en ouvrant la porte.

Je me demandais bien pourquoi il était si content de nous voir. Au début.

Je lui avais proposé de passer prendre trois ou quatre plats à emporter et de venir dîner chez lui. En fait, j'avais rapidement constaté que je n'allais pas servir à grand-chose dans la résolution de l'énigme « Opération Phœnix ». Pas en restant assise là, à lire des tonnes de fichiers sur des possesseurs de Quark tous plus incroyablement sexy les uns que les autres, en tout cas. Felix et Christopher n'avaient pas besoin de moi pour ça.

Alors, imaginez un peu ma tête quand Christopher avait déclaré qu'il allait m'accompagner chez Gabriel. Ne me demandez pas pourquoi. Il n'avait pas recommencé à m'empoigner comme une brute pour m'embrasser à pleine bouche et n'avait toujours pas jugé bon de m'expliquer pourquoi il avait fait ça dans le taxi. Pour ce que j'en savais, il ne pouvait toujours pas me sentir et n'avait aucune intention de changer de sentiment à mon égard… « jusqu'à ce que la mort nous sépare ».

Je regrettais de ne pas être un peu plus comme la vraie Nikki. (Je sais, je sais. Mais c'était plus fort que moi.) Elle devait en avoir connu des dizaines, elle, des garçons un peu tordus qui avaient voulu l'embobiner. Elle n'aurait pas supporté plus de cinq minutes les prises de tête de Christopher, je suis sûre (et je suis polie). J'aurais rêvé de pouvoir lui demander comment elle s'y prenait avec des embrouilleurs comme lui. Je l'aurais bien fait, d'ailleurs.

Si j'avais cru pouvoir m'en sortir sans me prendre son poing dans la figure et sans l'entendre encore exiger que je lui rende son corps !...

On était bien au chaud et au sec, à l'intérieur du restaurant thaï où on s'était arrêtés prendre les plats à emporter. Et puis il y avait des odeurs de folie. J'avais commandé un exemplaire de pratiquement tout ce qu'on pouvait trouver sur la carte, et puis je m'étais assise sur une chaise capitonnée de vinyle rouge avec Cosy sur les genoux pour attendre, pendant que, assis à côté de nous, Christopher discutait fiévreusement, par textos, avec Felix.

Après avoir passé un bon moment à essayer vainement d'ignorer la présence de Christopher (ses lèvres qu'on avait tellement envie d'embrasser... sa pomme d'Adam... ses mains...), ça m'est venu d'un coup. Attendez un peu. Mais je n'avais pas besoin des conseils de Nikki. Je pouvais parfaitement demander une explication à Christopher lui-même pour savoir où on en était exactement en tant que... « couple ». Il me devait bien ça. C'est vrai quoi. C'était la moindre des choses, non ? On avait été potes pendant des années, je veux dire. Avant de devenir petit copain/petite copine (à supposer qu'on l'ait été, du moins).

Mais enfin, de quoi j'avais peur, franchement ? Ce n'était qu'un lycéen, après tout. Alors que moi, j'étais *Nikki Howard*, quoi ! Un méga super top model.

Même si, en réalité, ce n'était pas moi.

Pourquoi est-ce que j'avais tellement la trouille de ce qu'il allait dire, d'ailleurs ? On s'était déjà fait tout le mal qu'on pouvait. Impossible de faire pire. Alors qu'est-ce qu'on risquait ?

Et Lulu avait bien affirmé qu'on devait communiquer davantage, on est d'accord. Non ?

— Christopher, … me suis-je lancée, après avoir respiré un bon coup pour me donner du courage.

Après tout, il m'avait embrassée, non ? Ça devait bien vouloir dire qu'il m'aimait toujours. Ne serait-ce qu'un tout petit peu.

— … qu'est-ce que…

— Non.

Il n'avait même pas levé les yeux de son portable.

— Non quoi ? ai-je riposté, vexée.

Non mais franchement ! Il aurait quand même pu me regarder, au moins !

— Ne commence pas à vouloir parler de notre relation, m'a-t-il répondu.

Comment il avait su ? Comment ils savent toujours ? Qu'est-ce qu'ils ont ? Un genre de radar ?

— Humpf ! ai-je grommelé.

Maintenant, je n'étais pas juste vexée. J'étais verte de rage. Non mais, c'est vrai quoi, je n'étais pas le style de fille à pleurnicher « Je veux savoir où on en est dans notre relation » toutes les cinq minutes. Je ne l'avais même jamais branché là-dessus. Pas une seule fois depuis qu'on sortait ensemble.

Bon, d'accord, ça faisait à peine quinze jours. Et j'en avais passé une bonne partie « en amoureux » chez Brandon Stark… malgré moi.

N'empêche.

— Je pense que j'ai quand même bien le droit de savoir où on en est, me suis-je insurgée. Parce que, je ne vais pas te mentir : si tu continues avec tes prises de tête, je vais commencer à aller voir ailleurs.

Yesss ! Ça c'était envoyé. Digne d'une Lauren Conrad ou je ne sais qui. Non que Lauren Conrad soit le meilleur exemple de la planète non plus, hein.

Mais bon, qui on a d'autre sous la main, nous, les filles célib, pour nous guider en ces temps troublés ? Notre société moderne a tout compliqué. Non, franchement. Et puis toutes les autres sont divorcées, de toute façon.

Christopher a laissé retomber sa main – avec son portable dedans – et m'a dévisagée. Rien qu'à voir sa tête, c'était clair : il hallucinait.

— *Quoi ?* s'est-il étranglé, sa voix déraillant dans les aigus.

— Sérieux.

Je ne voulais pas non plus me taper une méga scène dans un resto thaï de vente à emporter en plein Brooklyn.

Mais bon, une fille a sa dignité quand même !

— Tu ne peux pas tout simplement venir à mon secours – deux fois –, m'embrasser – un paquet de fois – et te comporter après comme si tu t'en fichais royalement. (J'ai rejeté mes cheveux en arrière.) Je n'ai pas de temps à perdre avec ce genre de petits jeux, moi. J'ai besoin de savoir. Tu flashes sur moi ou pas. Soit l'un, soit l'autre. Si oui, génial. Si non, arrête de m'embrasser. C'est normal, non ?

Bien dit. Je ne savais absolument pas d'où ça sortait, mais ça me plaisait.

— Si tu veux savoir, pour ne rien te cacher, là tout de suite, je ne flashe pas des masses, tu vois. Parce que ta réaction, là, eh bien, c'est pas toi. Je ne te reconnais même pas. Et ce n'est pas très malin de ta part de réagir comme ça.

Piquée au vif, j'ai essayé de faire passer les larmes qui me montaient aux yeux pour un effet dû à toute cette chaleur graisseuse de la friture. Peut-être que Lauren Conrad n'était pas un si bon exemple que ça, finalement.

— Je réagis normalement. Tu as bien dit qu'il fallait que je grandisse un peu ? Eh bien, c'est ce que je fais. Je te demande juste un minimum d'honnêteté envers moi. Je t'aime vraiment, moi, et je tiens à ce que tu saches que tu...

— C'est pas vrai ! (Il a repris son portable. Je n'ai pas pu m'empêcher de remarquer qu'il rougissait. C'était mignon !) Tu veux bien arrêter ça ?

— Arrêter quoi ? De dire que je t'aime ?

Je dois reconnaître que c'était assez marrant de le torturer.

— Oui. (Il avait l'air hyper mal à l'aise.) Tu répètes ça tout le temps, mais, à voir comment tu te comportes, on dirait pas.

— Comment ça, comment je me comporte ?

À mon tour de piquer un fard. J'espérais sincèrement que la caissière, assise à quelques pas de nous, ne parlait pas assez bien anglais pour comprendre cette charmante petite conversation.

— En t'envolant pour la villa de Brandon Stark, déjà, s'est-il mis à énumérer. Ensuite, en laissant l'univers entier penser que tu es amoureuse de lui et pas de moi. Et, en plus, quand je viens te délivrer, tu ne veux même pas venir avec m...

— Oh ! tu ne vas pas recommencer ! Je t'ai déjà expliqué pourquoi !

— Trop facile de dire qu'on est désolée pour que tout s'arrange. Tu m'aimes peut-être, mais tu ne le montres pas. Tu n'as pas confiance en moi.

— Je t'ai bien appelé aujourd'hui, quand j'ai vu qu'on me suivait, non ?

— Parce que c'est moi que tu as appelé en *premier*, peut-être ?

De rouge je me suis sentie virer à l'écrevisse ébouillantée. Comment il pouvait savoir que j'avais appelé Lulu avant, d'abord ?

— C'est à toi que j'ai *pensé* en premier, me suis-je défendue. Mais tu avais été tellement vache avec moi dans l'avion ! Tu as ce côté grand-vilain-méchant, maintenant. Ce n'est pas très craquant, tu sais.

C'était pourtant carrément le contraire, en fait, mais je ne tenais pas vraiment à ce qu'il soit au courant. Ça ne ferait que l'encourager à jouer les gros durs plus souvent.

Comme en ce moment. Il a levé les yeux au ciel et il s'est replongé dans ses textos.

C'est à cet instant précis que mon portable a sonné. C'était Gabriel qui m'appelait pour savoir dans combien de temps on arrivait.

— Euh... bientôt, lui ai-je répondu.

— C'est juste que le plus tôt serait le mieux, pour ne rien te cacher.

— Ah ! Pourquoi ? me suis-je étonnée.

— Tu comprendras quand tu seras là.

C'est tout ce que Gabriel a consenti à lâcher. Et d'un ton un rien hystérique, si vous voulez mon avis.

Ça m'a paru très mystérieux, mais il a refusé d'en dire plus. On avait prévu de prendre le métro jusque chez lui pour déjouer toute tentative de filature de Stark, au cas où. Mais on s'est retrouvés chargés de tellement de sacs, chez le traiteur thaï, qu'un autre taxi nous a semblé une bien meilleure idée. Christopher en a donc hélé un (mettant ainsi notre discussion en stand-by jusqu'à... eh bien, je vous le demande) et on est arrivés chez Gabriel sans chien renifleur de chez Stark accroché à nos baskets. Apparemment, du moins. Et, quand on a regardé dans la rue, au pied de l'immeuble où Gabriel habitait, on n'a remarqué personne de suspect (en pantalon à pli et chaussures noirs) planqué dans un coin en embuscade.

Quand il nous a ouvert, j'ai cependant compris où Gabriel avait voulu en venir avec ses sous-entendus. Ce n'était pas l'irruption d'un type de la sécurité de Stark qui l'inquiétait. Il était stressé par tout autre chose : le pauvre ! sa garçonnière avait été changée en institut de beauté improvisé.

Lulu était là, occupée à exercer ses dons de fée de la mise en beauté. Et tout son pouvoir de persuasion habituel. Enfin, elle essayait, du moins.

— Écoute, disait-elle, le truc, c'est que tu n'es plus faite pour être blonde, Nikki. Il faut voir les choses en face.

Assise sur un tabouret, Nikki faisait la tête au beau milieu du salon de Gabriel (qui semblait avoir un certain penchant pour le style années cinquante, avec ses divans à ras du sol, sa table basse en forme de haricot, tous ces épais tapis à poils longs, ces œuvres d'art moderne… bref, la totale. Carrément *old-school*, le « dernier chanteur à la mode », en fait).

— Non, protestait Nikki. (Elle bouillait, ça se voyait.) J'ai toujours été blonde. Je serai toujours blonde. Je veux rester blonde !

Elle avait la tête hérissée de papillotes de papier alu. Ce qui laissait supposer que quelque chose de chimique était déjà en cours au niveau capillaire. Mais ce n'était apparemment pas ce qu'elle voulait.

— Fais-moi confiance, insistait Lulu. Tu vas être trop craquante. Pour une fois, ce que tu montres à l'extérieur reflétera ce que tu es à l'intérieur.

De quoi vous donner froid dans le dos.

— Essaie au moins, plaidait Lulu. C'est comme cette ombre à paupières mauve que j'ai testée sur toi, tout à l'heure. Ça va faire ressortir le vert de tes yeux.

— Je te l'ai déjà dit et je te le répète, lui a craché Nikki, écumante de rage. Je veux être BLON-DE. (Elle a pointé le doigt dans ma direction au moment où on arrivait, Christopher et moi, les sacs du traiteur thaï dans les bras.) Comme *elle* ! Comme j'étais avant !

Assis au comptoir de la cuisine américaine, en train de feuilleter des magazines d'architecture – il y en avait partout, chez Gabriel –, Steven s'est levé d'un bond en nous voyant.

— Hum ! cette odeur ! d'enfer ! s'est-il exclamé, en nous délestant de nos fardeaux. Vous êtes nos sauveurs.

Ça faisait du bien d'entendre ça. Même si c'était juste pour avoir apporté le dîner.

Mme Howard s'était enfermée dans une des chambres avec la migraine et ne se joindrait pas à nous. Comme je la comprenais ! On aurait dit qu'une tornade avait dévasté l'appart de Gabriel. Il y avait des sacs de boutiques de fringues dans tous les coins, des trucs de chez Intermix (le genre jean à 200$ et photo réunissant Beyoncé, Jay-Z et Kanye West faisant leur shopping dans le magasin à la une de *People*) et de chez Scoop (300$ le sac, 400 les pompes, et les petites robes Helmut Lang, Missoni, Marc Jacobs, vous voyez ?). Comment Lulu s'y était-elle prise pour acheter autant de trucs pour Nikki en si peu de temps ?

— Je ne vois même pas pourquoi on fait tout ça, pestait Nikki, tandis que Lulu lui étalait du fond de teint à l'éponge. Puisque je vais bientôt récupérer mon ancien corps. C'est pain perdu.

— Peine, l'a reprise Gabriel, en sortant les assiettes d'un des placards de la cuisine. Peine perdue.

— C'est bien c'que j'ai dit, s'est rebiffée Nikki, en le foudroyant du regard.

C'était *space*, mais, même avec les papillotes d'alu qui lui faisaient comme des antennes d'alien sur la tête, elle avait déjà meilleure allure. Lulu lui avait fait enfiler un genre de dos-nu noir qui mettait en valeur ses épaules laiteuses et un jean qui n'était pas un des miens (enfin, un des siens d'avant) et qui moulait divinement la courbe appétissante de ses hanches. Elle commençait à être... eh bien, oui, jolie. Une jolie alien, mais jolie quand même.

— Et on ne t'a pas sonné, Prince William, a-t-elle ajouté, cinglante.

— Oh ! charmant, a commenté Gabriel. (Tout juste s'il ne montrait pas les dents. Je ne l'avais jamais vu faire une tête pareille. Il avait l'air lessivé.) Je t'héberge, au péril de ma vie, et tu te moques de mon accent. Tu es vraiment très agréable à vivre, tu sais, Nikki.

— Va te faire voir, Harry Potter ! lui a-t-elle répliqué, avec un rictus dédaigneux.

Il m'a lancé un coup d'œil désespéré.

— Tu comprends ? Tu comprends maintenant ce que je suis obligé de supporter ?

Je me sentais mal d'avoir entraîné le malheureux Gabriel dans cette histoire. Il n'était qu'un simple spectateur, après tout.

— Tiens, prends un peu de nouilles, lui ai-je proposé, en lui tendant la boîte.

C'est la seule chose qui m'est venue à l'esprit pour tenter de me faire pardonner.

— Oh ! merci. Trop aimable.

J'aurais juré qu'il était sarcastique.

Une alarme a soudain retenti et Lulu a regardé son portable en couinant comme une souris.

— Il est temps de rincer, a-t-elle annoncé, en attrapant Nikki par le bras pour l'entraîner dans la salle de bains.

Nikki l'a suivie en ronchonnant. À peine la porte s'était-elle refermée derrière elle que Steven se tournait vers nous.

— Si on ne trouve pas un moyen de se sortir de là sous peu, je crois qu'on va tous devenir cinglés.

— Je vais me tirer une balle dans la tempe, a déclaré Gabriel d'un ton sinistre. Je n'attendrai pas que Stark le fasse pour moi. Ta sœur va m'y pousser, Howard. Soit dit sans vouloir t'offenser.

— Je te comprends, a compati Steven, en venant se rasseoir au comptoir pour piocher dans le carton de curry panang, sans prendre la peine d'en mettre dans l'une des assiettes que Gabriel avait disposées devant nous. Elle est toujours comme ça quand elle n'obtient pas ce qu'elle veut.

— Sinon, elle n'en serait pas là où elle en est arrivée aujourd'hui, ai-je commenté. (Comme tous me regardaient, j'ai ajouté :) Enfin, je veux dire, au sommet de la gloire. Elle est quand même l'un des mannequins les mieux payés du monde.

— Et aussi quelqu'un que l'un des hommes les plus riches du monde veut voir six pieds sous terre, m'a fait remarquer Steven.

— Oui, eh bien, en tout cas, pour récupérer son ancien corps, elle repassera, a alors affirmé Christopher, en ingurgitant une quantité impressionnante de *pad thai* d'un coup. Elle peut raconter le contraire tout ce qu'elle veut.

Je l'ai dévisagé, sciée. Il clamait haut et fort qu'il me détestait. Après ça, il m'embrassait et se ruait à mon secours dès que l'occasion se présentait, tout en soutenant qu'on ne pouvait pas se remettre ensemble à cause de mes « problèmes de confiance ». Mais c'était quoi son problème à lui ?

— Je sais, lui a assuré Steven. Mais on ne pourra pas continuer à vivre clandestinement encore très longtemps. Et on ne peut pas demander à Gabriel de nous supporter indéfiniment.

C'est alors qu'on a entendu un cri strident provenant de la salle de bains, suivi d'un coup sourd et d'un bruit d'éclaboussure.

Et puis Nikki s'est mise à hurler :

— LULU ! MAIS QU'EST-CE QUE TU AS FAIT ?

Sa voix a rapidement été étouffée par la soufflerie d'un sèche-cheveux.

Gabriel a levé les yeux au ciel, comme pour s'exhorter à la patience.

— Est-ce que l'un d'entre vous a déjà entendu parler d'un truc qui s'appelle « Opération Phœnix » ? a tout à coup demandé Christopher.

— Je chuis allé à Phœnix une fois, a répondu Steven, la bouche pleine. Chuper climat.

— Ce ne serait pas un groupe ? a suggéré Gabriel. Il me semble les avoir vus un jour au Pays de Galles.

— Je suis à peu près sûr que ce n'est pas un groupe, l'a détrompé Christopher. C'est un truc sur lequel Robert Stark travaille en ce moment.

— Ah ! Dans ce cas, aucune idée, a soupiré Gabriel.

— De quoi s'agit-il ? s'est enquis Steven.

Christopher leur a raconté le peu qu'on savait sur la fameuse Opération Phœnix – explication qui a quand même eu raison du carton de *pad thai*, sans compter le fond de *pad see ew*.

— Ça n'a aucun sens, en a conclu Steven.

— Ça en a forcément un, l'a contredit Christopher. Le truc, c'est qu'on ne voit pas lequel.

— J'ai entendu aux infos aujourd'hui qu'on allait construire un ascenseur pour aller dans l'espace, a soudain annoncé Gabriel.

On s'est tous tournés vers lui.

— Non, c'est vrai, a-t-il insisté, en avalant sa salive. Une société américaine. Au lieu de lancer une navette chaque fois qu'on a besoin d'envoyer quelque chose dans la station spatiale, on l'enverra par un ascenseur qu'on est en train de construire sur une plateforme offshore mobile et qui montera directement tout là-haut dans l'espace. C'est logique, vous ne trouvez pas ? C'est peut-être ça l'Opération Phœnix de Robert Stark : son propre ascenseur pour l'espace.

— C'est ce qu'on a encore trouvé de plus sensé pour l'expliquer, a commenté Christopher, avec un haussement d'épaules fataliste.

C'est à ce moment-là que la porte de la salle de bains s'est ouverte sur Nikki et Lulu.

Ou, du moins, ça devait être Nikki. Puisque c'était avec elle que Lulu était partie s'enfermer dans la salle de bains.

Mais la fille avec laquelle elle en ressortait ne ressemblait pas du tout à Nikki. Au lieu de la tignasse auburn terne et raplapla de Nikki, elle avait des cheveux noirs ondulés et un teint lumineux qui contrastait avec le plâtrage de masque mortuaire dont elle se tartinait habituellement.

Et il y avait quelque chose de bondissant dans la démarche de Nikki que je ne lui avais jamais vu avant. Elle portait une tunique fluide noire à taille empire et une paire de leggings noirs qui lui allaient comme un gant.

Et il n'y avait pas que dans sa démarche qu'il y avait quelque chose de bondissant.

— Putain ! a élégamment juré la fille en nous voyant tous scotchés. (Enfin, quand je dis « nous », je veux surtout dire Christopher et Gabriel, quoiqu'on en soit quand même restés un peu bouche bée, Steven et moi.) Vous voulez pas ma photo ? Vous pourrez la reluquer plus longtemps.

D'accord. Pas d'erreur : c'était bien Nikki, en fin de compte.

— Nikki, tu as un look… d'enfer, me suis-je extasiée.

J'avais du mal à m'en remettre.

— Le *choker*, ça fait tellement 2005, a soupiré Nikki, en tripotant la tête de mort et les tibias croisés en argent qui ornaient le ruban de velours noir lui enserrant le cou. (Croyait-elle vraiment que c'était son collier qu'on regardait ?) C'est bien ce que je disais à Lulu. Mais, allez savoir pourquoi, avec celui-là, ça colle.

— Tout colle, a lâché Gabriel.

J'ai remarqué qu'il avait toujours sa fourchette pleine de nouilles figée à mi-chemin de sa bouche. Et il avait le souffle un peu court, tout à coup…

— Je crois que personne de sa vie d'avant ne pourra la reconnaître, a avancé Lulu, en tapotant fièrement les toutes nouvelles boucles de Nikki. Dans son nouveau corps comme ça.

— Tu as dit quoi là ? a persiflé Christopher.

Je lui ai donné un bon coup de coude. Il a étouffé un « aïe ! » et s'est tu, non sans m'avoir adressé un petit sourire sardonique.

Cependant, Gabriel semblait toujours incapable de détacher les yeux de son invitée new look.

— C'est très rétro, non ? a-t-il hasardé.

— N'est-ce pas ? lui a répondu Lulu, en embrassant d'un regard entendu le décor de notre hôte…

16

Quand je me suis réveillée, le lendemain matin, je n'étais pas toute seule dans mon lit.

Et je ne parle pas de Cosy.

Ni, hélas ! de Christopher.

Non. Il y avait un agent d'un mètre soixante-quinze, une femme, plus précisément, en tailleur de shantung aubergine, assise sur le bord de *mon* matelas, qui pianotait comme une folle sur son portable, les jambes croisées, gainées de soie, avec une Jimmy Choo qui se balançait au bout de ses doigts de pied.

Quand elle s'est aperçue que j'avais les yeux ouverts, Rebecca a marqué un temps d'arrêt, les pouces en stand-by au-dessus de son BlackBerry, et s'est exclamée :

— Enfin ! J'ai bien cru que tu n'allais jamais te réveiller. Ne me dis pas que tu as pris un comprimé entier de ces somnifères ! Tu devrais vraiment réduire la dose de moitié. Bon, tu vas te lever, oui ou non ? Nous avons des tonnes de choses à faire, Nikki, et pas précisément le temps de traîner au lit. Allez ! Remue-toi un peu !

Et puis elle s'est remise à pianoter sur son BlackBerry.

Ce n'était pas tout à fait comme ça que j'avais imaginé commencer la journée. Dans mon fantasme, je me réveillais avec le corps de rêve d'un certain garçon de première super canon – quoique plutôt du côté obscur de la Force – dans mes draps.

Mais je n'avais même pas réussi à faire monter Christopher à l'appart en revenant de chez Gabriel. Il avait décidé de retourner chez Felix pour continuer à creuser le mystère de l'Opération Phœnix.

Il y avait aussi le petit détail de mes « problèmes de confiance » qui semblaient toujours « trop le dégoûter ».

Vous savez, pour qu'un ado refuse l'invitation d'une fille à boire un dernier verre chez elle, faut que ce soit grave. Grave de chez grave. Ce garçon doit vraiment m'avoir dans le nez. Qu'est-ce qu'il fallait donc que je fasse pour lui prouver que j'avais *déjà* confiance en lui ?

Et ce n'était pas avec d'aussi réjouissantes histoires de cœur que j'allais être d'humeur à recevoir la visite matinale de mon agent.

— Qu'est-ce que tu fais là ? ai-je grommelé, en attrapant un oreiller pour me le coller sur la tête.

Et en réveillant par là même Cosabella qui, jusqu'alors, dormait comme un bébé. Non mais, vous parlez d'un chien de garde ! Robert Stark aurait tout aussi bien pu envoyer vingt de ses sbires pour me trucider dans mon sommeil. Elle aurait juste grogné de se voir dérangée, avant de se retourner pour trouver une position plus confortable.

— Tu as une grosse journée qui t'attend, m'a annoncé Rebecca, en continuant à martyriser son minuscule clavier. D'abord, la réception chez Robert Stark. Ensuite, le défilé de lingerie Stark Angel ce soir. En *direct*, au cas où tu l'aurais oublié. La nuit de la Saint-Sylvestre ? Le soutien-gorge de diamants ? Ta grande première à la télévision ? Un milliard de spectateurs potentiels ? Et on ne peut pas vraiment dire que tu aies fait partie de mes clients les plus sérieux, récemment. Avec cette escapade improvisée en jet privé sous les tropiques ! Je voulais m'assurer que tu te lèverais assez tôt pour avoir le temps de te faire coiffer, maquiller et habiller correctement. (Elle m'a jeté un rapide coup d'œil.) On voit tes racines. Et depuis combien de *semaines* ne t'es-tu pas fait manucurer ? Tes ongles sont un désastre. Et à quand remonte ta dernière épilation maillot ? Dois-je te rappeler que tu te balades pratiquement en string devant toutes les caméras du pays, ce soir ? Non mais vraiment ! qu'est-ce que c'était que cette histoire avec Brandon Stark en Caroline du Sud ? Non que je n'applaudisse pas ton esprit d'initiative. Il est richissime. Mais tu ne pourrais pas t'arranger pour qu'il achète une propriété plus près d'ici ? Aux Hamptons, par exemple ? Tout ton petit monde est là-bas, ma chérie.

Je savais ce qu'elle entendait par « mon petit monde » : ceux qui s'occupaient de mes cheveux, ceux qui s'occupaient de mes ongles, celle qui m'épilait, celle qui me faisait mes soins du visage, ma styliste, ma nutritionniste, mon coach, mon attachée de presse, mon agent… C'est qu'il faut tout un bataillon de spécialistes pour qu'une fille soit aussi jolie à regarder que Nikki Howard. N'allez pas croire qu'elle soit aussi belle au naturel. D'accord, la génétique y est peut-être un peu pour quelque chose, quelque part, mais il y a tout un travail d'équipe derrière (sans oublier le petit coup de pouce de Photoshop).

Mais, justement. La seule chose qui avait un tant soit peu valu la peine de séjourner chez Brandon, c'était que j'avais été débarrassée de cette nuée de gens qui bourdonnaient sans cesse autour de moi. J'avais pu être… eh bien, oui, moi-même.

Pour changer.

Pendant ce temps-là, j'étais toujours étendue sous les draps, immobile. Qui avait laissé Rebecca entrer ?

Karl, le concierge de l'immeuble ? Parce qu'elle était une habituée ? Oui, eh bien, j'allais avoir deux mots à lui dire, à Karl. Parce que c'était i-nac-cep-table.

Lulu ? J'en doutais. Pourquoi ne m'aurait-elle pas réveillée pour me prévenir que Rebecca rôdait dans les parages ? Ça ne lui ressemblait tellement pas... Et ce n'était tellement pas la façon dont j'avais envie de commencer la journée. J'aurais voulu traîner au lit, me bercer du souvenir de Christopher m'embrassant si fougueusement dans le taxi. Pourquoi est-ce que je ne pouvais pas rembobiner le temps, retourner à cet instant pour le recommencer indéfiniment ? Mais bien, cette fois : sans qu'on se dispute à la fin.

Sauf que, là, il ne fallait même pas y penser. Parce que déjà Rebecca se penchait pour me flanquer une grande claque sur les fesses.

— Lève-toi ! Et veille à prendre un bon petit déjeuner. Copieux. Et un bon déjeuner. Peu m'importe que tu aies un petit ventre à la télé ce soir. Je ne veux pas risquer que tu me fasses un malaise, comme pour l'inauguration du Megastore. Pas question d'hypoglycémie aujourd'hui. Au boulot ! Au boulot, au boulot, au boulot !

Rebecca s'est redressée pour sortir de ma chambre en trottinant sur ses talons d'une hauteur insensée.

— La voiture passe te prendre pour la réception chez Stark à dix-neuf heures, a-t-elle braillé, en arrivant à la porte. Tu as intérêt à être prête, sinon je te hache menu et je te donne à manger aux autres mannequins de mon agence. Crois-moi, elles en veulent assez pour te dévorer jusqu'à la dernière bouchée.

Le cliquetis de ses stilettos s'est éloigné. Quelques secondes plus tard, j'entendais l'ascenseur s'ouvrir et Rebecca s'y engouffrer tout en hurlant dans son portable :

— Comment ? Mais non pas en python ! J'ai dit en lézard. Personne n'est-il capable de suivre les instructions les plus simples aujourd'hui ? Le monde est-il donc devenu fou ?

Je suis tombée du lit en soupirant. Cosabella a aussitôt bondi pour me suivre parce que le lever de sa maîtresse coïncidait avec la première gamelle de la journée. (Je ne comprends pas comment Cosabella peut manger autant sans jamais prendre un gramme. C'est probablement parce qu'elle est constamment en mouvement – sauf quand elle s'effondre pour tomber de sommeil dans mon cou.)

Tout en ouvrant la boîte de conserve de Cosy dans la cuisine, je me demandais si Christopher et Felix avaient fait des progrès et s'ils commençaient déjà à avoir une petite idée sur ce qui se cachait sous le mystérieux nom d'Opération Phœnix. Naturellement, j'allais fouiner autant que je le pourrais une fois chez Robert Stark. Mais la baraque qu'il possédait dans l'Upper East Side était immense et ç'aurait quand même été sympa de savoir ce que j'étais censée chercher.

J'en étais à remplir la gamelle de Cosy de larges cuillerées d'un truc à l'odeur absolument innommable, quand j'ai entendu un bruit. Je me suis redressée en sursaut pour voir une haute silhouette manifestement masculine sortir à pas de loup (et à moitié à poil) de la chambre de Lulu.

J'ai hurlé à pleins poumons, si fort que Cosy a fait un bond d'au moins trente centimètres au-dessus du sol et que le mâle en question a hurlé presque aussi fort que moi.

— Em, c'est moi ! s'est défendu l'inconnu en caleçon.

Quand mes yeux ont cessé de rouler comme des billes sous la violence du choc et que mon regard a enfin pu se focaliser sur l'intéressé, j'ai pu constater que c'était, en effet, quelqu'un que je connaissais.

Il s'agissait même de Steven Howard, le frère de Nikki Howard.

En caleçon et en chaussettes.

Qui sortait de la chambre de Lulu ! Avec les cheveux en pétard comme s'il venait de se réveiller !

Et voilà maintenant que Lulu émergeait de sa chambre derrière lui, dans un de ses déshabillés ultra... déshabillés, en se frottant les paupières et en marmonnant :

— Stevie ? Tout va bien ? J'ai cru entendre quelqu'un crier.

Oh non ! Non, non, non, c'était trop pour moi, là. Surtout le matin à l'aube (même si un coup d'œil au micro-ondes m'a indiqué qu'il était plus près de midi que de six heures du mat).

Steven et Lulu ? Bon, OK, je savais qu'elle *voulait* que ça arrive – elle aurait même fait n'importe quoi pour ça –, mais...

— Oh ! salut, Em, m'a lancé Lulu, en m'adressant un sourire endormi. Je ne savais pas que tu étais rentrée.

Mais enfin ! Steven était... eh bien oui... Steven était mon *frère* !

Bon, techniquement, peut-être pas, mais...

En fait, si. Techniquement si. Ça n'allait pas du tout. *Du tout*. C'était tellement... tellement *beurk*. Tellement...

... Lulu pur jus.

— Steven a dormi ici, m'a-t-elle annoncé, comme si c'était la chose la plus banale du monde, en allant ouvrir le réfrigérateur. On est ensemble, maintenant. Qu'est-ce que vous voulez pour le petit déj ? Des œufs brouillés ? Steven adore les œufs brouillés, n'est-ce pas, Steven ?

Steven se tenait planté là, en chaussettes et en caleçon, le feu aux joues, virant écarlate de chez écarlate.

Mais ce n'était rien à côté du fard que j'étais en train de piquer.

— Euh, salut, Em, a-t-il bredouillé, après être allé s'asseoir sur l'un des hauts tabourets, derrière le comptoir de la cuisine. (Il espérait sans doute que ça se verrait moins qu'il était quand même *en caleçon*.) Je suis vraiment désolé pour tout ça. On ne savait pas que tu étais là. Euh, j'ai vérifié le générateur de bruit. Il marche encore. Il n'y a pas de micro dans l'appart. Alors, on peut parler en toute sécurité.

— Oh ! eh bien, c'est super, j'imagine...

J'étais bien contente d'avoir opté pour mon pyjama de flanelle arc-en-ciel. Il me couvrait de la tête aux pieds.

— On est tellement amoureux, avec Steven, s'est enthousiasmée Lulu, un sourire extatique aux lèvres, en empilant les œufs, le beurre, le fromage et la crème à côté des plaques du four. Il m'a dit qu'il m'aimait après m'avoir vue relooker Nikki hier. Elle est si jolie, maintenant. Et elle était tellement contente. C'est vrai qu'elle était contente, hein, Stevie ?

— Oui, oui, a répondu Steven. (C'était bizarre de voir ses joues devenir plus roses que le rose de mon pyjama – fuchsia, je précise.) Ça faisait tout drôle de la voir contente, pour une fois.

— Elle a dit qu'elle allait reprendre des études, m'a annoncé Lulu. En école de commerce. C'est une idée de Gabriel. C'est marrant mais ils ont l'air de s'entendre, ces deux-là. Enfin, à leur façon. Quand elle ne le traite pas de tous les noms. Si seulement elle ne lui parlait pas comme ça ! C'est vraiment pas sympa. Oh ! il ne faut pas attendre de miracle non plus, j'imagine. Hé ! ça ne va pas, Em ?

Je les regardais si fixement que j'en avais oublié de respirer. J'ai fermé la bouche avec un claquement sonore.

— Euh... si, si.

— C'est à cause de Steven et moi ? a demandé Lulu, en jetant un coup d'œil interrogateur au frère de Nikki, comme si elle ne voyait vraiment pas ce qu'il pouvait bien y avoir de si étonnant. Il a dit qu'il était désolé de s'être laissé aller à m'avouer qu'il m'aimait, que ça lui avait échappé, a enchaîné Lulu, tout en cassant les œufs dans un saladier. Mais je n'ai pas voulu qu'il retire ce qu'il avait dit, hein, Steven ?

Steven a secoué la tête.

— Non, elle n'a pas voulu.

— Je savais qu'il était sincère et qu'on était vraiment faits l'un pour l'autre. Parce que je suis la future Madame le commandant Steven Howard, figure-toi. (Elle a pris un air songeur en allumant la machine à café.) Ouah ! C'est juste moi ou ça sonne carrément bien ? Madame le Commandant Steven Howard. (Elle nous a jeté un regard en coin avant d'ajouter :) Je vais quand même garder mon nom de jeune fille pour mes albums, forcément.

J'ai ouvert des yeux ronds en me tournant vers Steven. Est-ce qu'il savait seulement dans quelle galère il s'était embarqué, tout officier de marine qu'il était ? J'avais des doutes.

Il m'a adressé un petit sourire indulgent.

— Qu'est-ce que je peux répondre à ça ? a-t-il soupiré, en haussant ses larges épaules carrées (et dénudées). Je l'aime.

J'ai secoué la tête, effarée. Faites quelque chose pour ce pauvre garçon ! À mon avis, il était cuit. Elle l'avait pris dans ses filets, embobiné, assaisonné et nous le servait accommodé aux petits oignons.

Et il avait l'air ravi, en plus – si on oubliait son fard monumental.

— Ouah ! vous alors ! C'est trop cool, me suis-je exclamée.

Et j'étais sincère.

Je leur ai donc abandonné la cuisine pour retourner dans le salon. J'avais des tonnes de trucs à faire. Rebecca m'avait laissé une liste. Apparemment, un styliste devait venir avec une sélection de robes parmi lesquelles j'aurais à choisir ma tenue pour assister au raout chez Robert Stark, sans parler du coiffeur, des manucures, de l'esthéticienne pour l'épilation (Katerina, qui normalement s'occupait de cette tâche pour Lulu et moi, avait sans doute été virée… de son poste « d'épilatrice » attitrée, en tout cas. Ce qui n'était pas plus mal. C'était quand même un peu bizarre que l'aide-ménagère vous fasse le maillot, non ?)…

— Vous savez quoi ? a poursuivi Lulu, tout en faisant un café à Steven. Je n'avais jamais remarqué avant, mais vous avez les yeux exactement de la même couleur, tous les deux : turquoise. C'est ma couleur préférée. (Elle s'est tournée vers Steven avec le sourire le plus débile que j'avais jamais vu.) C'est comme si vous aviez le ciel dans les prunelles !

Oh là là ! Moi qui croyais que Steven était mal parti. Mais Lulu était grave atteinte aussi, là.

Et c'était à ça que ressemblaient les amoureux ? Ouah ! ce n'était peut-être pas plus mal qu'on n'arrive pas à s'entendre, Christopher et moi. Parce que je n'avais aucune envie de devenir une espèce de zombie décérébrée comme ces deux-là.

La sonnerie de l'interphone m'a interrompue en pleine prise de conscience. Toujours un peu sonnée par cette triste découverte, je suis allée décrocher le combiné. C'était Karl qui m'annonçait l'arrivée de mon premier rendez-vous : Salvatore, avec ses robes.

Je l'ai remercié et je lui ai demandé de le faire monter.

— Euh, le type des fringues est là, les copains, ai-je annoncé à Lulu et Steven.

— Ooooh ! s'est tout de suite exaltée Lulu, en allant vers Steven pour l'enlacer. Défilé de mode privé. Super !

Je suppose que Steven devait vraiment être mon frère parce que rien que de le voir collé contre une fille – même une fille que j'adorais, comme Lulu –, ça me filait la nausée presque autant que si j'avais vu Frida se faire peloter devant moi.

— Oui, euh, OK, ai-je bredouillé. Bon, si vous pouviez juste attendre que j'aie fini mon petit déjeuner pour faire ça, ce serait cool.

— Désolé, a murmuré Steven.

Et il avait l'air de le penser.

— Oh ! pardon, Em, s'est écriée Lulu, en lâchant Steven aussi brusquement que s'il l'avait électrocutée. J'oubliais que tu n'avais pas encore trouvé le grand amour comme nous. Je ne devrais pas remuer le couteau dans la plaie.

— Mais si j'ai trouvé le grand amour et tout et tout. C'est juste qu'on a besoin de revoir deux ou trois petites choses, avec Christopher.

— Oh ! ça me fait tellement de peine pour toi, s'est immédiatement apitoyée Lulu, en tirant une tête d'enterrement.

— Oui, a renchéri Steven. Est-ce que tu veux que... je ne sais pas, moi... que je l'étrangle comme Brandon, ou un truc dans le genre ?

Je n'ai pas pu m'empêcher de sourire.

— Je ne crois pas que ça aiderait beaucoup. Mais merci de la proposition, lui ai-je répondu. Peut-être que vous pourriez aller enfiler quelque chose avant que le mec arrive ? Il sera là d'une minute à l'autre.

Ils ont aussitôt filé dans leur chambre, juste au moment où les portes de l'ascenseur s'ouvraient sur un Salvatore trimballant un portant à roulettes chargé de robes de cocktail et de robes du soir pour la réception chez Robert Stark.

— *Ciao, bella !* m'a-t-il lancé, avant de venir m'embrasser sur les deux joues.

Son assistante, une grande brune mince comme un fil, a commencé à ouvrir les housses pour me montrer les modèles.

— Très chic, a commenté Salvatore, en tripotant la manche de mon pyjama. J'ai vu lui dans le *Vogue* de ce mois, oui ?

— Très drôle, ai-je soupiré. Merci de vous être déplacés. Voulez-vous une tasse de café ?

Salvatore et son assistante voulaient effectivement du café. De même que l'esthéticienne, le coiffeur et leurs assistants quand ils sont arrivés un peu plus tard. Et que la manucure et son assistante. J'ai eu l'impression de passer la journée à faire du café – et des sandwichs –, entre mes séances de pomponnage et de coiffage pour la soirée de gala qui m'attendait, et mes tentatives pour éviter de voir Steven et Lulu se rouler des pelles monstrueuses.

Ce qui s'est avéré plus difficile que je ne l'avais imaginé, vu qu'ils n'arrêtaient pas de se tripoter et que Steven ne semblait pas décidé à rentrer chez Gabriel. Lulu l'a retenu en lui demandant de nous aider à choisir la tenue que j'allais porter au grand raout chez Robert Stark – une minirobe noire à paillettes de chez Dolce & Gabbana. Et puis elle l'a retenu parce qu'elle voulait qu'il soit son cavalier à la soirée.

— J'ai bien peur que ce ne soit une très très mauvaise idée, lui ai-je fait remarquer. (Et pas seulement parce que je n'avais pas envie d'être perturbée dans ma mission de détective privée par leurs pelotages incessants.) Et si quelqu'un le reconnaît ?

— Oh ! bébé, s'est écriée Lulu, en prenant à deux mains le visage de Steven pour lui donner un gros baiser baveux. Je n'avais pas pensé à ça.

Beurk !

— Il vaut mieux que je reste avec Nikki et ma mère, de toute façon, lui a assuré Steven. Je ne les ai pas revues depuis hier.

« Oui, c'est ça, ai-je pensé. Retourne fissa chez Gabriel. »

L'interphone a sonné une fois de plus. Quand j'ai soulevé le combiné, c'est mon portable qui s'est mis à vibrer.

— Oui ? ai-je couiné dans le combiné de l'interphone, tout en jetant un coup d'œil à mon portable.

C'était Christopher.

— Brandon Stark est ici, Miss Howard, m'a annoncé Karl. Il vient vous chercher pour vous accompagner à la soirée chez son père.

« Génial ! » ai-je songé, en levant les yeux au ciel. Depuis mon coup de fil d'hier, Brandon m'avait totalement ignorée. C'était tout lui, ça, de penser qu'en récompense je serais ravie de le voir débarquer chez moi, sans prévenir, pour me présenter à son bras à la réception de son père.

— Dites-lui que je descends, ai-je répondu avant de raccrocher pour prendre la communication sur mon portable.

— Christopher ?

— Em, tu ne peux pas aller à la soirée.

— Hein ? Mais je n'ai pas le choix. Le soutif à dix millions de dollars a été sorti de la chambre forte. On m'a épilée, polie, lustrée. Je suis dans ma robe prêtée par un grand couturier. La voiture m'attend en bas.

Je n'ai pas jugé bon de mentionner la présence de Brandon à l'intérieur... On s'écharpait déjà assez comme ça, Christopher et moi.

— Em, a insisté Christopher, tu ne comprends pas. L'Opération Phœnix, c'est toi.

17

— Attends, ai-je dit, la main crispée sur mon portable, en le plaquant contre mon oreille.

Un frisson m'avait parcourue de la tête aux pieds.

En même temps, en robe sans manches hyper courte un 31 décembre, il ne fallait pas vraiment s'étonner.

— De quoi tu parles ? lui ai-je demandé. Comment je peux être l'Opération Phœnix ?

— Je ne sais pas, m'a répondu Christopher. Je… On n'a toujours aucune idée précise de ce que c'est. Mais on a trouvé un lien entre l'Opération Phœnix et l'Institut Stark de neurologie et de neurochirurgie. Avec ton nom.

— *Mon* nom ? Emerson Watts ? Ou…

— Non, Nikki Howard. Réfléchis, Em. Pense à ce que tous ces gens ont en commun. Ils sont tous jeunes. Ils ont tous une forme olympique. Ils sont tous beaux…

— Et alors ?

— Comme Nikki Howard.

— De quoi vous parlez, là ? m'a lancé Lulu, tout en tirant sur un de ses bas résille qui s'était entortillé autour de sa cheville.

— De rien. Tu veux bien descendre dire à Brandon que j'arrive ?

Lulu s'est contentée de hausser les épaules.

— D'accord.

— Non ! s'est étranglé Christopher qui m'avait entendue. Faut pas que t'ailles à cette soirée, Em !

— Mais, Christopher, je dois y aller. Si je n'y vais pas, Robert Stark se doutera de quelque chose.

Et un milliard de fans seraient épouvantablement déçus. Sans parler du sponsor du défilé, le bijoutier De Beers.

— Et, de toute façon, je ne vois pas le rapport entre l'ISNN, tous ces gens et moi, ai-je ajouté.

— Ah non ? (Il avait l'air à moitié hystérique.) Bon sang ! Tu ne percutes pas, Em ? Curt ? Il part justement pour une randonnée dans les Cascades, des volcans à plus de quatre mille mètres d'altitude au-dessus de Seattle. Tout seul. S'il disparaît, qui saura ce qui lui est réellement arrivé ? Et Kerry, qui va apprendre à lire aux enfants au Guatemala. Si elle s'évapore en route, elle fera juste partie de ces mystérieuses disparitions qui surviennent par milliers chaque année. Pareil pour les autres. C'est une idée de génie, Em ! Tous ces beaux gosses en pleine santé, ces Nikki Howard en puissance… Stark n'a que l'embarras du choix. Si ça se trouve, ils font ça depuis un paquet de temps. Ces jolies filles qui disparaissent par dizaines tous les jours et dont on voit la photo sur CNN… Rien ne dit que Stark n'est pas derrière tout ça depuis le début.

— Christopher…

J'ai secoué la tête, atterrée. Je l'adorais, ce garçon. Non, non, vraiment.

Mais la haine qu'il vouait à Stark *and Co* pour ce qu'ils m'avaient fait subir risquait fort de lui être montée au cerveau.

Je pouvais le comprendre, en même temps. Il m'avait vue me faire écrabouiller par un écran plat juste sous ses yeux. Le stress post-traumatique avait dû être sévère…

Je l'aimais, c'est vrai. Mais ce mec avait vraiment un problème.

Sans compter qu'après, il avait découvert que, loin d'être un accident, il s'était en fait agi d'un acte criminel commandité par Stark. Et que je n'étais pas morte du tout, mais que je vivais dans le corps d'une autre fille.

Pas étonnant qu'il ait carrément disjoncté pour se changer en Iron Man (sans l'armure de combat et dans la version ado du genre).

— Écoute-moi, Em, a repris Christopher. (Le souffle court, il parlait toujours à cent à l'heure.) Robert Stark est un as du marketing. Il a passé sa vie à créer un besoin, et puis à procurer le produit pour satisfaire ce besoin à un prix qui a mis tous ses concurrents à genoux. La question n'est pas de savoir *s'il* fait bien un truc pareil. Mais *pourquoi personne ne l'a encore chopé avant* ?

La sonnerie de l'interphone a recommencé à sonner. C'était le chauffeur de Brandon qui voulait savoir ce que je fabriquais, j'en étais sûre. Lulu était déjà descendue.

J'ai tenté de le rassurer :

— Tu as probablement raison.

Qu'est-ce que je pouvais lui dire d'autre ? Il fallait bien entrer dans son jeu. C'était donc ça, la vie de Lois Lane, de Lana Lang, de Mary Jane Watson et de toutes ces autres filles qui tenaient le rôle de la petite copine du superhéros ? Parce que tous ces types étaient dingues, je veux dire, non ? Ces types qui se prenaient pour des superhéros. Comment on était censées se comporter avec eux ? On n'aurait surtout pas voulu les contrarier ni, encore moins, les énerver, au risque de les voir tourner les talons pour s'empresser d'enfiler leur cape, de sauter par la fenêtre et d'aller se faire tirer dessus.

Alors on faisait avec, on acceptait leur délire et on essayait de les calmer du mieux qu'on le pouvait, en espérant qu'ils resteraient bien gentiment à la maison où ils seraient en sécurité.

Et puis on sortait en douce et on faisait ce qu'on avait à faire derrière leur dos.

— On en reparlera à mon retour, ai-je ajouté, avec autant de ménagement que je le pouvais. On trouvera un moyen de gérer la situation, tu verras.

— Hein ? Non ! Em...

— On ne peut rien y changer maintenant, de toute façon. Qu'est-ce que tu veux faire, je veux dire ? Appeler les flics ? Tu n'as aucune preuve. Est-ce que la disparition d'un de ces ados a déjà été déclarée ?

— Eh bien, euh, non, forcément. Et, concrètement, il n'y a aucune preuve, en dehors de ce qui t'est arrivé à toi. Parce que ça n'avait rien d'un accident, ça non plus. Mais...

L'interphone a résonné une troisième fois, avec une insistance manifeste.

— Exactement. Bon, écoute, il faut que je me sauve. Tout va bien se passer. Je t'appellerai de chez Robert Stark pour te le prouver.

— Ne va pas là-bas, Em ! (Il avait l'air furax. Plus que furax : fou de rage. Et paniqué.) Je te préviens. Ne t'avise même pas de...

— Moi aussi, je t'aime, ai-je abrégé, en attrapant mon sac et ma veste de fourrure cent pour cent synthétique pour me précipiter vers l'ascenseur. Salut.

— T'as pas intérêt à me raccrocher au nez. Je plaisante pas. T'as pas intérêt...

— Oh ! je suis dans l'ascenseur, là. Je t'entends mal. Ça va couper...

— Tu m'entends très bien. Ne fais pas l'imbécile, Em. Je...

J'ai raccroché.

Non, sérieux, je ne voulais pas être désagréable. C'est juste que, là, je n'avais vraiment pas de temps à perdre avec les super films d'horreur que se faisait le grand méchant Christopher. J'entendais encore les avertissements de Rebecca. Il fallait que j'aille à la soirée de Robert Stark, et puis aux Stark Sound Studios où se déroulait le défilé des Stark Angels. Sinon j'étais gril-lée. Ma relation avec Christopher était super importante pour moi et je croyais vraiment que Robert Stark trempait dans des trucs louches.

Mais j'avais des obligations professionnelles, moi, et je devais les honorer.

Et puis qu'est-ce que Robert Stark pouvait bien me faire ?

Qu'il ne m'avait pas déjà fait, je veux dire.

— Mais t'étais où ? s'est inquiétée Lulu, quand j'ai fini par m'écrouler à l'arrière de la limo.

— Désolée, un coup de fil important, ai-je marmonné, en passant par-dessus les jambes d'un Brandon vautré sur la banquette. Tu veux bien te pousser un peu ? lui ai-je balancé, agacée.

— J'm'excuse.

Manifestement, Brandon était déjà très imbibé. Comme chaque fois qu'il se rendait chez son père. Rien de surprenant donc.

— Oui, mais quand même, a grommelé Lulu. Qu'est-ce qu'il voulait, Christopher ?

— Je n'en ai aucune idée.

Je n'aurais pas pu être plus sincère.

— Il voulait venir, hein ? a compati Lulu. Il voulait être ton cavalier ?

Brandon a levé le nez de son verre de whisky.

— Tu t'es remise avec ce mec ? Le type avec le blouson de cuir ?

Il avait l'air déçu.

Je l'ai rembarré direct :

— Occupe-toi de ton verre.

Brandon a braqué un regard absent sur son whisky.

— C'est toujours les mecs en blouson de cuir qui se font la fille, a-t-il maugréé.

S'il savait !

On ne pouvait pas faire plus éloigné de chez moi que l'énorme hôtel particulier new-yorkais de Robert Stark, avec ses dix chambres, ses quatre étages, sa façade grise à discrets parements noirs, son garage privé, sa piscine intérieure, sa salle de réception et son vaste jardin. Il se trouvait juste à côté de la Cinquième Avenue, à deux pas de Central Park et du Metropolitan Museum of Art.

Sa réception annuelle pour le réveillon de la Saint-Sylvestre était si célèbre et rassemblait tant de stars et tant de riches politiciens et actionnaires de Stark qu'il y avait déjà un embouteillage monstre rien que pour se rendre chez lui. On a même été obligés de descendre de voiture et de se taper le dernier pâté de maisons à pied, Lulu, Brandon et moi. Sans parler de la foule de paparazzis avec laquelle il a fallu se battre pour réussir à entrer.

Durant tout le trajet – enfin, pendant tout le temps où on avait dû marcher pour arriver chez son père, en tout cas –, j'avais cuisiné Brandon pour voir s'il savait quelque chose au sujet de l'Opération Phœnix.

— C'est quoi, ça ? avait-il bredouillé, toujours accroché à son verre de whisky qu'il avait emporté pour notre petite promenade en descendant de la limousine. Un nouveau stade en Arizona ?

Non, franchement ! Un groupe ? Un ascenseur pour l'espace ? Et, maintenant, un stade ?

— Non, c'est un truc que fait ton père en se servant des données qu'il récupère chez les acquéreurs du nouveau Quark.

— Et ça marche comment ?

— C'est ce que je te demande !

Il m'énervait, ce type !

— Ben, si je l'savais, tu crois que j'serais là avec toi ? m'avait-il gentiment rembarrée, tout imbibé qu'il était. Tu parles ! j'serais déjà dans le bureau de mon père en train de lui dire que je sais tout et qu'il peut aller se faire foutre, non ? Alors t'as l'droit d'rejouer.

J'avais fini le trajet la tête basse et le moral à zéro. Felix et Christopher devaient avoir mis le doigt sur quelque chose. Mais que l'Opération Phœnix, ce soit *moi* ? Ça n'avait tout bonnement aucun sens.

Enfin, au moins Christopher faisait un effort, on ne pouvait pas lui reprocher de ne pas essayer.

J'aurais bien voulu pouvoir en dire autant, moi. Mais j'étais juste à une soirée. Mieux, à une soirée show-biz. J'ai vu Madonna descendre d'une limousine, au pied du tapis rouge, pour remonter les marches du perron jusqu'à l'entrée aux portes grandes ouvertes (ce qui était un peu bizarre quand même, vu qu'elle habitait au coin de la rue. Elle aurait tout aussi bien pu venir à pied. Quoique peut-être pas perchée sur ces échasses, ai-je réalisé, en remarquant ses sandales gladiateur compensées). Le gouverneur de New York la précédait de peu.

— Hé ! c'est Nikki Howard ! se sont écriés les paparazzis entassés de chaque côté des cordons de sécurité dorés, dès qu'ils m'ont aperçue en compagnie de Brandon. Nikki ! Nikki ! C'est vrai que vous êtes fiancés, Brandon et toi ?

— Absolument, a bavé Brandon dans le premier micro venu. Hé ! attention à mon verre !

— Non, me suis-je empressée de le contredire. Nous sommes juste amis.

— Je suis fiancée, a annoncé Lulu au reporter qui lui demandait si son album allait sortir un jour. Enfin, bon, les fiançailles sont prévues… un jour… prochain… Mais je suis un peu trop occupée en ce moment pour penser à me marier. J'enregistre mon album.

— Lulu, lui ai-je soufflé. Mets-la en veilleuse sur les fiançailles. Personne n'est censé être au courant pour Qui Tu Sais.

— Oh ! l'identité de mon futur mari doit rester secrète, a piaillé Lulu, comme je l'entraînais à l'intérieur, en passant devant les vigiles en uniforme postés de chaque côté de la porte. Il est très timide, vous comprenez, pas encore habitué à vivre sous le feu des projecteurs.

Dans l'hôtel particulier, des hôtesses simplement vêtues d'un ensemble de lingerie Stark Angel agrémenté d'une paire d'ailes (aucune des filles avec lesquelles j'allais défiler plus tard, cependant, et leurs ailes étaient plus petites, sans doute pour louvoyer entre les gens plus facilement) offraient des verres de champagne aux invités et prenaient leurs manteaux dès qu'ils franchissaient le seuil. En avançant dans la maison somptueusement décorée, toute de marbre et de lambris noirs, on découvrait des magiciens, des jongleurs, un cracheur de feu et des acrobates du Cirque du Soleil.

Au premier coup d'œil qu'elle a jeté au cracheur de feu, autour duquel s'était formé, il est vrai, un joli petit cercle d'admirateurs, Lulu a frappé du pied.

— Je le savais ! Je savais que j'aurais dû avoir un cracheur de feu à ma soirée ! a-t-elle pesté.

Après avoir troqué son verre de whisky vide contre une coupe de champagne attrapée au vol sur le plateau d'argent d'une Stark Angel, Brandon a fait la grimace.

— Les cracheurs de feu ça craint, a-t-il commenté. Ta trapéziste était top.

— Tu trouves ? (Lulu avait l'air sceptique.) Je me demande si quelqu'un l'a seulement remarquée. Elle était suspendue super haut au-dessus de la tête de tout le monde.

J'étais plantée avec ma coupe de champagne – que, forcément, je ne buvais pas – et je me demandais ce que je faisais là. On s'était baladés à travers l'immense salle de réception de Robert Stark : bellement six mètres sous plafond, lequel était peint de chérubins qui ressemblaient à des modèles réduits de Stark Angels joufflus (le soutif en moins) et criblé d'énormes lustres de cristal qui scintillaient autant que mes pendants d'oreilles. On était entourés de stars qui buvaient, bavardaient et assaillaient l'impressionnant buffet, où des rosaces de rosbif aussi fin que des feuilles de papier à cigarette, de grosses fraises aussi rouges que des rubis, du caviar dans des coupes d'or à petite cuillère de nacre et d'énormes crevettes roses trônant dans des bols rafraîchis de glace pilée étaient servis sur de fines assiettes de porcelaine par des maîtres d'hôtel tout de blanc vêtus. J'ai revu Madonna, qui discutait cette fois avec Gwyneth Paltrow, et Jay-Z avec Bono. Ils étaient tous là. Enfin, pour le moment, en tout cas. Mais c'était plutôt le style de soirée où on ne s'attardait pas, à mon avis. Le genre d'endroit où il faut être vu. Alors, on passe juste dire un petit bonjour… et on s'en va.

Peut-être parce que les portes-fenêtres de la salle de réception donnant sur le vaste jardin étaient grandes ouvertes et laissaient pénétrer une petite brise glacée. En même temps, il faisait une chaleur de bête à l'intérieur avec cette masse de gens agglutinés. D'ailleurs, les invités ne cessaient de passer de l'un à l'autre, sans même prendre la peine de mettre un manteau pour sortir.

— Oh ! regarde ! s'est exclamée Lulu, en pointant l'index vers le buffet pour désigner Taylor Swift. Taylor est là. Il faut que j'aille lui dire pour Steven. Elle va être tellement contente pour moi.

Elle n'avait pas fait un pas que je l'attrapais par le bras.

— Vas-tu arrêter ? ai-je chuchoté. Personne n'est censé savoir pour Steven.

— Je ne vais pas lui dire son nom de famille, t'es bête, s'est efforcée de me rassurer Lulu. Mais c'est plus fort que moi. Je suis si heureuse. Il faut que je le dise à tout le monde !

Elle s'est arrachée à mon emprise pour filer vers le buffet. Qu'est-ce que vous vouliez que je fasse ? À part la plaquer au sol et m'asseoir sur son dos, je ne voyais pas. Et ça risquait de ne pas passer inaperçu.

Brandon, qui avait eu la bonne idée de me laisser tranquille une ou deux minutes, est malheureusement réapparu à côté de moi, une assiette à la main.

— T'as essayé la crevette ? m'a-t-il demandé, en me mâchant bruyamment dans l'oreille. Trop hallucinant comme truc.

— Tu veux bien me lâcher ? me suis-je énervée. Tu me ga-ves.

— Ch'est dingue ch'que t'es lunatique, a-t-il baragouiné la bouche pleine. Et tout cha parch que ch'tai enlevée et que j'ai echayé de te forcher à être ma p'tite amie. (Il a dégluti.) J'croyais que t'avais dépassé ça depuis longtemps. Tiens, juste une bouchée, a-t-il insisté, en m'agitant une crevette devant le nez. Cette sauce cocktail est démente.

— Arrê-te ! ai-je protesté, en m'écartant brusquement...

... pour me retrouver pile sur la trajectoire d'une Rebecca moulée dans un long fourreau noir pratiquement fendu jusqu'à la hanche.

— Ah ! te voilà ! Parfait, s'est-elle écriée, en m'agrippant par le bras. Je te cherchais partout. Que fais-tu là, cachée dans un coin avec Brandon, au lieu de cultiver ton réseau ? Tu es ici pour te faire voir, ma chérie. Tu es « La Fille au Soutien-gorge en Diamants ».

Brandon est parti d'un grand rire chevalin.

— La Fille au Soutien-gorge en Diamôôn ! s'est-il esclaffé, en imitant Rebecca – avec un certain talent, il faut bien le dire.

Rebecca lui a balancé un regard au vitriol.

— Brandon, lui a-t-elle demandé, cinglante, serais-tu ivre ?

— Non, tu crois ? a-t-il persiflé, en léchant une crevette.

— Hors de ma vue, dans ce cas ! lui a intimé Rebecca avec dédain. (Elle m'a entraînée vers le centre de la pièce.) M. Stark senior a demandé après toi toute la soirée. Il veut te présenter à certains de ses actionnaires.

Pratiquement obligée de courir pour la suivre, j'ai trottiné à ses côtés. (Mais comment faisait-elle pour marcher aussi vite juchée sur des talons pareils ?) On s'est approchées d'un groupe d'hommes en smoking et de femmes en robe du soir.

— Je l'ai trouvêe, a lancé Rebecca, en arrivant à leur hauteur, avec son plus bel accent de Brooklyn.

Les gens se sont retournés et un peu écartés pour ouvrir le cercle. Je me suis alors rendu compte que Robert Stark trônait au milieu de sa cour, aussi insupportablement beau que son crétin de fils – en plus vieux, forcément. Il m'a souri, découvrant des dents d'une blancheur d'autant plus étincelante qu'il était superbement hâlé – forcément. (Il avait fait bon usage des bandes pour blanchir les dents commercialisées par Stark Enterprises, apparemment.)

— Ah ! la voici, s'est-il exclamé, en posant la main dans mon dos nu. Mesdames et messieurs, Nikki Howard, la star de cette soirée.

Tous ces vieux messieurs et ces vieilles dames m'ont souri eux aussi. Ils avaient plutôt l'air gentil. Ils étaient tous beaux et riches. Très très riches. Ces dames dégoulinaient de diamants au bras de messieurs un peu rougeauds et bouffis comme s'ils avaient déjà abusé de l'open bar.

— Quelle joie de pouvoir enfin vous rencontrer, ma chère, m'a dit, en me tendant la main, une dame qui portait une élégante robe longue ivoire dont le bas était discrètement orné de brillants.

Elle s'est présentée, mais j'ai immédiatement oublié son nom.

— Ravie de vous rencontrer également, lui ai-je poliment répondu.

Elle ne semblait pas vouloir me lâcher la main. Ça devenait flippant. Je n'avais qu'une hâte : me débarrasser d'elle, de Robert Stark et de ses amis – ou actionnaires, plus exactement, si j'avais bien compris.

Sauf qu'à ce moment-là, il s'est passé deux trucs en même temps.

D'abord, en baissant les yeux sur cette main qui retenait la mienne, j'ai remarqué, autour du fin poignet veiné de bleu, un étroit ruban de velours noir et, se balançant à ce ruban, quelque chose qui ressemblait à un petit pendentif en or : un oiseau qui s'enflammait.

Enfin, vous voyez ce que je veux dire : un phœnix, quoi.

Et, quand j'ai relevé les yeux, en me demandant si j'interprétais correctement ce que je voyais, j'ai aperçu, par-dessus l'épaule de la dame, quelqu'un qui venait juste d'entrer dans la salle de réception.

Gabriel.

Qui, comme moi, avait sans doute été obligé d'assister à la soirée par son agent.

Jusque-là, vous me direz, rien de stupéfiant. Mais il n'était pas tout seul. Une jolie brune de taille moyenne, vêtue d'une robe violette, assortie à son ombre à paupières, et *très* étroitement ceinturée d'un corset noir, pour mettre son appétissante silhouette en valeur. Le relooking de Lulu avait été si radical qu'il m'a quand même fallu deux bonnes secondes pour la reconnaître.

Nikki Howard en personne !

18

— Excusez-moi, ai-je dit à la dame qui me tenait toujours la main. J'ai un coup de fil à passer.

Je ne voulais pas lui avouer que j'allais « saluer une connaissance », n'est-ce pas ? Je ne tenais pas à attirer l'attention de Robert Stark sur la cavalière de Gabriel. J'ignorais si on l'avait averti que Nikki était encore en vie, s'il savait dans le corps de qui on l'avait transplantée et à quoi elle ressemblait.

Mais je pensais que, moins j'attirerais l'attention sur elle, mieux ça vaudrait.

Cependant, Robert Stark n'en avait pas encore fini avec moi.

— Oh ! je suis persuadé que cet appel téléphonique peut attendre, a-t-il aimablement objecté, en me prenant par la taille pour me faire pivoter de telle sorte que je tourne le dos à Gabriel et à Nikki. Il y a encore des gens que j'aimerais te présenter. Voici Bill et Ellen Anderson, qui sont également des actionnaires de Stark, comme tu le sais, naturellement.

Je me suis retrouvée à serrer la main d'encore plus de vieux beaux richissimes en tenue de soirée, tous aussi couverts de diamants – ou de couperose – les uns que les autres et... tous arborant un fin ruban de velours noir avec ce qui ressemblait à un phœnix en or qui se balançait à leur poignet.

(Ben quoi ? Je n'étais pas une experte en oiseaux mythologiques, moi. Mais, s'il avait des flammes qui lui sortaient des ailes, ce pendentif, c'était bien un phœnix, non ?)

On aurait dit que tous les invités de cette fichue réception vers lesquels Robert Stark me traînait avaient un phœnix, soit au poignet, soit accroché à leur pochette de soirée. Trop trop bizarre.

Il n'y avait pas eu de distribution de petit cadeau de bienvenue à l'entrée, pourtant, si ? Peut-être que j'étais passée à côté, que ça m'avait échappé. Peut-être que Christopher s'était carrément planté et que l'Opération Phœnix n'était, en fait, qu'un genre de comité de charité et que tous les actionnaires de Stark en étaient les généreux donateurs ?

Ça me paraissait quand même un peu impoli de demander, d'autant qu'ils se montraient carrément adorables avec moi, s'inquiétant gentiment de mon humeur, de ma santé : et comment j'allais, et comme ils étaient enchantés de faire ma connaissance, etc. Ma mère m'avait toujours dit de me montrer aimable envers les personnes âgées. Je pouvais difficilement partir en courant, même si ça me démangeait carrément. Je brûlais de savoir à quoi jouait Gabriel exactement. Mais qu'est-ce qui lui avait pris d'amener Nikki ici ?

Et si elle nous tapait un scandale ? Si elle décidait de confondre Robert Stark en révélant devant tout le monde ce qu'il lui avait fait ? Elle ne savait donc pas qu'il lui suffirait de claquer des doigts pour la faire virer par ses gorilles ? Et puis, qui la croirait, de toute façon ?

Robert Stark a fini par trouver que j'avais rencontré assez de ses actionnaires, apparemment, parce qu'il a soudain déclaré, en consultant sa Rolex :

— Bien, je ne doute pas que tu sois appelée à nous quitter bientôt pour rejoindre le studio et te préparer pour l'émission de ce soir.

Et ce n'était pas une échappatoire. J'ai vu que les aiguilles indiquaient huit heures et demie sur le cadran d'or blanc.

— Il faut effectivement que je me sauve, ai-je reconnu. J'ai eu grand plaisir à rencontrer vos amis.

— Mes actionnaires, Nikki, m'a-t-il repris. Ne jamais mélanger les affaires et les amis, c'est la règle. Une règle que tu n'as jamais su respecter, n'est-ce pas ?

Je l'ai regardé avec de grands yeux. Il plaisantait là ? Me prenait-il vraiment pour Nikki ? La vraie Nikki, je veux dire ? Avait-il réellement oublié ?

— Euh... Je ne suis pas Nikki. Vous êtes bien placé pour le savoir tout de même, non ? Vous savez que je suis Emerson Watts ?

« Vous m'avez tuée, ai-je été tentée d'ajouter. Vous m'avez tuée et vous avez greffé mon cerveau dans le corps de Nikki Howard parce qu'elle vous faisait chanter. La vraie Nikki est ici, d'ailleurs, dans cette pièce. Elle peut témoigner. Vous voulez que j'aille la chercher ? »

Mais j'avais déjà le cœur à cent à l'heure rien que de lui avoir dit ça. (J'espérais vraiment une réponse de sa part ? Une confirmation quelconque ?) Je n'ai pas eu le temps d'aller plus loin que « Vous savez que je suis Emerson Watts ? » que, déjà, Robert Stark laissait retomber sa manche sur sa montre hors de prix pour regarder par-dessus mon épaule avec un large sourire.

— Ah ! Gabriel, s'est-il exclamé. Quel plaisir de te voir ! Merci d'être venu. J'ai hâte d'assister à ton concert, ce soir. Quelle est cette ravissante créature que tu nous amènes là ?

Je me suis lentement retournée, osant à peine croire à ce qui était en train de se passer. Robert Stark. Le Robert

Stark qui avait mis ma vie en l'air, allait adresser la parole à Nikki Howard, la *vraie* Nikki Howard, celle qu'il avait tenté de faire assassiner.

Et il ne le savait même pas !

Nikki était encore plus canon de près. Ce n'était pas tant qu'elle ait énormément changé – elle *avait* changé, évidemment, puisqu'elle était passée du look serpillière essorée au look princesse gothico-punk-rock branchée. Ses cheveux, maintenant colorés en noir de jais, avaient été séchés en volume plutôt que lissés au fer. Du coup, elle avait des ondulations naturelles qui encadraient son visage en cœur. Très très flatteur ! Et son maquillage, au lieu d'être la copie conforme de celui qu'elle se faisait avant, quand elle était encore dans son ancien corps de blonde, avait été adapté pour mettre en valeur le fabuleux vert de ses yeux et accentuer la courbe de ses joues et de ses lèvres parfaitement dessinées.

Non, c'était plutôt quelque chose dans sa façon de se tenir. Elle semblait... fière. Et d'humeur moqueuse, enjôleuse, en même temps... Et..., eh bien oui, sexy.

Brusquement, j'ai compris pourquoi tous ces garçons – même les petits copains des autres – lui avaient tourné autour. Ça n'avait jamais été un effet de son look, en fait. Ça me paraissait évident maintenant. C'était autre chose, un truc en plus qu'elle avait. Un truc que je savais ne pas posséder, même si j'avais hérité de son corps de rêve. Un truc qui était typiquement, intrinsèquement et irrévocablement... cent pour cent pure Nikki.

— Bonsoir, a dit l'intéressée, en tendant la main vers Robert Stark (Et pas pour qu'il la lui serre, non, non. Pour qu'il lui fasse le *baisemain* !) Vous pouvez m'appeler Diana Prince.

Diana Prince ? « Diana Prince ? » J'avais déjà entendu ce nom-là quelque part...

Non ! je ne le croyais pas !

Diana Prince ? Mais c'était l'alter ego de Wonder Woman.

Nikki Howard avait pris le nom de Wonder Woman !

— Très honoré, miss Prince, s'est exécuté Robert Stark. (Et il s'est carrément incliné pour lui frôler les doigts du bout des lèvres.) Nous sommes-nous déjà rencontrés ? J'ai l'impression de vous connaître.

— Oh ! a minaudé Nikki avec un petit sourire mutin. Je pense que vous vous en souviendriez...

— Assurément, a concédé Robert Stark en lui rendant son sourire. Eh bien, Gabriel, une fois encore, bon concert. Miss Prince, ... Miss Howard, ... je vous souhaite de passer une agréable soirée.

Et, sur ces bonnes paroles, il a tourné les talons pour rejoindre plusieurs de ses invités qui s'étaient regroupés près des portes de la salle de réception pour l'attendre.

C'est seulement quand il a été assez loin pour ne plus nous entendre que je m'en suis aperçue : je retenais mon souffle depuis le début. J'ai inspiré un grand coup.

— Oh là là ! Vous alors ! me suis-je écriée. J'ai bien cru que j'allais avoir une crise cardiaque. Nikki... je veux dire, Diana, mais qu'est-ce que tu fais ici ?

— Mmh ? m'a répondu Nikki, en suivant Robert Stark des yeux entre ses paupières mi-closes. Je voulais revoir sa tête une dernière fois. Avant de la regarder derrière des barreaux.

— J'ai bien essayé de l'empêcher de venir, a plaidé Gabriel. (C'est à ce moment-là que je me suis rendu compte de l'état dans lequel il était : à bout de nerfs.) Mais elle a insisté. Lourdement. Je crois que mes tympans n'ont pas résisté.

Mais, maintenant que je le dévisageais, je commençais à soupçonner qu'elle ne l'horripilait pas tant que ça, finalement. Ç'aurait plutôt été le contraire, en fait...

Nikki a levé les yeux au ciel d'un air dédaigneux. Et puis elle s'est tournée vers moi.

— S'il te plaît, dis-moi que ton pote Blouson-de-cuir a trouvé de quoi faire coffrer cette ordure. Qu'on a autre chose à balancer contre lui que notre simple témoignage de décérébrées.

— Il a trouvé quelque chose, lui ai-je répondu. Une espèce... d'hypothèse, en tout cas. (Je ne voulais pas lui dire que la théorie de Christopher ne tenait pas debout et qu'elle reposait sur... eh bien, sur elle et moi.) Mais il n'a aucune preuve...

J'ai laissé ma phrase en suspens, le regard rivé sur les portes de la salle de réception. Quelque chose venait d'attirer mon attention...

— ... À moins que...

Gabriel et Nikki ont tourné la tête dans un bel ensemble pour voir ce qui semblait tant m'intriguer.

— Oh ! c'est rien, a soupiré Nikki, d'un air blasé. Juste les vieux qui s'en vont. Ils font toujours ça. C'est parce qu'il est plus de huit heures : largement l'heure d'aller au lit pour eux.

— Non, non, ce sont uniquement les gens que j'ai rencontrés : les actionnaires de Stark. Je me demande où ils vont. Ils ne prennent pas leur manteau au vestiaire...

Je me suis aussitôt précipitée vers la sortie.

— Hé, Nikki ! m'a interpellée Gabriel, bien conscient qu'en dépit du départ des actionnaires de Stark, la salle était toujours pleine d'invités qui auraient pu trouver pour le moins curieux qu'il m'appelle Em. Où tu vas ?

— Je reviens.

Je courais presque, à présent. Et, croyez-moi, avec des talons pareils, ce n'est pas évident.

Mais, quand je suis arrivée dans le hall d'entrée, les actionnaires avaient disparu. L'endroit était désert. Enfin, à l'exception du gorille de Stark qui gardait l'accès à un escalier barré d'un cordon de velours noir.

— Excusez-moi, lui ai-je dit, en me dirigeant vers lui. Auriez-vous vu M. Stark passer par ici ?

— Oui, m'dame, m'a-t-il répondu. Il est en haut.

— Oh ! formidââble, me suis-je exclamée, en me passant la main dans les cheveux d'une manière que j'espérais irrésistible. Pourriez-vous me laisser monter une minute ? Je suis Nikki Howard. Il faut juste que je lui pose une question à propos du défilé de ce soir. Je n'en aurais que pour une seconde.

— Je sais qui vous êtes, miss Howard, m'a répondu le vigile, avec un sourire poli. Malheureusement, je ne peux pas vous laisser monter. C'est réservé aux membres.

Au moment précis où il me récitait sa leçon, Mme J'ai Oublié Son Nom, au poignet veiné de bleu et à la robe ivoire ornée de brillants, est arrivée en trottinant.

— Oh ! rebonsoir, m'a-t-elle lancé gaiement, avec un sourire évanescent.

Je lui ai retourné la politesse, sourire compris.

Elle s'est ensuite adressée au vigile.

— Je suis affreusement désolée pour ce retard. J'ai dû me rendre au petit coin.

Si, si, elle a bien dit ça : « au petit coin ».

C'est alors qu'elle a fait un truc bizarre : elle a soulevé la main pour lui montrer son bracelet. Celui avec le phœnix qui pendouillait – enfin, ce que je pensais être un phœnix, en tout cas.

— Mais je vous en prie, madame, a répondu l'agent de sécurité.

Et il a enlevé le cordon de velours noir qui barrait l'entrée de l'escalier pour la laisser passer.

Après ça, forcément, je n'avais plus qu'une envie : aller voir ce qui pouvait bien se tramer là-haut.

Parce que, ça ne faisait plus aucun doute, ces bracelets – ou je ne sais quoi – avaient une signification particulière.

J'ai fait demi-tour, sans me préoccuper du gorille qui m'avait snobée, pour retourner auprès de Gabriel et de Nikki qui m'attendaient à l'entrée de la salle de réception.

— À quoi rimait ce petit manège exactement ? s'est enquis Gabriel.

— Il se passe quelque chose là-haut, lui ai-je répondu. Il faut qu'on aille voir ce que c'est.

— Mais, Em, a protesté Gabriel, en sortant son portable de sa poche, on nous attend pour l'émission des Stark Angels qui est diffusée en direct dans environ… deux heures.

— Où est passé Brandon ?

J'ai jeté un regard circulaire pour finalement l'apercevoir dansant un slow avec une femme qui ressemblait furieusement à Rebecca. J'avais déjà traversé la moitié de la pièce quand je me suis rendu compte que *c'était* Rebecca.

Lorsqu'elle a levé la tête de cette large épaule que je venais de tapoter, elle a soupiré, avec un geste d'impuissance éloquent :

— Que veux-tu que j'y fasse ? J'ai encore la cote : il me trouve sexy. Et qu'est-ce que ça peut te faire, de toute façon ? Tu ne veux pas de lui.

— Mais je n'ai rien dit, lui ai-je posément fait remarquer. J'ai juste besoin que tu me le prêtes une minute.

— Bon. Mais dépêche-toi. Et tu ne t'avises pas de changer d'avis. Tu as laissé filer le jackpot, ma belle. Alors ne viens pas me reprocher de jouer les voitures-balai.

Je savais qu'elle faisait allusion aux trois cent millions de dollars de Brandon. Elle avait été la première à me conseiller de tout tenter pour mettre la main dessus, quitte à l'épouser. Comme j'avais refusé de saisir ma chance, j'imagine qu'elle envisageait de tenter la sienne.

— Ne te gêne surtout pas pour moi, l'ai-je rassurée. J'échangerais un Brandon multimillionnaire contre un grand méchant Christopher sans un rond tous les jours. Si seulement Christopher pouvait comprendre ça !

— Parfait. Brandon, a-t-elle tenté de réveiller son cavalier. Brandon, Nikki veut te demander quelque chose.

Brandon a brusquement relevé la tête. Il avait l'air absolument terrorisé.

— Oh non non ! pas Nikki ! C'est une garce. (Et puis il m'a vue et m'a souri.) Oh ! Cette Nikki-là. Pas de problème. Salut ! T'as pas mis ton soutien-gorge en diamôôn ?

— Oh ! pour l'amour du Ciel ! (J'ai attrapé Brandon par le bras et je l'ai attiré à l'écart pour que Rebecca ne nous entende pas.) Brandon, j'ai besoin de monter au premier. Il faut que tu m'aides. Ton père a organisé une sorte de colloque, en haut, et je veux voir ce qui s'y passe sans qu'il s'en aperçoive. Est-ce qu'il y a un moyen d'y accéder sans emprunter l'escalier principal ? Ton père a placé un vigile en bas et il ne veut pas me laisser passer.

— Ben évidemment, m'a répondu Brandon sans hésiter. L'escalier de service, derrière. Par ici.

Il m'a passé le bras autour des épaules pour m'entraîner vers les portes-fenêtres qui donnaient sur le jardin. Tous les gens qui nous ont vus quitter la salle ont dû penser qu'on allait se peloter dans un coin, je suis sûre. Encore plus ceux qui nous ont vus traverser le jardin avec ses fontaines, ses haies et ses buissons artistiquement sculptés, en empruntant l'allée dallée qui menait à la porte de service, celle qu'utilisaient les traiteurs et qui donnait sur... une gigantesque cuisine de taille industrielle. Tout le personnel qui s'activait à l'intérieur nous a regardés slalomer, en tenue de soirée, entre les plateaux de crevettes sur leur lit de glace et les mini-canapés au fromage de chèvre, avec un air effaré.

— Hé ! j'les avais pas vus ceux-là ! s'est exclamé Brandon, en piochant dans les plateaux d'argent pour en gober trois ou quatre au passage.

J'ai levé les yeux au ciel.

Et puis Brandon a ouvert une porte et on s'est retrouvés dans un couloir sombre avec une étroite volée de marches qui s'élevait en colimaçon vers l'étage supérieur.

— Tu vois ? s'est félicité Brandon. L'escalier de service. J'y ai passé des heures quand j'étais petit. Je m'imaginais que j'étais orphelin et que des parents qui m'aimeraient viendraient me chercher et m'adopteraient pour me tirer de cette horrible maison. Ha !

Son « Ha ! » plein d'amertume a résonné dans la cage d'escalier.

— Merci, Brandon. Est-ce que tu pourrais dire à Gabriel et à Nikki que je reviens tout de suite ? Et que, sinon.... ils appellent la police ?

— Pas d'problème, m'a aimablement répondu Brandon. C'était Nikki la fille aux cheveux noirs ?

— Oui.

Je suis restée volontairement laconique. Je n'étais pas sûre d'avoir très envie d'entendre ce qu'il avait à raconter sur le sujet.

— Elle est plutôt sexy maintenant, a-t-il commenté. Mais tu sais qui est super sexy ? Ton agent. Qu'est-ce que tu dis d'ça ?

— Oui, oui, ai-je abrégé, tout à fait sûre, cette fois, que je n'avais aucune envie d'entendre ce qu'il avait à raconter sur le sujet. Je ne sais pas, Brandon. Écoute, il faut que j'y aille.

— D'accord. Tu m'diras si tu trouves un truc que j'pourrais, tu vois, quoi, utiliser pour envoyer ce vieux Robert en tôle. Parce que j'le hais vraiment, c'mec.

— C'est comme si c'était fait.

Et puis j'ai commencé à monter l'escalier.

Je ne savais pas trop ce que je m'attendais à trouver en haut. Mais certainement pas ça.

Autrement dit, une sorte de... soubrette, en uniforme noir et tablier blanc, qui a ouvert la porte juste au moment où je m'apprêtais à le faire. Elle a été si surprise de me voir qu'elle a failli en lâcher le plateau rempli de flûtes à champagne vides qu'elle portait.

— Oh ! seigneur ! s'est-elle écriée. Puis-je vous aider ?

Est-ce qu'elle m'avait reconnue ? Mais la vraie question, c'était surtout ce que je devais faire. Et je n'en avais aucune idée. Je n'aurais pas voulu qu'elle me dénonce au vigile.

En même temps, rien ne disait que je n'avais pas le droit d'être ici, après tout...

— Je... je crois que je n'ai pas tourné au bon endroit, ai-je balbutié.

Quand tout est perdu et que vous êtes un super top model doté de cheveux couleur de miel, jouez les blondes. Ça marche à tous les coups. Les gens s'y attendent, de toute façon. Et ils trouvent ça *tel*lement charmant. Ça ne rate jamais. Je sais, c'est idiot et sexiste, mais ça marche.

Même sur les autres femmes. Surtout si elles sont plus âgées que vous. Ça doit réveiller leur instinct maternel ou un truc comme ça.

— Je... je cherchais... le petit coin, ai-je bredouillé de plus belle.

Merci Madame J'ai Oublié Votre Nom.

— Ah ! s'est esclaffée la soubrette en question. C'est deux portes plus loin, mon petit.

— Oh ! pardon, ai-je gloussé. Je suis tellement nunuche. Je me demandais bien où m'emmenaient toutes ces marches aussi ! Merci beaucoup.

— De rien, m'a-t-elle répondu avec un chaleureux sourire.

Et voilà ! comme sur des roulettes. Ouf !

Je me suis faufilée derrière elle pour m'évaporer dans le couloir. Contrairement à ce qui se passait en bas, il régnait ici un silence feutré. Le sol était recouvert d'une épaisse moquette – grise, forcément – et les murs, ornés de paysages marins désolés – en noir et blanc, forcément –, chacun éclairé par son petit spot individuel, seule source de lumière des lieux. J'ai attendu que les pas de l'employée en uniforme de soubrette modèle se soient tus dans l'escalier, et puis j'ai tendu l'oreille.

Et je n'ai pas tardé à entendre ce que je cherchais : le bourdonnement d'une voix humaine provenant de l'une des portes, à quelque distance de l'endroit où je me trouvais. Je me suis avancée à pas de loup, mes talons aiguilles s'enfonçant sans bruit dans la luxueuse moquette.

L'oreille collée contre l'épais vantail de bois, j'ai écouté aussi attentivement que je le pouvais. C'était une voix de femme, une jolie voix.

Mais je n'arrivais pas à comprendre ce qu'elle disait. Aucun autre son ne me parvenait.

Qu'est-ce que je devais faire ? Ouvrir la porte et entrer ? Qui savait ce qui se trouvait de l'autre côté ? Et si je débarquais au beau milieu d'une réunion des actionnaires de Stark Enterprises et que tout le monde se retournait pour me regarder ?

Et si Robert Stark – qui se trouvait certainement à l'intérieur – me faisait abattre par un de ses gorilles ?

Ou mieux, s'il me faisait virer devant tout le monde ? J'en serais malade. Je préférerais encore me faire tirer dessus. Plutôt morte que mortifiée.

Et si ce n'était pas « juste une réunion » ? Et si la mystérieuse Opération Phœnix était bel et bien ce que Christopher avait imaginé… – et dont je n'avais aucune idée. Il était de mon devoir d'entrer dans cette pièce pour vérifier. Il comptait sur moi. Notre relation en dépendait.

Tourner cette poignée et voir ce qui se passait derrière cette porte, c'était bien la raison pour laquelle je m'étais donné tout ce mal, non ? Alors, il fallait que je le fasse.

Mon cœur cognait si fort dans ma poitrine. Je me comportais, j'ai soudain réalisé, comme une de ces héroïnes dans les livres que lisait Frida : les Trop Bêtes pour Vivre. Ce serait débile d'entrer là-dedans. La première fille qui ferait un truc pareil serait une parfaite demeurée. Si j'avais vu ça sur un écran de télé, je lui aurais hurlé : « Mais retourne chez ta mère ! »

— Excusez-moi ?

J'ai fait un bond de trois kilomètres et j'ai pivoté d'un bloc. Je me suis un peu détendue en reconnaissant la même serveuse que tout à l'heure, plantée avec son plateau derrière moi. Sauf qu'elle avait des verres remplis de champagne à ras bord, cette fois.

— Il faut que je passe devant vous, m'a-t-elle expliqué, manifestement embarrassée.

— Oh ! mais bien sûr.

Alors, le plus naturellement du monde, je lui ai ouvert la porte, puisqu'elle avait les mains pleines.

Et, quand elle est entrée dans la pièce, ...

... je l'ai suivie.

19

Il faisait noir à l'intérieur.

En fait, c'était une sorte de salle de projection, comme celle que Brandon possédait dans sa villa pour ses séances de cinéma privées. Il y avait donc un énorme écran au fond de la pièce sur lequel des images se succédaient. Tous les actionnaires de Stark Enterprises étaient assis dans de larges et confortables fauteuils de velours rouge devant l'écran – même dans l'obscurité, j'avais reconnu les dames dégoulinantes de diamants que j'avais rencontrées, un peu plus tôt, en bas. Tous regardaient l'écran avec une sorte de fascination. Ils avaient l'air captivés.

Je m'étais angoissée pour rien : on ne risquait pas de me remarquer. Personne n'avait fait attention à moi. Ils étaient tous bien trop accaparés par le film.

J'ai trouvé une place libre et je me suis assise pour assister au spectacle. Voyant ça, la « soubrette » m'a offert une coupe de champagne que j'ai acceptée avec un sourire, par politesse. Il y avait une petite table près de mon accoudoir. J'ai donc posé mon verre dessus… et j'ai fait tomber quelque chose. Ce qui était plutôt gênant. Et dangereux. Bravo pour la discrétion ! Même s'il n'y avait que quelques rares personnes assises au dernier rang comme moi, j'aurais nettement préféré me faire oublier.

J'ai tâtonné sur la moquette dans l'obscurité pour essayer de rattraper ce que j'avais renversé. Je l'ai trouvé presque aussitôt. Quand mes doigts se sont refermés dessus, je me suis rendu compte que c'était un genre de joystick façon jeu vidéo. Il était relié à quelque chose par un fil qui disparaissait sous la moquette et n'avait qu'un seul bouton. J'ai fait bien attention à ne pas appuyer dessus, mais j'ai gardé la manette sur mes genoux, comme toutes les autres personnes assises dans ma rangée.

Le premier moment de panique passé, je me suis intéressée au spectacle. La jolie voix féminine que j'avais entendue dans le couloir était nettement plus forte, maintenant. Elle sortait de la gorge d'une très belle femme, toute de blanc vêtue, qui se tenait sur un des côtés de l'écran. Une Française, vu son accent. Elle était apparemment chargée de la présentation. Elle tenait, elle aussi, un joystick, mais c'était plutôt une sorte de télécommande, comme celle qu'on utilise pour les exposés réalisés avec PowerPoint.

Je n'ai pas pu m'empêcher d'écraser un bâillement. Non, sérieux ? Un exposé PowerPoint ? J'aurais presque préféré qu'on m'achève tout de suite.

Et puis j'ai vu de quoi parlait ledit exposé et je me suis redressée sur mon fauteuil.

La diapo que la bombe frenchie nous présentait n'était autre que la photo d'un jeune homme musclé, torse nu, aux hanches étroites sur lesquelles tombait un fute cargo. Il était tout sourire devant l'objectif et enlaçait un colley qui portait un bandana autour du cou.

— Voici Matthew, a annoncé la Française, de cette même voix froide, dénuée de toute émotion. Matthew a vingt ans. Il étudie la philosophie à l'université et fait partie de l'équipe de Frisbee de sa résidence universitaire. Matthew fait un mètre quatre-vingt-six et pèse quatre-vingt-cinq kilos. Il a un petit poisson tatoué à la cheville gauche. Végétarien, Matthew est un fervent défenseur de l'abstentionnisme en matière de drogues et d'alcool. Il entend conserver un esprit sain dans un corps sain.

Sans quitter l'écran des yeux, j'ai entrepris d'ouvrir mon sac pour récupérer mon portable. Pas évident de faire ça dans le noir sans attirer l'attention. Surtout que je ne sentais pratiquement plus mes doigts tant j'étais paralysée de trouille.

J'ai pourtant réussi à activer la fonction caméra. Et j'ai appuyé sur… enregistrer.

Je ne comprenais pas trop ce qui se passait. Mais j'entendais encore ce que Christopher m'avait dit au téléphone et je commençais à avoir un sale pressentiment. J'en avais la chair de poule.

Et puis je préférais prendre mes précautions.

— Matthew n'a aucun antécédent d'accident cardio-vasculaire ni de cancer dans sa famille, poursuivait la beauté fatale *made in France*. Et il sera disponible en avril, quand il partira pour le Honduras en tant que bénévole au service de *Habitat for Humanity* pendant les vacances de Pâques. La mise à prix pour Matthew est de cinq cent mille dollars. Mesdames et messieurs, les enchères sont ouvertes. Vous pouvez commencer à faire vos offres.

Tout autour de moi, j'ai alors entendu le cliquetis des joysticks. « Non ! Pas possible ! » J'ai quitté mon portable des yeux pour vérifier si c'était bien ce que je pensais.

Parce que je ne voulais toujours pas croire que Christopher ait pu avoir raison.

— Cinq cent cinquante, a repris la Française d'une voix monocorde. (Elle avait les yeux braqués sur l'écran d'un petit ordinateur posé sur son desk.) Six cents. Un acheteur pour sept cents ? Sept cent cinquante. Huit cents. Huit cent cinquante. Matthew est doté d'un métabolisme naturellement rapide et a grandi dans une région alimentée en eau fluorée. Donc pas de caries ni aucun autre problème dentaire. C'est vraiment un spécimen de premier choix. Vous ne pourrez pas trouver de jeune homme en meilleure santé. Neuf cent mille. Un million. J'ai une offre à un million de dollars pour Matthew. Un million, une fois… Un million, deux fois… Un million, trois fois… ? Adjugé ! Les enchères sont désormais closes pour Matthew adjugé à un million de dollars. Merci.

Autour de moi, le cliquetis des joysticks s'est tu tandis que la photo de Matthew disparaissait de l'écran. Presque aussitôt – avant même que je n'aie eu le temps d'analyser ce à quoi je venais d'assister –, une nouvelle image est apparue. Celle d'une jeune fille brune aux longs cheveux raides. Elle était allongée sur un lit, riait en regardant l'appareil photo et tenait un chat tigré noir et gris dans les bras. Elle portait un short plutôt sympa et un débardeur. Sur le mur, derrière elle, il y avait un poster sur lequel on pouvait lire « *Save Tibet* ».

— Voici Kim Su, a repris la Française, de ce même ton un peu las qui faisait très femme d'affaires chevronnée. Elle a dix-neuf ans, mesure un mètre soixante et pèse cinquante kilos. Elle est végétarienne depuis toujours et ne porte aucun tatouage. Elle n'a aucun problème de santé ni aucun antécédent, pas même au niveau dentaire. Elle est en première année de faculté dans une prestigieuse université et s'entretient par une pratique régulière du sport. On vit vieux dans sa famille qui comprend, notamment, une paire d'arrière-grands-parents centenaires. Vous ferez un investissement exceptionnellement rentable en vous faisant transplanter dans le corps de Kim Su car elle est, non seulement, dotée d'une extraordinaire beauté, mais, également, garante d'une incroyable longévité. Pour une telle perle rare, la mise à prix est de huit cent mille dollars. Kim Su sera disponible cet été quand elle partira comme jeune fille au pair dans les Hamptons.

Affolement des joysticks. Le cliquetis pour Kim Su était encore plus enthousiaste que pour Matthew. Les enchères ont tout de suite dépassé le million de dollars. J'avoue que je n'ai pas été plus étonnée que ça quand la dame avec la robe aux brillants l'a obtenue pour la coquette somme de trois millions cinq.

— Yesss ! s'est-elle exclamée, en sautant pratiquement de son fauteuil.

Plusieurs des autres dames de l'assistance se sont penchées vers elle pour la féliciter. Elle venait de faire une bonne affaire.

Quant à moi, je suis restée scotchée à mon siège. J'avais la nausée. Peut-être que j'étais en état de choc. Je n'arrivais pas à le croire. C'était pourtant vrai. *Tout ce que Christopher m'avait dit au téléphone était vrai.* C'était bien ça, l'Opération Phœnix : des gens qui achetaient le corps parfait d'autres gens, plus jeunes et plus beaux, pour qu'on y transplante leur cerveau.

Tous ces jeunes qu'on avait vus sur le net (eh bien oui, la plupart étaient des jeunes. Des ados, même), tous ceux qui s'étaient payé un Stark Quark... La raison pour laquelle Stark avait sauvegardé toutes leurs données... La raison pour laquelle ces millions de données avaient fait l'objet d'un tri si minutieux... C'était tout simplement parce que Stark sélectionnait des *donneurs*.

Comme moi.

J'étais l'Opération Phœnix. Le pro-to-type.

Mais oui, bien sûr ! Les toubibs de l'ISNN nous avaient dit qu'il y avait une liste d'attente longue comme le bras de riches candidats à la greffe, des candidats avec un cerveau en parfait état, mais dont le corps n'était plus aussi vaillant : un peu trop de graisse par-ci, quelques rides par-là, un début de calvitie, peut-être, pour ces messieurs… Et que le seul truc qui empêchait l'institut de pratiquer ces interventions était une pénurie de donneurs. Et aussi que les corps dont ils disposaient n'étaient pas toujours de première qualité.

Et Nikki avait bien failli y rester à cause de l'état lamentable dans lequel se trouvait le corps de sa donneuse. Alors pourquoi Stark n'en ferait-il pas un business ? Qu'est-ce qui l'en empêchait ?

Rien. Absolument rien.

J'étais transie, tout à coup. Et ce n'était pas la faute de ma minirobe.

Je ne sais pas comment j'ai fait pour rester là à regarder toutes ces photos défiler sur l'écran, l'une après l'autre, et les enchères monter, avant qu'une haute silhouette masculine ne se dresse soudain devant moi.

Et pas un de ces beaux gosses que je venais de voir adjugés au plus offrant, non.

Celui-là portait l'uniforme des agents de sécurité de Stark.

— Miss Howard ? m'a-t-il interpellée à voix basse. Vous voulez bien me suivre, s'il vous plaît ?

Je m'étais fait griller. Je n'aurais pas dû rester si longtemps.

Mais comment vous vouliez que je réagisse ? Ce que Robert Stark faisait… C'était tellement…

C'était le truc le plus *monstrueux* que j'aie jamais vu de ma vie.

La belle Française a eu beau leur dire, avec son impassibilité toute professionnelle : « Veuillez ne pas prêter attention à cette légère perturbation, au fond de la salle, je vous prie. Ce n'est qu'une brève interruption sans importance. Et si nous passions au candidat suivant ? », tous les actionnaires de Stark Enterprises ne s'en sont pas moins retournés quand on m'a raccompagnée vers la sortie.

J'ai nettement entendu les murmures et les messes basses. C'est alors que Robert Stark lui-même a pris la parole :

— Ne vous inquiétez pas, a-t-il rassuré ses actionnaires de sa voix de stentor. C'est juste Nikki Howard. Vous l'avez tous rencontrée. Elle est des vôtres... ou de ce que vous n'allez pas tarder à devenir prochainement. Elle voulait juste faire un saut pour vérifier que vous faisiez le bon choix !

À ces mots, les rires ont fusé dans la salle.

Après ça, je ne sais pas ce qui s'est passé. Le vigile m'avait déjà entraînée dans le couloir. Je suis restée plantée là, à regarder fixement la moquette. Je me fichais un peu ce qui allait m'arriver, pour tout vous avouer. Et si Robert Stark me faisait tuer, comme il avait essayé de le faire avec la vraie Nikki ?

Et alors ? Je n'étais plus très sûre de vouloir vivre dans un monde où on commettait ce genre d'abomination, de toute façon.

— Pas très futé de ta part, Nikki, tu sais ?

J'ai relevé les yeux pour découvrir Robert Stark en personne, en train de rajuster son nœud papillon devant moi. Il avait tout l'air d'un chat qu'on aurait caressé à rebrousse-poil.

— Qu'espérais-tu en agissant ainsi ? m'a-t-il demandé. (Il s'est penché pour m'arracher mon sac des mains. Et puis il l'a ouvert et a vidé tout son contenu par terre, mon iPhone compris. Il s'est baissé pour le ramasser.) J'imagine que tu as tout enregistré ? Et tu as pensé jouer au plus fin en l'envoyant à... qui ? CNN ? Eh bien, j'ai le regret de te dire que tu t'es fatiguée pour rien.

Et, avec une force surprenante, il a balancé mon portable à l'autre bout du couloir. Mon iPhone a littéralement explosé contre le mur.

Je n'ai pas pu m'empêcher de tressaillir en pensant soudain au spectacle auquel Christopher avait dû assister, quand il avait vu mon corps écrasé sous le poids de l'écran plasma qui m'était tombé dessus à l'inauguration du Stark Megastore.

Pas étonnant qu'il soit complètement à la masse, maintenant.

Sauf que…

Sauf que toute cette délirante théorie sur Stark Enterprises qu'il avait défendue ?

Eh bien, il avait vu clair depuis le début. Ce n'était pas lui qui était fou. C'étaient nous.

Parce qu'on ne l'avait pas cru.

— Et pas uniquement parce que tu n'es plus en possession de cet enregistrement compromettant, a repris Robert Stark, en se retournant vers moi.

Pas la moindre rancune dans sa voix. C'était ça le plus effrayant. Il ne m'en voulait même pas. Il était parfaitement zen et sûr de lui : il s'en fichait éperdument.

— Ces gosses que tu as vus tout à l'heure ? a-t-il enchaîné. Ceux que mes amis viennent juste d'acquérir ? Ils ne vont pas tarder à avoir un accident. Pendant leur voyage. Le même genre d'accident qu'il va arriver à ta sœur quand elle rentrera de son stage de cheerleading, si un seul mot de ce que tu viens de voir sort de cette maison. Me suis-je bien fait comprendre ? Parce que, crois-le ou non, je connais des gens qui ne seraient que trop heureux de miser sur elle.

Je l'ai dévisagé, le cœur soudain glacé. Comment il pouvait savoir pour Frida et son stage de pom-pom ?

Mais oui, forcément !

Frida avait un Stark Quark. Robert Stark lui en avait offert un, un orange, devant moi, de ses propres mains.

J'ai hoché la tête lentement. J'avais compris, oui. J'avais parfaitement compris.

— Et, au cas où tu serais tentée de faire la maline et de profiter de l'occasion, un mot, un seul mot pendant le défilé des Stark Angels en direct ce soir et ta sœur ne regagnera jamais ce charmant petit appartement qu'elle partage avec tes parents à l'université de New York. Suis-je assez clair ?

J'ai dû décoller ma langue, scotchée à mon palais, pour lui répondre :

— C'est clair. Vous ne voulez pas que je fasse savoir que Robert Stark procure à ses actionnaires des corps de jeunes et beaux donneurs en parfaite santé pour y faire transplanter leur cerveau et se refaire une deuxième jeunesse. Si j'ouvre la bouche, ma sœur est morte.

Robert Stark m'a toisée en silence. Il n'avait plus l'air si zen ni si sûr de lui, tout à coup. L'un de ses épais sourcils noirs, à peine argenté, s'était légèrement arqué.

— Tu ne réalises toujours pas, n'est-ce pas ? s'est-il impatienté. Nous t'avons fait un merveilleux cadeau : le don de la beauté, un don pour lequel la plupart des femmes seraient prêtes à tuer père et mère. Sais-tu combien de femmes se damneraient pour être à ta place en ce moment ? Tu as le monde à tes pieds. Et tout ce qui t'intéresse, c'est de me faire tomber, ingrate que tu es ?

— Et Matthew ? me suis-je rebiffée. Et Kim Su ? Vous croyez qu'ils vont apprécier, eux, de se faire *assassiner* pour que tous vos riches et vieux amis puissent vivre leur vie à leur place ?

— Oh ! ils ne vont pas vivre leur vie à leur place, m'a tout de suite rassurée Robert Stark. Ils vont vivre leur propre vie. Dans un corps tout neuf. Certes, ils vont devoir expliquer à leurs proches qu'ils se sont fait faire un peu plus que la « petite retouche » habituelle. Mais ça ne me fera que plus de publicité et m'amènera de nouveaux clients. Comment résister ? Imagine un peu ! Ne plus avoir à se lever tous les matins avec des articulations rouillées. Ne plus avoir à prendre dix médicaments différents pour le cœur. Crois-moi, ils en auront pour leur argent.

— Mais les parents de Matthew ? S'ils le voient un jour se balader dans la rue avec le cerveau de quelqu'un d'autre dans la tête et qu'il ne les reconnaît pas ?

— Oh ! tous ces gens appartiennent à des couches de la société bien trop éloignées, a ricané Robert Stark. Ils vivent dans des cercles trop différents : ils ne se rencontreront jamais. N'aie absolument aucune crainte à ce sujet.

J'ai secoué la tête, écœurée par son snobisme suffisant.

— Vous finirez par vous faire prendre, vous savez. Ce que vous faites est puni par la loi. C'est du meurtre. Vous ne pourrez pas garder le secret éternellement.

— Et pourquoi pas ? s'est-il étonné, les deux sourcils arqués, cette fois. J'y suis bien parvenu jusqu'à présent. Depuis combien de temps crois-tu que nous faisons cela, d'ailleurs ? (Il s'est mis à rire.) Mais, Nikki – parce que, pour moi, ma chérie, tu seras toujours Nikki –, cela fait des années que nous pratiquons ces interventions. *Des années*. Avec cette technologie de dernière génération, nous sommes à même d'offrir à nos clients une plus large gamme de produits de bien meilleure qualité et à une beaucoup plus grande échelle, tout en augmentant notre marge de profit.

Il a alors tourné les yeux vers son gorille pour lui balancer :

— Nettoyez-moi ça (il parlait de tout ce qu'il avait fait tomber en vidant mon sac) et raccompagnez-la en bas jusqu'à la voiture qui l'attend pour les emmener, elle et ses amis, aux Stark Studios. Elle est déjà assez en retard comme cela pour le défilé Stark Angel.

Il a reporté son attention sur moi.

— Tu pourrais me remercier. Ce serait la moindre des choses, tu sais.

À mon tour maintenant de hausser les sourcils.

— Je me demande bien de quoi !

— Je t'ai fait le plus beau cadeau que l'on puisse faire à un être humain, m'a-t-il répondu le plus sérieusement du monde. Une seconde chance. Une deuxième vie. Sauf que, celle-ci, tu peux la finir… en beauté.

Je l'ai regardé, sciée. Franchement, qu'est-ce que vous vouliez répondre à ça ?

J'ai bien pensé lui cracher au visage.

Mais ça n'aurait peut-être pas été très intelligent de ma part.

Surtout après ce qu'il avait dit à propos de ma petite sœur et de son retour à la maison.

Je tenais donc vraiment à voir Frida sur cet écran, vendue aux enchères comme un genre de vase Ming chez Sotheby's, …

… pour avoir ensuite la tête décalottée à la scie et le cerveau sorti de sa boîte crânienne avant d'être remplacé par celui de cette élégante dame aux poignets veinés de bleu ?

J'ai repris mon sac que le vigile me tendait – après y avoir remis tout ce que Robert Stark avait jeté par terre (mon iPhone en moins). Entretemps, Robert Stark s'était déjà éloigné pour regagner sa macabre salle des ventes. Il ne s'est même pas retourné.

Non que je m'y sois vraiment attendue.

C'était aussi bien. Sinon il aurait vu le regard assassin que je lui lançais.

Et il n'aurait pas aimé. Il n'aurait pas aimé du tout.

Le vigile m'a attrapée par le bras pour m'entraîner vers l'escalier. Pas l'escalier de service par lequel Brandon m'avait fait monter. Le grand escalier de l'entrée dont on m'avait interdit l'accès parce que je ne portais pas le fameux bracelet avec le phœnix doré.

L'autre gorille était toujours à son poste, au pied des marches. Il a été surpris de me voir escortée par un de ses collègues dans l'autre sens. Il a cependant soulevé le cordon de velours pour me laisser passer sans broncher.

— Nous y voilà, a déclaré le vigile qui me tenait par le bras, quand on a atteint le vestiaire où Gabriel et Nikki m'attendaient, en compagnie de Lulu qui avait déjà récupéré mon manteau.

Ils étaient tous les trois flanqués d'autres agents de sécurité.

— Oh là là ! s'est exclamée Lulu dans un murmure étouffé, en me tendant ma fausse fourrure. Ça va ? Tu es pâle comme une morte. Tu vas pas gerber au moins ?

— Qu'on se tire d'ici, c'est tout ce que je demande, lui ai-je répondu tout aussi discrètement. Où est Brandon ?

— Je sais pas. Il a disparu depuis un bon moment. Avec ton agent.

— Super !

Déjà, les vigiles nous faisaient descendre à toute allure les marches du perron, recouvertes du tapis rouge de rigueur, pour nous faire grimper dans la limousine garée dehors. Pendant qu'on s'engouffrait dans la voiture, les paparazzis nous mitraillaient en criant : « Nikki ! Nikki ! Qu'est-ce que tu as fait de ton petit ami ? » et « Nikki ! tu t'es bien amusée à la soirée ? ».

Une fois les portières refermées, Nikki a soupiré :

— C'est trop bizarre quand ils font ça.

— Ça quoi ? s'est enquis Gabriel.

— Quand ils hurlent mon nom à moi, alors qu'ils parlent d'*elle*.

Elle me désignait du doigt.

— Oui, ça doit faire bizarre, en effet, a concédé Gabriel, mais d'une voix plus douce que lorsqu'il s'adressait à Nikki d'habitude, comme s'il compatissait vraiment, pour une fois. Ça doit te manquer.

— Me manquer ? s'est écriée Nikki, en écarquillant les yeux. Me faire hurler dessus par les paps ? Tu aimes peut-être ça, toi. Mais, moi, je commence à apprécier qu'on me fiche la paix, pour changer. (Elle s'est penchée vers moi.) Alors ? T'as trouvé quelque chose ?

— Oooh ! ai-je murmuré, en me calant contre le dossier de cuir pour respirer à pleins poumons. J'ai découvert beaucoup de choses.

— Ah ? s'est étonné Gabriel. Et aurais-tu l'obligeance de nous éclairer ?

J'ai plongé la main dans mon soutien-gorge pour en extraire mon portable Stark.

— Si vous saviez ! Est-ce que je peux vous emprunter un téléphone ? Le mien est sur écoute. Il faut que j'appelle Christopher.

Gabriel a fouillé dans ses poches pendant que Nikki roulait des yeux comme des billes en faisant la moue.

— Personne ne veut m'en filer un, a-t-elle maugréé. On « ne peut pas me faire confiance », tu comprends ?

— Oh ! voilà qu'elle remet ça ! s'est exclamée Lulu, en ouvrant sa pochette Prada pour en sortir son portable qu'elle m'a balancé à travers la voiture. Mais dis-nous au moins ce que tu as appris tout à l'heure...

Déjà, je composais le numéro.

— Oh ! tu vas le savoir, ne t'inquiète pas. Allô, Christopher ?

Il avait répondu à la première sonnerie.

— Em ?

Il avait l'air dérouté. Forcément, la présentation du numéro avait affiché le nom de Lulu.

— Oui. Dis donc, tu avais raison. Sur toute la ligne. Le Projet Phœnix, c'est exactement ce que tu disais. Et j'en ai la preuve. En images. Le problème, c'est que je me suis fait choper. Et tu sais par qui ? Robert Stark en personne.

— Putain, Em ! (On aurait à moitié cru qu'il venait de se prendre un coup de poing à l'estomac.) Et ça va ?

— Jusque-là, tout va bien... Il croit qu'il a détruit la seule preuve contre lui. C'est pour ça que je ne peux rien t'envoyer par mail ni mms... parce que, si je le fais, ça va carrément les alerter. Tu parles ! c'est sur le portable Stark qu'ils ont mis sur écoute. Ça signifie que c'est aussi dans leur système informatique, je suis sûre. Ce qui veut dire que Felix peut sans doute l'extraire... Mais ils s'en apercevraient peut-être... Alors, juste au cas où, je préfère le lui faire remettre en mains propres. Nikki et Lulu vont s'en charger. (J'ai lancé un coup d'œil interrogateur aux deux intéressées. Elles se sont consultées du regard en silence et ont toutes les deux hoché la tête avec enthousiasme.) Donc, si tu peux te trouver là-bas dans genre... vingt minutes et les attendre ?

— Je suis déjà chez Felix. Il est prêt à exploiter tout ce que tu lui fileras. Mais toi ? Qu'est-ce que tu vas faire pendant ce temps-là ?

— Le défilé de lingerie Stark Angel, lui ai-je répondu, incapable de cacher le sarcasme dans ma voix. En « direct *live* ».

— On a déjà zappé sur Channel Seven, ai-je entendu brailler Felix derrière. Tous les moniteurs sont calés dessus ! Les dix ! En HD !

Énorme fracas, suivi d'un cri de douleur. Christopher venait de calmer son cousin, à mon avis.

— Fais pas attention à lui, m'a conseillé Christopher. Si tu ne veux pas qu'on regarde, on regardera pas. De toute façon, on va être plutôt occupés, on dirait...

— Oh ! si si.

Il fallait que j'assume. Ce n'était qu'un corps, après tout, non ? Bon d'accord, c'était *mon* corps. Et alors ? Un peu de maturité, Em, tout de même !

Et puis, de toute façon, avec un peu de chance, Christopher allait le voir en nu intégral, un jour, ce corps, non ?

— Vous pouvez regarder, si vous voulez, lui ai-je répondu. Tant que vous vous occupez de ce truc en premier. Seulement... quoi que vous en fassiez... (J'essayais de contrôler le tremblement de ma voix.) Vous ne pourriez pas attendre que l'avion de Frida ait atterri et qu'elle soit bien en sécurité à la maison ? Parce que Robert Stark a dit que...

Et là, d'un coup, grosse boule dans la gorge. J'ai dû réprimer un sanglot.

— Quoi, Em ? m'a demandé Christopher. (Il avait l'air presque aussi flippé que moi.) Qu'est-ce qu'il a dit ?

Il y avait tellement de tendresse et d'inquiétude pour moi dans sa voix que j'avais encore plus de mal à parler. Je n'arrivais pas à croire que ce soit le même Christopher avec lequel je m'étais fritée moins d'une heure avant.

— Il a dit que, s'il filtrait quoi ce soit sur l'Opération Phœnix, ai-je chevroté, en essayant de m'empêcher de pleurer, il... il...

— Ça va, j'ai compris. Je ferai ce qu'il faut.

— Mais...

Comment il pouvait savoir ? Je ne lui avais même pas expliqué ce que Robert Stark avait menacé de faire. Un truc si horrible que je préférais ne pas y penser.

— Em, a repris Christopher (et sa voix était d'une douceur ! une voix chaude, pleine d'amour. D'amour pour moi. *Pour moi !*) Je sais. T'inquiète. C'est comme si c'était fait. Frida arrivera entière. On gère ici, OK ? T'as affaire à des pros. Te fais pas de bile.

— Mais... (Je n'ai pas pu retenir un petit sourire. C'était plus fort que moi. Felix et Christopher, des « pros » ? Il y avait de quoi se marrer, non ?) Il y en a quand même un qui porte un bracelet électronique dans l'histoire...

Et l'autre est plutôt dans le genre grand méchant vengeur, qui se balade avec des mitaines de cuir noir et un « côté obscur de la Force » qu'on repère à vingt kilomètres, ai-je mentalement ajouté.

— Il ne va rien lui arriver, Em, m'a-t-il rassurée une fois de plus. Tu as fait ce que tu avais à faire. Dis à Nikki et Lulu de se ramener ici avec ce portable. Et je ferai ce que *j'ai* à faire. Et... Em ?

— Oui ? lui ai-je demandé d'une voix tremblante.

— Je suis trop fier de toi, tu sais. Fou de rage que tu aies pris des risques de dingue comme ça, mais trop trop fier de toi.

— Hanhan...

Et voilà ! Je pleurais à chaudes larmes, maintenant ! Mais c'étaient des larmes de bonheur.

— ... moi aussi.

20

C'était la folie au défilé Stark Angel. Ryan Seacrest était venu jouer les MC, pour commencer. Il ne s'était pas manifesté au cours des deux précédentes répétitions, un peu plus tôt, ce mois-ci, parce que... eh bien, parce que c'était Ryan Seacrest, chérie, tu vois : LE Ryan Seacrest d'*American Idol*. C'était un homme très occupé.

Il faut dire, ensuite, qu'on avait quand même plus de deux heures de retard sur l'horaire prévu, Gabriel et moi. Oh ! ça n'avait pas trop fait flipper Alessandro, le directeur artistique, non. Il voulait juste nous tuer.

— Habillage et maquillage dans les loges ! a-t-il hurlé, quand il nous a vus nous faufiler discrètement par l'entrée des artistes. Tout de suite !

Je me suis dit que, si Alessandro avait eu son mot à dire, on n'aurait plus jamais participé à une production Stark de notre vie.

En même temps, après ce soir, si les choses se passaient comme je l'espérais, il n'y aurait pas de nouvelle production Stark de sitôt.

Jerri, la chef maquilleuse, a déboulé dans ma loge au moment où je me débattais encore avec ma robe de cocktail, devant des habilleuses désespérées par les marques que les coutures de mon collant m'avaient laissées sur le ventre. Eh oui ! Voilà le genre de chose qui vous angoisse quand vous êtes mannequin lingerie.

— Pas de souci, les a rassurées Jerri. Je vais retoucher ça à l'airbrush. On n'y verra que du feu.

Jerri avait une sorte de mini-pistolet qui vaporisait du fond de teint liquide exactement comme ces pulvérisateurs d'autobronzant dans les instituts pour avoir bonne mine. C'était pratiquement le même principe sauf qu'au lieu de me vaporiser seulement le visage, Jerri allait me recouvrir le corps tout entier. Elle avait l'habitude : c'était ce qu'elle faisait pour la plupart de ses clients, la majorité d'entre eux étant, imaginez un peu, des commentateurs sportifs.

— Ils doivent soigner leur look, eux aussi, m'a-t-elle expliqué. D'autant que maintenant tout le monde a la HD. Il ne faut pas voir le moindre bouton, la moindre imperfection. Je leur fais même les mains pour les interviews quand ils présentent le micro. Pas de teint parfait, pas de télé !

Et moi qui croyais que Jessica Biel et toutes ces stars de ciné avaient des corps de rêve ! J'hallucinais. À la télé, tout était truqué, absolument tout.

Non, attendez, remplacez par « à la télé, dans les magazines et dans les films ». Pas étonnant que les actionnaires de Stark Enterprises en soient venus à croire qu'il leur fallait assassiner des gens, jeunes et beaux, et leur voler leur corps pour atteindre cette perfection.

— Oh ! mais oui ! a renchéri Jerri, tandis que je restais plantée là, en soutien-gorge et en petite culotte, à frissonner en sentant le petit jet froid courir le long de mon corps, des pieds à la tête. Toutes les actrices le font. Pour leurs scènes de nu ? Elles sont toutes retouchées à l'aérographe. Ça couvre aussi la cellulite, tu sais. Non que tu en aies besoin, toi, évidemment. Oh mais attends ! mais si. Désolée. Même Nikki Howard ! Ha ! quand je vais dire ça à ma sœur ! Elle te trouve parfaite. Non que tu ne le sois pas… (Elle a vivement levé les yeux vers moi.) Tu l'es presque. Parfaite, je veux dire.

Argh ! Je lui ai adressé un petit sourire crispé.

— Pas de problème, me suis-je empressée de la rassurer. Est-ce que je peux t'emprunter ton téléphone ? J'ai un petit coup de fil à passer. Ce ne sera pas long.

— Oh ! vas-y, ma chérie, a acquiescé Jerri avec enthousiasme. Passe tous les appels que tu veux. Je suis payée en heure sup tarif jour férié, pour ce truc, vu que c'est le Nouvel An et tout ça.

Elle m'a tendu son portable et j'ai aussitôt tapé le numéro de mes parents. C'est ma mère qui a répondu.

— Allô ? a-t-elle demandé, intriguée.

Elle n'avait pas pu identifier le numéro affiché sur son écran.

— Bonsoir, maman. C'est moi. (Je ne pouvais pas dire « Em », vu que Jerri était là.) Je me demandais... est-ce que tu sais si Frida a bien pris son avion ?

— Eh bien, oui, naturellement. Elle m'a appelée juste avant le décollage, il y a trois heures. Elle devrait atterrir à LaGuardia d'une minute à l'autre. Elles vont toutes partager des taxis pour revenir sur New York. Pourquoi cette question ?

— C'est juste que je n'ai pas eu de nouvelles d'elle depuis un moment, ai-je prétexté, en essayant de prendre un ton détaché. Tu ne pourrais pas lui demander de m'appeler dès qu'elle aura passé la porte ?

— Si, bien sûr. Mais n'es-tu pas un peu occupée, ce soir ? Je croyais que tu participais à ce... hum... défilé de lingerie en direct sur Channel Seven.

Et merde ! Moi qui avais à moitié espéré que ma mère aurait oublié !

— Absolument, ai-je répondu d'un ton un peu coincé. Mais ça ne veut pas dire que je ne me fais pas du souci pour ma petite sœur.

— Bon. Je veillerai à ce qu'elle t'appelle.

J'ai réalisé un peu tard que je n'avais plus de téléphone. Le premier avait été pulvérisé contre un mur par Robert Stark lui-même. Et l'autre était en route pour la cave de Felix, dans un taxi, en compagnie de Lulu et de Nikki. Avec un peu de chance, il y était déjà, d'ailleurs.

— Euh…, en fait, me suis-je reprise, en réfléchissant à toute vitesse, est-ce que tu pourrais lui demander d'appeler Lulu plutôt ? Mon portable est fichu. (Je lui ai donné le numéro.) Ce sera mieux, de toute façon. On ne sait jamais, si j'étais sur le plateau…

— Très bien. (Mais fidèle à elle-même, elle ne semblait pas trouver ça « très bien » du tout.) Écoute, ma chérie, pendant que je t'ai en ligne… à propos d'hier…

— Oui, je suis vraiment désolée, ai-je abrégé, consciente que Jerri se rapprochait rapidement de ma tête avec son pulvérisateur miracle.

— Non. C'est moi. Je me rends parfaitement compte, à présent, que, lorsque tu m'as demandé si tu étais jolie… Bon, c'était une question tendancieuse, ma chérie. Du moins, pour moi. Je ne veux pas que mes filles se jugent ni se comparent avec leurs camarades en fonction de leur apparence et…

— Maman,…

Non, je n'arrivais pas à le croire ! Mon boss venait juste de me menacer d'assassiner ma petite sœur si je révélais qu'il n'était, en fait, qu'un dangereux psychopathe doublé d'un meurtrier – et, si tout se passait comme je l'espérais, c'était bel et bien ce que je m'apprêtais à faire. Et voilà que ma mère se lançait *maintenant* dans une tentative de rapprochement mère-fille ?

— … ce n'est vraiment pas le moment. Je voulais juste m'assurer que Frida allait bien.

— Mais c'est important, a insisté ma mère. J'ai bien conscience que c'est probablement ce que toutes les filles font dans ton lycée : se juger d'après leur apparence physique…

— Au lycée ? Dans toute la société occidentale contemporaine, tu veux dire, oui !

Hou hou, maman ! On est en Amérique. Bienvenue dans le monde réel ! Ceci est un McDonald's. Tu peux répéter ce mot ? « Mac-do-nalds ». On y sert des cheeseburgers. Et des frites. Tu peux répéter le mot « frites » ?

— Je sais, a-t-elle soupiré. (J'ai bien cru qu'elle allait pleurer.) Et c'est une telle inanité. Je ne *veux* pas que mes filles se jugent de cette façon. Vous valez tellement mieux que cela, Frida et toi. Vous êtes si merveilleuses, toutes les deux, si intelligentes, si solides, si créatives. C'était cette part-là de vous que je voulais cultiver, mettre en avant. Mais, chaque fois qu'on allume la télévision, que voit-on ? De grandes maigres à gros seins moulées dans des pantalons qui ressemblent à des collants avec des tee-shirts qui leur arrivent au-dessus du nombril. Et, chaque fois que je vous emmenais faire les magasins, vous vouliez exactement ce que ces filles, toutes ces… Nikki Howard, portaient. Cela t'a passé en grandissant, mais Frida… une mère est-elle de taille à lutter ? Il faut croire que non. D'après la mienne, j'étais exactement pareille. C'est pour cette raison qu'elle avait cessé de me dire que j'étais jolie. Elle craignait que cela ne me monte à la tête en grandissant…

Alors ça, c'était la meilleure ! Mamie ? Mamie qui nous répétait à longueur de temps qu'on était jolies, Frida et moi ? Si souvent que ça ne voulait plus rien dire ? Forcément qu'on était jolies, pour elle : on était ses petites-filles. Quand votre grand-mère vous dit que vous êtes jolie, ça ne compte pas.

Mais ma mère ? Oh là là ! Ça lui aurait écorché la langue. Avec elle, c'était toujours « L'important, c'est ce que tu as dans la tête ».

Bon. C'est vrai, évidemment.

Mais un truc du style « Dis donc, elle ne te va pas mal, cette coiffure », ça n'aurait pas été désagréable à entendre, de temps à autre.

Et qu'est-ce que j'apprenais ? Que ma mère avait aimé les fringues *girlies* ? Ma mère, qui s'était toujours habillée « pratique », avec ses tailleurs gris et ses chaussures plates ? Mamie s'était interdit de lui dire qu'elle était jolie parce qu'elle commençait à prendre la grosse tête ?

Alors là, c'était un scoop ! J'avais hâte de raconter ça à Frida.

Si je la revoyais un jour...

— ... Et j'imagine que... Enfin, je me suis juste dit que... si je suivais son exemple, ta sœur et toi... (Tout juste si ma mère ne bégayait pas.) Vous changeriez, comme moi... Que vous vous intéresseriez davantage aux choses de l'esprit qu'à... eh bien...

Qu'à quoi ? Quel genre de fille avait été ma mère à l'âge de Frida ou au mien ? Je mourais d'envie de le savoir.

Mais, entretemps, Jerri s'était attaquée à mon cou avec son mini-pistolet.

— Écoute, maman, il faut que je me prépare pour l'émission, l'ai-je une fois de plus interrompue. Je comprends bien ce que tu essaies de me dire. Je sais que c'est du chiqué, tout ça. Tout est truqué, je suis bien placée pour le savoir. N'empêche que c'est quand même sympa d'entendre ta mère te trouver jolie, une fois de temps en temps, tu sais ? Mais ne t'inquiète pas pour moi. Ça va aller. Tout va bien se passer. OK ?

C'était un « mensonge éhonté », comme aurait dit mamie. Un énorme bobard, oui. Comment j'aurais pu en être si sûre ? C'était plutôt le contraire. Mais qu'est-ce que j'aurais pu lui raconter ? « Écoute, maman, à cause de ma débilité profonde, mon boss est peut-être à deux doigts de tuer ta fille cadette » ?

— N'oublie pas d'appeler Lulu dès que tu as des nouvelles de Frida, déjà, ai-je abrégé.

— Promis. (Il y a eu un moment de flottement, et puis elle a ajouté :) Je t'aime, Em. Au cas où ce ne serait pas assez clair. Et peu importe ce à quoi tu ressembles. Ou ce que tu portes.

J'en ai eu les larmes aux yeux. Je ne le méritais tellement pas.

— Merci, maman. Moi aussi.

J'ai raccroché et j'ai tendu son téléphone à Jerri.

— Les mères ! ai-je soupiré, en levant les yeux au ciel pour ne pas éclater en sanglots.

— M'en parle pas ! a compati Jerri, en glissant son portable dans sa poche. La mienne fume un paquet de Camel Light par jour. Crois-tu qu'elle arrêterait pour moi ? Rêve ! Ferme les yeux, maintenant, chérie, je vais te faire le visage.

Trois quarts d'heure plus tard – un record absolu pour elle, d'après Jerri –, j'étais coiffée, maquillée et sanglée dans mon soutif en diamants, mes ailes attachées et flottant derrière moi. Quand je me suis regardée dans la glace, j'avais l'air d'un croisement entre un ange et… eh bien, une fille en bikini de diamants.

Oh ! tant pis. Avec un peu de chance, ma mère ne regarderait pas.

Montée sur mes escarpins à plateformes, j'ai rejoint le plateau à grandes enjambées, Jerri trottinant à côté de moi pour appliquer une dernière touche de gloss.

— Ah ! te voilà ! s'est exclamée Rebecca, qui semblait sortir de nulle part, toujours dans son fourreau noir fendu jusque-là. On m'a rapporté que tu étais arrivée en retard. Est-ce que je ne t'avais pas avertie ? Qu'est-ce que je t'avais expressément demandé ? Est-ce que je n'avais pas insisté pour que tu sois ponctuelle ? As-tu avalé quelque chose, au moins ? On voit tes os. Je sais que tu n'as rien mangé. Si jamais tu me fais un évanouissement, Nikki, je te jure que...

— Je ne vais pas m'évanouir, lui ai-je assuré. Est-ce que Brandon est là ? Il faut vraiment que je lui parle.

— Il se trouve qu'il m'accompagne, en effet, m'a répondu Rebecca, en jouant les vierges effarouchées – enfin, pour autant que Rebecca puisse être crédible dans ce rôle, c'est-à-dire pas vraiment. Mieux vaut que tu le saches, nous sommes ensemble, maintenant. Certes, il y a une certaine différence d'âge, mais, pour être honnête, je crois que la présence d'une femme mûre dans sa vie ne lui ferait pas de mal. Sans vouloir t'offenser, Nikki, on ne peut pas dire que tu l'aies beaucoup aidé à se stabiliser. Or il a besoin de stabilité.

— Sans vouloir t'offenser, je m'en fiche royalement, lui ai-je répliqué. Tu le veux ? Prends-le. Ce n'est pas de ça que je vais lui parler. C'est de son père, en fait.

— De son père ? Ce n'est pas vraiment son sujet de prédilection, m'a-t-elle répondu, avec un haussement d'épaules. Mais c'est ton problème. (Elle a sorti son BlackBerry de son sac Chanel et a commencé à martyriser les touches de son clavier.) Crois-tu réellement que ce soit le meilleur moment pour t'embarquer là-dedans, juste avant le défilé ? Ça ne peut pas attendre ? Tu passes à l'antenne dans cinq minutes. Et ne t'avise pas de parler à Ryan, chérie, d'accord ? Toutes les filles veulent parler à Ryan et ça finit par lui taper sur les nerfs.

J'ai jeté un coup d'œil dans le couloir. Il y avait des mannequins ailés en lingerie Stark Angel partout. J'ai aperçu Kelley, ma copine de la répétition. Elle me faisait signe en agitant son portable. Elle l'avait fait sonner et il jouait *Dragon Battle Cry*, le morceau de *Journeyquest* qu'elle m'avait supplié de lui télécharger. Kelley s'est marrée en me pointant du doigt, et puis elle a levé les pouces en signe d'encouragement. Je lui ai souri avec une expression du genre « Ah ! c'est tordant ! ».

Mais je pensais surtout que j'avais une terrible envie de vomir.

— Non, non, ai-je réussi à articuler, entre deux nausées.

Rebecca a haussé de plus belle les épaules, tout en continuant à taper comme une forcenée sur son mini-clavier.

Que faisait Robert Stark, en ce moment ? Je me le demandais. Est-ce qu'il était en train d'assassiner ma petite sœur ?

Et Christopher ? Est-ce que Lulu et Nikki lui avaient apporté mon portable ? Je me sentais tellement impuissante de ne pouvoir rien savoir de ce qui se passait.

Mais je n'étais pas la seule. Gabriel est sorti de sa loge, en smoking et super maquillé (il avait eu droit à la totale). Il était avec ses musiciens – tous plus craquants les uns que les autres, assez pour créer une vague d'excitation sur leur passage parmi les mannequins et faire oublier Ryan Seacrest. Lui qui se trouvait trop sollicité. Il pouvait aller se rhabiller !

Mais Gabriel n'avait pas la tête à ça. La preuve en est qu'en m'apercevant, il a lancé à ses petits copains :

— Hé ! j'arrive, les gars. (Et il est venu vers moi pour me murmurer discrètement :) Alors ? Tu as des nouvelles ?

J'ai secoué la tête.

— Non, rien. Et toi ?

Même mouvement négatif de sa part.

— Je suis persuadé que tout va bien se passer, a-t-il cependant tenté de me rassurer.

— À moins qu'on arrive sur le plateau et qu'on se prenne une perche sur la tête qui nous tue tous les deux sur le coup, lui ai-je rétorqué. Avec les compliments de Robert Stark.

— Tu as raison : il faut toujours voir le bon côté des choses, a commenté Gabriel, en tirant sur les revers de son smoking.

J'ai mis ça sur le compte de son humour britannique.

— Brandon te verra après le défilé, m'a annoncé Rebecca, en lisant sur l'écran de son BlackBerry.

— Mais j'ai vraiment *besoin* de lui parler là ! me suis-je lamentée, incapable de cacher ma déception.

— Que veux-tu que j'y fasse ? a-t-elle riposté, avec un de ses haussements d'épaules fatalistes habituels. Il te retrouvera au Stark Sky Bar, d'après ce qu'il écrit. On y est tous attendus pour trinquer à la nouvelle année avec une coupe de champagne et assister à la descente de la boule de cristal à Times Square. On a une vue imprenable de là-haut et…

— En place ! En place, tout le monde ! (Alessandro remontait le couloir au pas de course en frappant dans ses mains.) Dans les coulisses, tout de suite ! Mais qu'est-ce que vous avez à traînasser ? Vous voulez me faire avoir une crise cardiaque ou quoi ? L'émission a commencé ! On est en direct ! Et pas un mot, la porte insonorisée passée. Allez ! ALLEZ !

Instinct de conservation sans doute, j'ai pris la main de Gabriel. La mienne était glacée. Mais la sienne était chaude… tout comme son regard, quand il a croisé le mien.

— Ça va aller, m'a-t-il assuré, avec un sourire confiant. Tu as fait ce qu'il fallait.

— Ah oui ?

J'aurais bien voulu le croire. En théorie, j'étais d'accord.

Mais Frida ? Mettre en danger ma propre sœur ? Comment j'avais pu être aussi bête ?

— Oh mon-Dieu ! s'est exclamée Rebecca dans un souffle, en nous voyant main dans la main. Que se passe-t-il exactement ici ? Vous êtes ensemble, maintenant, vous deux ? Seigneur, je rêve ! Mais c'est par-fait. Je peux annoncer la nouvelle à la presse ? As-tu seulement idée de la façon dont tes ventes vont décoller après ça, Gabriel ? Ta réussite était déjà stratosphérique, mais, là, chéri, on change de galaxie. C'est tout bonnement…

Entretemps, j'avais déjà franchi la porte du studio et tous les cameramen et les ingénieurs du son de l'autre côté s'essoufflaient en « chut ! chut ! » excédés pour tenter de faire taire l'hystérique qui me servait d'agent.

Ce qui ne l'a pas empêchée de me hurler dans un murmure – ou le contraire –, alors même que les portes se refermaient derrière moi :

— Tu n'as pas le droit de me cacher quoi que ce soit, Nikki ! Tu ne peux pas m'échapper ! Je connais tous tes secrets !

« Si elle savait ! »

Dans les coulisses du studio de télé, là où on était tous rassemblés en attendant notre tour pour pénétrer sur le plateau, il régnait un de ces calmes ! Je pouvais pratiquement entendre battre mon cœur. À l'avant du studio, là où se trouvait la scène, c'était une tout autre histoire : un délire assourdissant. Le public acclamait Ryan et les mannequins qui paradaient déjà sur le plateau. Elles défilaient sur le podium aménagé, allant et venant de leur démarche féline pour faire admirer les différents ensembles de lingerie qu'elles portaient.

Gabriel et son groupe s'étaient éclipsés derrière le dispositif tournant du plateau pour réapparaître sur scène pile au top qu'on leur donnerait et entonner le tube de Gabriel qui cartonnait au sommet des *charts* : *Nikki*.

Ce qui n'était pas prévu avant la fin de l'avant-dernière coupure pub. Pendant que j'attendais mon propre top départ musical, j'ai aperçu, debout devant moi, Veronica, cette mannequin qui ne pouvait pas me sentir parce qu'elle me croyait l'auteur d'une série d'e-mails destinés à son petit copain Justin – alors qu'en fait c'était l'œuvre de la vraie Nikki. Elle m'ignorait ostensiblement.

Comme il fallait absolument que je me sorte de la tête que ma petite sœur était peut-être, à l'instant même, en train de se faire trucider par ma faute, je lui ai tapé sur l'épaule.

— Salut ! lui ai-je lancé. Je me demandais juste si les e-mails continuaient.

Veronica s'est retournée. Elle a ouvert des yeux comme des soucoupes en me voyant.

— On... on n'est pas censées parler sur le plateau, a-t-elle bredouillé.

— Oui, je sais. Mais ça s'est arrêté ou pas ?

— Oui.

Et elle m'a carrément tourné le dos, en mordillant ses faux ongles.

Tu parles ! Nikki avait mieux à faire, ces derniers temps.

Torturer Gabriel Luna, par exemple.

Quelques minutes plus tard, on donnait son top à Veronica pour qu'elle arpente le podium de ses interminables jambes bronzées. Et puis je l'ai entendu.

« Nikki, oh, Nikki... le truc, tu vois... c'est que... malgré tout, malgré moi... vraiment je crois... que j'ai des sentiments pour toi. »

Mon top départ.

Sur le coup, j'ai hésité, le cœur battant. J'ai bien cru que j'allais vomir. Mais à quoi je jouais là ? Je me prenais pour qui ? Est-ce que je n'étais pas Em Watts, la fille qui ne voulait même pas se doucher devant les autres, après le cours d'EPS ? Est-ce que cette fille-là allait vraiment défiler sur un plateau de télé devant des millions, peut-être même des milliards de téléspectateurs, sans parler de tous ces gens dans le public de l'émission, avec, en tout et pour tout, sur la peau, un slip, un soutif, une paire d'ailes et un paquet de fond de teint en spray vaporisé de la tête aux pieds ?

« Ce n'est pas à cause de ton allure… de ton sourire, de ton visage… »

D'un autre côté…

… si les choses se passaient comme elles étaient censées se passer, et si Christopher faisait ce qu'il m'avait dit qu'il allait faire, grâce à moi, ce soir, Robert Stark, la quatrième plus grosse fortune du monde, allait tomber. Ce qui m'était arrivé n'arriverait plus jamais à personne.

Et il se pourrait bien qu'il n'y ait plus jamais de défilé Stark Angel.

C'est ma mère qui allait être contente !

« C'est juste que tu me bouleverses… tu me bouleverses… Nikki, oh, Nikki, ma chérie… c'est la première fois de ma vie… que j'aime à la folie. »

— Nikki ! a murmuré Alessandro derrière moi dans le noir. VAS-Y !

J'ai plongé dans la lumière aveuglante des projecteurs, balançant mes hanches au rythme de la musique, tout en essayant de suivre les repères au gaffeur sur le podium et de poser les pieds exactement là où on m'avait demandé de marcher pour ne pas me retrouver nez à nez avec Ryan Seacrest – si je ne lui rentrais pas dedans.

L'éclat des diamants de mon soutif me rendait dingue. Je pouvais à peine voir où j'allais. Si quelque chose se détachait du plafond pour me tomber sur la tête, je ne m'en rendrais même pas compte. J'étais complètement aveuglée.

Mais qui irait porter un truc pareil dans la vraie vie, d'abord ? Et pourquoi, franchement ?

« Nikki, oh, Nikki... le truc, tu vois... c'est que... malgré tout, malgré moi... vraiment je crois... que j'ai des sentiments pour toi. »

Heureusement que j'avais la voix de Gabriel pour me guider ! Ce qu'il y avait quand même de louche, c'était qu'il avait vraiment l'air sincère.

En même temps, est-ce que ce n'est pas le métier qui veut ça ? Est-ce que, comme les mannequins et les actrices, les musiciens ne sont pas censés vous faire croire à ce qu'ils racontent ?

À moins que... Et s'il craquait réellement pour Nikki ? Pas pour moi, bien sûr, mais pour la vraie Nikki ?

Ce serait quand même marrant, non ? Qu'ils passent leur temps à se manger le nez et n'en soient pas moins amoureux pour autant. Parce que, pour ce qui était de se chercher, ça, on pouvait dire qu'ils se cherchaient, ces deux-là !

Mais est-ce qu'on ne pouvait pas aussi dire ça de Christopher et de moi ? On se disputait continuellement. Con-ti-nu-elle-ment !

Mais bon, au fond, on s'aimait vraiment. Enfin, moi je l'aimais vraiment, en tout cas.

J'espérais que c'était réciproque.

Il m'avait semblé le sentir dans sa voix au téléphone, quand on s'était parlé, tout à l'heure. La prochaine fois que je le verrais, je le saurais... s'il m'aimait vraiment ou pas, j'entends. Je le lirais dans ses yeux. J'en étais persuadée. On n'avait peut-être pas très bien commencé. Les débuts avaient été difficiles. Mais j'étais convaincue que notre histoire d'amour était faite pour durer. Elle était de celles, j'en étais sûre, qui ne finissent jamais.

Si jamais Nikki et Gabriel se tombaient dans les bras, ma sœur ne s'en remettrait pas. Pauvre Frida, ça la tuerait !

Oh non ! Frida. Pourquoi fallait-il que je pense à Frida ?

« Ce n'est pas à cause de ton allure… de ton sourire, de ton visage… »

— Mais regardez-la, s'exaltait Ryan Seacrest dans son micro. Le plus grand top model du monde, mesdames et messieurs : la Nikki Howard de Stark, ici, devant vous. Et elle porte pour plus de dix millions de dollars de diamants. Je ne crois pas qu'il m'ait jamais été donné de voir une telle splendeur. Sauf peut-être si je pense au taux de crédit ridiculement bas que m'accorde ma carte Stark. N'hésitez pas, vous aussi inscrivez-vous pour être conviés aux soldes privés réservés aux porteurs de la carte et aux extraordinaires offres spéciales de financement qu'elle vous offre tout au long de l'année…

Parvenue en bout de podium, j'ai plongé le regard dans la foule des spectateurs hystériques qui m'acclamaient. Et je l'ai vu. Robert Stark. Assis, juste là, les yeux braqués sur moi.

Il souriait. Du sourire satisfait des vainqueurs. Ceux qui ont gagné la partie et qui le savent.

Pourquoi est-ce qu'il sourirait comme ça ? Qu'est-ce qu'il avait fait ?

Il avait tué et il s'en sortait sans une égratignure. Voilà ce qu'il avait fait.

Sauf que non.

Pas encore. Pas si je pouvais l'en empêcher.

« Frida, ne cessait de crier mon cœur, tout ce temps que j'étais là, sur ce plateau de télé, devant des millions de spectateurs. Pourvu que Frida aille bien. »

J'ai fait le chemin inverse sans trébucher, et sans que le ciel me tombe sur la tête – enfin, les projos, plutôt. Mais j'avais le sang qui me battait les tempes et le cœur qui cognait à me défoncer les tympans.

Et personne, j'en étais sûre, personne ne s'était rendu compte de rien.

Parce que j'étais une pro, maintenant.

J'étais Nikki Howard.

C'est seulement quand je suis arrivée au Stark Sky Bar, une demi-heure plus tard, une fois le soutif de diamants remis entre les mains des agents de sécurité chargés de le garder, mes ailes d'ange rangées et ma tenue de soirée renfilée, que tout a dérapé.

21

Immense restaurant circulaire trônant au sommet de la tour Stark, entièrement vitré du sol au plafond et sur 360°, de sorte qu'il offrait une vue parfaitement dégagée sur tout New York illuminé – enfin, sur la foule qui avait envahi Times Square, en l'occurrence, et sur le spectacle de la rituelle descente de la boule de cristal du Nouvel An –, le Sky Bar était bondé. Flanqué de son agent et de son manager, Ryan Seacrest y descendait allégrement une bouteille de Dom Pérignon. J'ai également aperçu Rebecca, si collée à Brandon que vous auriez pu les prendre pour des siamois – beurk ! –, ainsi que Gabriel accompagné de ses musiciens.

Où que vous posiez les yeux, vous tombiez sur des stars – tous ces gens connus qui étaient déjà à la réception chez Robert Stark. Ou sur les actionnaires de Stark Enterprises – que j'avais déjà rencontrés là-bas, un peu plus tôt dans la soirée.

Ceux-là mêmes qui avaient fait si passionnément grimper les enchères pour acquérir le « donneur » potentiel de leur future greffe de cerveau. Comment auraient-ils pu se douter que j'avais filmé leur petite vente très privée et réussi à faire passer la vidéo à deux petits génies de l'informatique qui étaient en train, en ce moment précis (enfin, je l'espérais, du moins), de... faire ce que ce genre de gens fait avec ce genre de chose ?

Ben oui, qu'est-ce qu'ils allaient en faire, d'ailleurs ?

— Hé ! m'a lancé Gabriel, en venant vers moi avec un verre d'eau gazeuse, quelques minutes à peine après mon arrivée.

Il ne pouvait pas mieux tomber. J'étais déjà cernée d'actionnaires de Stark Enterprises trop heureux de bavarder encore un petit peu avec moi.

Oh ! je savais très bien ce qu'ils cherchaient. Ils voulaient parler au prototype du fameux Projet Phœnix : une transplantée en chair et en os qui vivait, respirait, là, juste devant eux. Ils ne le montraient pas, forcément, mais ça crevait les yeux. Ils brûlaient de savoir ce que ça faisait de mourir… et puis de ressusciter dans la peau d'une bombe atomique.

S'ils me l'avaient demandé franco, j'aurais pu le leur dire : c'était l'en-fer…

Et le paradis…

En même temps.

Et si c'était à refaire ?

Si c'était à refaire ? Alors là, pas question !

— Je suis bien content de ne pas être là en bas, commentait Gabriel, en désignant du doigt l'un des nombreux écrans plats suspendus au plafond sur lesquels Anderson Cooper, le journaliste vedette de CNN, présentait en direct et en gros plan la descente de la boule de cristal sur Times Square. Il faisait tellement froid que des petits nuages de fumée lui sortaient de la bouche quand il expirait.

— Moi aussi, lui ai-je répondu.

— Tu as eu des nouvelles ? m'a-t-il une fois de plus demandé.

Et il ne parlait pas de la boule de cristal de Times Square.

— Je n'ai plus de téléphone, lui ai-je rappelé.

— Ah ! évidemment, a-t-il soupiré, avec une grimace embarrassée. Pardon, j'avais oublié. Je n'en ai pas eu non plus.

J'ai vu son regard se poser sur Robert Stark qui riait, manifestement de quelque chose que Rush Limbaugh venait de dire, en lui assénant une grande claque dans le dos.

— Nikki ! s'est exclamé Robert Stark, en m'apercevant par-dessus l'épaule du très conservateur animateur du *Rush Limbaugh Show*, l'émission de radio qui battait des records d'audience à travers tout le pays.

J'ai tressailli. Arborant un large sourire, le père de Brandon tendait le bras dans ma direction, en me faisant signe d'approcher. Il se pavanait, entouré de sa cour d'admirateurs. Radieux, une flûte de champagne à la main, ils avaient tous l'air de bien s'amuser.

Sans oublier le paquet de reporters qui leur tournaient autour, n'attendant qu'une chose : prendre des photos qui seraient placardées dans les quotidiens du lendemain – et feraient de la publicité gratuite pour Stark, qui y comptait bien.

— Oh non ! ai-je soufflé.

Gabriel m'a adressé un coup d'œil compatissant.

— Et voici la star de la soirée, a déclaré à pleine voix Robert Stark, m'invitant de nouveau à le rejoindre de la main. Mesdames et messieurs, Nikki Howard ! N'était-elle pas ravissante tout à l'heure ? Elle resplendissait avec tous ces diamants.

Je n'avais pas le choix : il fallait que j'y aille. Comment faire autrement ? Je me suis efforcée d'afficher le plus gracieux sourire de mon répertoire. Je comprenais parfaitement ce qui se passait. Et je savais le rôle que je devais jouer... jusqu'à ce que je sois rassurée sur le sort de ma sœur, en tout cas. Robert Stark m'exhibait comme un phénomène de foire, un trophée. J'étais le fleuron de sa gamme de produits, le plus novateur, le plus réussi.

J'étais le premier Phœnix, l'original.

Quand je me suis approchée de lui, le père de Brandon m'a enlacé la taille. Ça ne m'aurait pas fait plus d'effet si j'avais senti un python s'enrouler autour de mon cou.

— Une fille tellement formidable, a commenté Robert Stark, en me serrant contre lui. Je suis si heureux qu'elle fasse partie de la famille Stark.

J'ai gardé mon sourire dentifrice scotché à mes lèvres. Crépitement des flashes. Les photographes nous lançaient des trucs comme :

— Super ! Nikki, monsieur Stark, quel beau couple ! Regardez par ici, s'il vous plaît ! Oui, par là, maintenant. Pourriez-vous lever un peu la tête, monsieur ? Baissez-la maintenant. Oui, oui, parfait ! Nikki, par ici. Génial ! Fabuleux ! Vous êtes magnifiques tous les deux. Merci, merci mille fois.

Et, pendant tout ce temps, je n'avais qu'une idée en tête : surtout ne pas vomir. Tout ça me filait la nausée.

Lorsque les taches mauves des flashes ont cessé de danser devant mes yeux, j'ai pu apercevoir, du coin de l'œil, des gens qui entraient dans le restaurant. Il a fallu que j'y regarde à deux fois pour être bien sûre de ce que je voyais... :

Lulu, dans sa robe de cocktail noire style baroque avec sa crinoline rouge pétant, qui se dirigeait d'un pas assuré vers le bar pour demander sans se gêner un cocktail, entraînant Steven Howard – Steven Howard ! – dans son sillage...

La sœur de Steven, Nikki, avec ses cheveux noir corbeau et son corset assorti, suivant son frère de sa démarche royale, comme si elle était chez elle...

Et... Christopher – *mon* Christopher – escortant une fille qui avait l'air drôlement jeune avec ses cheveux bouclés, une fille qui dévorait tout des yeux, avec la bouche légèrement entrouverte, comme quelqu'un qui semblait *bien* trop excitée par tout ce qu'elle voyait pour se trouver là...

Frida. Ma petite sœur Frida !

Je suis quasi certaine que j'ai eu un goût de bile dans la bouche, à ce moment-là. Frida ? Ils avaient amené Frida *ici* ? Mais ils avaient complètement perdu la tête ou quoi ? Ils n'avaient donc pas imprimé quand je leur avais dit que Robert Stark avait menacé de la *tuer* ?

— Euh..., ai-je balbutié, en échappant à l'étreinte de Robert Stark. Vous voulez bien m'excuser ?

— Mais naturellement, m'a-t-il répondu, un peu troublé de me voir filer quand même, apparemment.

Je me suis précipitée vers Frida, fonçant sans m'arrêter jusqu'à ce que je puisse la prendre dans mes bras pour la faire tourner comme une toupie. Elle se tenait alors le front appuyé contre un des murs de verre pour admirer Times Square et la foule rassemblée en contrebas.

— Frida ! me suis-je écriée à moitié hystérique. Tu n'as rien ?

— Je vais très bien, pourquoi ? m'a-t-elle répondu, en rejetant en arrière une mèche qui lui était tombée dans les yeux dans le feu de l'action. Mais à quoi tu joues ? Ta petite bande m'a embarquée sans rien me demander. Qu'est-ce qui se passe, Em ? Personne ne veut rien me dire. Et puis qu'est-ce qui est arrivé à Nikki ? Elle est super sexy, maintenant. Et t'as vu comment Gabriel la regarde ? C'est pas juste. Je l'avais repéré avant...

Je l'ai serrée dans mes bras.

— Ne t'occupe pas de Gabriel. Il est trop vieux pour toi, de toute façon.

— Trop vieux ? s'est récriée Frida. (Elle ne me repoussait pas vraiment, mais elle avait manifestement d'autres choses en tête.) Il n'a que... quoi ? huit ans de plus que moi ? C'est rien.

— Non, sérieux, Frida, (Je me suis écartée et je l'ai regardée dans les yeux. Les miens étaient pleins de larmes.) Il y aura des tas de garçons de ton âge qui tomberont raide dingues de toi, tu verras. Alors, tais-toi.

Christopher nous avait rejointes, deux verres de soda dans les mains.

— Des problèmes, mesdemoiselles ? a-t-il demandé d'un ton léger.

— Aucun, lui ai-je répondu, en tournant vers lui mes yeux larmoyants. Est-ce que...

— Oh ! C'est tout bon, m'a-t-il assuré, en tendant un verre à Frida. Regarde là-haut.

— Là-haut ?

J'ai obéi sans comprendre où il voulait en venir. Je ne voyais rien de spécial, à part des écrans de télé suspendus au plafond.

— C'est ça, m'a confirmé Christopher. Continue à regarder. Au fait, est-ce que quelqu'un a averti Brandon ?

— Brandon ? (J'ai avalé une gorgée du soda qu'il m'avait apporté. J'avais perdu celui que Gabriel m'avait filé il y avait déjà un moment de ça.) Pourquoi ?

— Il aurait peut-être voulu se préparer à...

C'est alors que, sur tous les écrans, est apparue l'image de la boule de Times Square qui commençait à descendre. Tout le monde s'est rué vers les baies vitrées pour assister au spectacle en direct.

— Dix, ont-ils tous commencé à compter. Neuf...

Tous, sauf Nikki – la vraie Nikki. Elle s'est dirigée droit sur Robert Stark, avec un énorme sourire plaqué sur ses lèvres vernissées de rouge sang.

— Rebonsoir, lui a-t-elle lancé, avec un petit air goguenard.

Il a bien semblé un peu surpris qu'on vienne l'interrompre en plein décompte du Nouvel An. Mais ça n'avait pas vraiment l'air de le déranger. Après tout, Nikki était un « joli petit lot », non, comme disent si élégamment ces messieurs grisonnants ?

— Hé ! bonsoir, vous, lui a-t-il répondu, en lui rendant son sourire amusé. Miss... euh... Prince, c'est bien ça ?

— C'est ça, lui a confirmé Nikki. Bonne mémoire. Mais, en fait, ce n'est pas mon vrai nom.

Elle a alors levé la télécommande qu'elle avait attrapée sur le bar pour monter le son des télés.

— Cinq, s'époumonait tout le monde. Quatre...

— Ah non ? lui a demandé Robert Stark, pas passionné par le sujet, apparemment, mais affectant néanmoins un intérêt poli. Quel est-il alors ?

— Nikki Howard, lui a-t-elle asséné. Vous auriez dû cracher le fric direct, Robert. (Elle a incliné la tête pour le dévisager, les yeux plissés.) Quoique, à la réflexion, j'aurais dû vous balancer dès le début.

— Bonne Année ! se sont écriés tous les invités.

Au bar, j'ai aperçu Lulu qui sautait au cou de Steven pour l'embrasser. Rebecca et Brandon s'étaient déjà tellement collés que j'ai préféré regarder ailleurs – non, sérieux, ça devenait carrément indécent. Même Nikki a planté là un Robert Stark visiblement dérouté pour aller trouver Gabriel, qui embrassait virilement tous ses musiciens, l'empoigner par le devant de sa chemise et lui planter un énorme baiser sur la bouche... au grand désespoir de Frida qui a laissé échapper un petit gémissement étouffé.

Pendant ce temps, Christopher me regardait avec un petit sourire en coin. Il avait l'air plus démoniaque que romantique, si vous voulez savoir. J'avais été tellement secouée par tout ce qui venait de se passer, au cours des cinq dernières minutes, que j'en ai eu un mouvement de recul. Je ne savais pas si je pourrais en supporter beaucoup plus.

— Oh ! ai-je murmuré, en levant les deux mains en avant pour le tenir à distance. (Je commençais à avoir des palpitations.) Non, je...

Trop tard. Il m'avait déjà attrapée par la taille pour me plaquer contre lui et s'emparer de mes lèvres d'autorité.

Je crois que j'ai laissé échapper un petit gémissement moi aussi – pas pour les mêmes raisons que Frida, évidemment –, avant de me sentir fondre, comme chaque fois qu'il m'embrassait. Mais pourquoi est-ce que je ne pouvais pas lui résister ? Ce que c'était énervant ! Ce serait donc toujours comme ça, entre nous ? On passerait notre temps à se prendre la tête, et puis on s'embrasserait et tout irait pour le mieux dans le meilleur des mondes... ? (Plus que mieux même.)

Christopher m'enlaçait toujours et ne semblait pas très pressé de mettre un terme à notre baiser de la Nouvelle Année. (Non que ça m'ait beaucoup dérangée, hein...)

Qui sait combien de temps on serait restés plantés là à se papouiller (et devant la malheureuse Frida, en plus – j'avais quand même des scrupules, à ce niveau-là), si, soudain, tous les écrans de la salle de restaurant ne s'étaient pas mis à clignoter simultanément, affichant le même message orange : « Édition Spéciale » et si un présentateur du J.T. n'était pas apparu pour déclarer d'un ton stressé :

— Nous interrompons nos programmes de fin d'année pour vous faire part d'une nouvelle qui vient de tomber à New York concernant Robert Stark, le célèbre homme d'affaires fondateur de Stark Enterprises, internationalement connu pour sa chaîne de grandes enseignes discount.

Cette annonce a provoqué une certaine effervescence à l'intérieur du Stark Sky Bar. Et, miracle, Rebecca et Brandon se sont même dessoudés pour tourner leur attention vers ce qui était en train de se dérouler. Statufiés sous les postes de télé, tous les actionnaires de Stark Enterprises avaient les yeux rivés aux écrans, une expression de curiosité incertaine sur le visage. Certains tanguaient légèrement : ils avaient manifestement un peu trop forcé sur le champagne pour célébrer la nouvelle année.

Rivant un regard incrédule aux infos, Robert Stark se tenait, quant à lui, parfaitement immobile. Il semblait sidéré.

J'ai cherché d'une main celle de Christopher, de l'autre, celle de ma petite sœur. Frida m'a jeté un coup d'œil interrogateur.

— C'est quoi, ça, Em ? m'a-t-elle chuchoté à l'oreille.

— Écoute, tu vas comprendre.

Je mentirais si je disais que j'étais parfaitement zen. Mon cœur cognait un peu trop pour ça.

— Ce soir, poursuivait le journaliste, d'un ton solennel, CNN a obtenu l'exclusivité d'une vidéo – vidéo que CNN a pu authentifier – prouvant que les actionnaires de Stark Enterprises, sans oublier Robert Stark lui-même, se livrent, en toute connaissance de cause, à la pratique d'une chirurgie hautement expérimentale connue sous le nom de transplantation intégrale…

À ces mots, un cri de femme, suivi du fracas d'un verre volant en éclats sur le sol, s'est élevé quelque part dans la salle.

— … dans un laboratoire secret de Manhattan appelé l'Institut Stark de neurologie et de neurochirurgie. Je laisse la parole au spécialiste médical de CNN, le docteur Sanjay Gupta, pour nous expliquer cette procédure très controversée, pour ne pas dire parfaitement illégale.

— Merci, Wolf, a enchaîné le très médiatique neurochirurgien. Dans une transplantation intégrale, on prélève le cerveau du patient pour le greffer dans un nouveau corps, normalement celui d'un donneur déclaré en état de mort cérébrale. Cependant, dans le cas de ce que cette société appelait l'« Opération Phœnix », des donneurs en excellente santé, triés sur le volet, étaient sélectionnés parmi...

— Mais qu'est-ce qui se passe ici ? s'est insurgé Robert Stark, d'une voix tonitruante, en pivotant d'un bloc pour nous fusiller du regard. Qu'est-ce qui se passe ? Éteignez ça immédiatement ! Vous m'avez entendu ? Immédiatement !

Personne n'a bougé le petit doigt. Je suis bien sûre que tous les barmen avaient des télécommandes, pourtant. Mieux, j'ai vu Nikki lever la sienne et augmenter délibérément le son.

— ... dans cette vidéo exclusive, on peut voir des représentants de cette société mettre aux enchères des jeunes gens correspondant au profil désiré qui, prétend-on, seront ultérieurement placés en état végétatif persistant pour que leur corps puisse être remis au plus offrant. Lequel pourra donc y faire greffer son propre cerveau quand...

Pendant que le commentaire se poursuivait, le film que j'avais tourné à la vente aux enchères en question était projeté sur toutes les télés. Je dois reconnaître que le portable de chez Stark avait fait du beau boulot. Il avait parfaitement enregistré ce que j'avais voulu montrer : les photos de Kim Su ; la Française qui faisait l'article ; les actionnaires de Stark Enterprises en train de lancer leurs enchères... tout y était. On ne voyait pas vraiment leurs têtes, mais on comprenait parfaitement ce qui se passait.

Et le son, vous me direz. Même après, quand j'avais été obligée de le glisser dans mon soutien-gorge pour le planquer ?

D'une netteté parfaite.

Hé, Stark ! Tu m'entends, maintenant ?

Apparemment oui.

— *Toi !* a fulminé Robert Stark, en se tournant vers moi comme un cobra, tandis que, dans l'enregistrement qui continuait – bien qu'il n'y ait plus d'images, on reconnaissait parfaitement la voix de basse de Robert Stark –, on entendait : « Ils vont vivre leur propre vie. Dans un corps tout neuf... Ne plus avoir à se lever tous les matins avec des articulations rouillées. Ne plus avoir à prendre dix médicaments différents pour le cœur. Croyez-moi, ils en auront pour leur argent... »

Malgré moi, j'ai reculé d'un pas. Il était tellement fou de rage qu'il semblait capable de me lever à bout de bras pour me projeter à travers l'une de ces énormes vitres qui nous entouraient à 360°, comme dans je ne sais plus quel *Die hard*. Ça ne m'aurait pas étonnée de sa part.

Et je n'ai pas été la seule à sentir le danger. Christopher s'est brusquement avancé pour s'interposer, me faisant de son corps un rempart.

Si ce n'était pas de l'amour, ça !

— C'est toi ! a encore rugi Robert Stark, ignorant complètement Christopher. C'est toi qui as fait ça ! Mais c'est impossible ! Je l'ai détruit, ce téléphone !

Sur les écrans de télé, on entendait toujours nos voix, la sienne et la mienne, sous-titrées au cas où les spectateurs n'auraient pas pu comprendre tout ce qu'on se disait sur la bande son.

« Vous finirez par vous faire prendre, vous savez. Ce que vous faites est puni par la loi. C'est du meurtre. Vous ne pourrez pas garder le secret éternellement. »

C'était vraiment moi qui parlais comme ça ?

Non. Bien sûr que non ce n'était pas moi.

C'était Nikki Howard.

« J'y suis bien parvenu jusqu'à présent. Depuis combien de temps crois-tu que nous faisons cela, d'ailleurs ? ... cela fait des années que nous pratiquons ces interventions. *Des années*. Avec cette technologie de dernière génération, nous sommes à même d'offrir à nos clients une plus large gamme de produits de bien meilleure qualité et à une beaucoup plus grande échelle, tout en augmentant notre marge de profit. »

Ben voyons ! C'était la seule chose qui avait toujours compté pour Robert Stark : sa marge.

Et c'était ce qui allait le perdre.

— Vous avez détruit mon iPhone, lui ai-je répliqué, en mettant autant de fermeté et de calme dans ma voix que je le pouvais, bien à l'abri derrière les larges épaules de Christopher comme je l'étais. Mais vous n'avez pas trouvé le portable que vous m'avez vous-même offert...

— Celui avec lequel vous l'espionnez depuis le début, a cru bon de préciser Christopher. Cette vidéo, là, elle était sur votre propre système informatique. Le film dans son intégralité, le son et l'image. On s'est juste contentés de les balancer à Wolf Blitzer. Eh oui ! le plus grand reporter de CNN ! Et, maintenant, tous les spectateurs de la chaîne en profitent. Et, après ça, ceux du monde entier.

Robert Stark nous regardait comme si on venait de lui révéler qu'en vrai, Mariah Carey était un homme.

— Stark ! s'est soudain étranglé un des actionnaires de Stark Enterprises. (Il était écarlate.) Vous nous aviez juré que rien de tout cela ne se saurait ! Vous nous aviez donné votre parole !

— ... deux jeunes hackers de la région de New York, ayant découvert que les nouveaux Stark Quark sont livrés avec un logiciel espion intégré, qui permet à la multinationale de télécharger toutes les données de leurs utilisateurs dans son système informatique, poursuivait Wolf Blitzer en direct, nous ont fait parvenir cet enregistrement de Robert Stark et de la top model Nikki Howard lors d'une vente aux enchères, qui s'est tenue ce soir même, dans le cadre de la sulfureuse Opération Phœnix...

Pris de panique, tous les actionnaires de Stark Enterprises se précipitaient déjà vers la sortie.

Mais ils n'allaient pas réussir à se sauver si facilement.

Parce que, juste au même moment, les portes du Sky Bar s'ouvraient à la volée et des dizaines de policiers du *NYPD*, parfaitement reconnaissables à leur uniforme bleu marine, déferlaient dans le restau, leurs insignes dorés accrochant les jeux de lumière rythmés par les accords de la bande son hyper branchée.

— Personne ne bouge ! a lancé l'un d'entre eux, se servant d'un mégaphone pour couvrir la brusque clameur qui s'élevait dans l'affolement général. Personne ne sort !

— Mais je dois prendre des médicaments pour mon hypertension ! s'est écrié le mari de la dame à la robe constellée de brillants.

— On veillera à vous en apporter, lui a assuré un des flics. Là-bas, à Rikers.

J'ai apprécié son humour. L'île de Rikers abritait le plus important centre pénitentiaire de New York – pour ne pas dire des États-Unis.

— Tu vois ce que je vois ? était venue me demander une Nikki éberluée.

— Je crois que oui.

J'hallucinais autant qu'elle.

Du côté du bar, réalisant enfin que son heure de gloire était arrivée, Brandon s'est précipité vers les photographes qui nous avaient mitraillés, son père et moi, tout à l'heure.

— À la lumière des récentes révélations qui viennent d'être faites au sujet de mon père, avec lequel j'ai toujours entretenu des relations pour le moins tendues, a-t-il proclamé (en l'entendant, on aurait facilement imaginé qu'il n'avait pas bu une goutte d'alcool de toute la soirée), je tenais à vous annoncer que j'allais prendre le relais et assumer, dans l'immédiat, la gestion de Stark Enterprises. Je m'emploierai de mon mieux à faire de Stark une société plus verte et plus soucieuse de la préservation de l'environnement. Je m'attacherai également à améliorer le sort des employés qui travaillent depuis si longtemps pour cette compagnie sans syndicat, ni système de santé dignes de ce nom. Je m'efforcerai de faire bouger les choses à ce niveau et aussi de rectifier cette impression que Stark pourrait avoir donné de mépriser le petit commerce…

Mais aucun des reporters ne l'écoutait. Ils n'avaient d'yeux que pour ce qui se passait au centre de l'immense salle.

— Robert Stark ? a demandé un officier de police, en se dirigeant d'un pas martial vers le père de Brandon et en lui montrant son insigne. Voulez-vous nous suivre au poste ? Nous avons quelques questions à vous poser.

— Je ne parlerai qu'en présence de mon avocat ! s'est immédiatement insurgé Robert Stark.

— Le contraire m'aurait étonné, lui a posément rétorqué le policier.

Ce qui ne l'a pas empêché de lui passer les menottes et de l'embarquer.

22

Il a fallu des mois avant que ça se tasse.

Et, même après, je ne pouvais pas faire un pas sans que quelqu'un me fourre un micro sous le nez pour m'interroger.

Mais je n'avais pas le droit de parler. Parce qu'on m'avait demandé de témoigner devant la cour d'assises contre Robert Stark et tous les actionnaires de Stark Enterprises qui avaient assisté à la vente aux enchères organisée dans le cadre de l'Opération Phœnix – sans oublier le Dr Holcombe et… le Dr Higgins. Oui oui, lui aussi.

Je n'allais pas être la seule appelée à la barre, bien sûr. Grâce à nous, le Dr Fong avait enfin pu sortir de la clandestinité et révéler ce qu'il savait des pratiques douteuses de l'Institut Stark de neurologie et de neurochirurgie – contre la garantie qu'aucune charge ne serait retenue contre lui.

Certaines des interventions en question avaient été absolument nécessaires pour sauver la vie du patient, avait-il tenu à souligner, et complètement régulières, tant du point de vue médical que légal.

Mais beaucoup d'autres…

Eh bien… pas vraiment, on va dire, pour simplifier.

Les familles de certains des « donneurs » s'étaient manifestées pour témoigner, elles aussi. D'après les experts en droit que j'avais entendus aux infos (Quand j'étais tombée dessus. Je ne passais pas ma vie devant.), il aurait beau tirer sur toutes les sonnettes, engager les meilleurs avocats, se contorsionner dans tous les sens, Robert Stark ne pourrait pas se tirer si facilement d'affaire. On parlait là de multiples chefs d'accusation pour meurtre, tentative d'assassinat, et, dans le cas de Nikki, agression avec arme (un scalpel).

Robert Stark, l'un des hommes les plus puissants du monde, allait avoir droit à de looongues vacances.

De très très longues vacances.

Le Dr Fong n'était pas le seul à avoir recouvré la liberté. Grâce à nous, Nikki, Steven et Mme Howard étaient désormais en sécurité et allaient pouvoir reprendre une vie normale.

Sauf que, pour certains d'entre eux, ce n'était pas si évident.

Mme Howard était impatiente et très emballée à l'idée de rentrer à Gasper pour retrouver son salon de toilettage pour chiens.

J'étais désolée de la voir partir. J'en étais vraiment arrivée à la considérer un peu comme une seconde maman.

Mais c'était à Gasper qu'elle avait toujours vécu et qu'elle avait tous ses amis. Et Harry et Winston n'appréciaient pas vraiment de se retrouver enfermés dans un de ces minuscules appartements new-yorkais. Ils avaient besoin d'un jardin pour jouer.

Je l'ai accompagnée à l'aéroport et serrée très fort au moment du départ. J'étais triste, mais je savais que c'était mieux pour tout le monde, surtout pour elle. À vivre dans une telle promiscuité avec sa fille, elle avait fini par attraper la migraine, des maux de tête chroniques même. C'était au-dessus de ses forces. Peut-être au-dessus des forces de tout être normalement constitué, il faut l'avouer, surtout à long terme...

Y compris de son propre frère. Steven avait rejoint son unité navale. Il n'avait pas eu trop le choix. J'imagine qu'on ne peut pas faire exactement ce qu'on veut quand on s'est engagé comme sous-marinier. Il ne pouvait pas partir comme ça, surtout maintenant qu'il avait retrouvé sa mère et sa sœur : l'unique motif pour lequel on lui avait accordé une permission exceptionnelle, à la base.

Lulu était au quatrième dessous. J'avais été obligée de commander des banana-splits quasiment tous les jours pendant une semaine avant qu'elle ne recommence à voir le bon côté des choses.

— L'avantage, c'est qu'il ne peut pas me tromper, s'était-elle consolée. Il n'y a pas de fille dans son sous-marin.

En attendant, elle dit qu'elle va vraiment faire ce qu'il faut pour finir son album. Promis, juré, craché. Elle a déjà terminé une chanson basée sur ses échanges (quotidiens) de mails avec Steven et qu'elle a appelée *Hot Love Gone Under (the Sea)*, ce qui donne un truc du genre « Amour torride par le fond (de la mer) ».

Bon, je ne sais pas, moi, mais je crois qu'elle a vraiment quelque chose, cette chanson. Et je ne suis pas la seule : Lulu a été la première artiste signée sur le label Stark depuis que la maison a changé de direction... et que Brandon est devenu PDG.

Maintenant que son père est en prison (sans aucun espoir de libération sous caution), il faut avouer qu'il n'est pas mauvais dans son nouveau job, Brandon. Bon, il est bien entouré, en même temps : il a plein de gens brillants pour le conseiller, et non des moindres (notamment Rebecca, dont il semble ne plus pouvoir se passer. Rebecca a même lâché son business d'agent. Oh ! ne vous inquiétez pas : ce n'est pas un problème pour moi. Non, non, franchement. J'aime bien me réveiller sans risquer de trouver, dans ma chambre, quelqu'un que je n'ai pas invité).

L'une des premières choses qu'a faites Brandon, quand il a repris les rênes de Stark Enterprises, a été de charger Felix et Christopher de mettre au point une mise à jour que tous les possesseurs de Stark Quark pourraient télécharger gratuitement pour régler cet empoisonnant petit problème de logiciel espion intégré. C'était une bien meilleure stratégie que d'organiser un rappel général de tous les ordis (comme un tas de gens de l'entreprise le lui avaient recommandé) et ferait sans doute beaucoup pour que Stark retrouve la confiance des consommateurs sérieusement entamée après toutes les magouilles de son père – à croire qu'il avait voulu couler sa boîte. Grâce à cette mise à jour gratuite, et avec tout le battage médiatique que générait le procès, le Stark Quark était même désormais devenu la meilleure vente de PC de tous les temps à travers le monde.

Comme quoi rien ne vaut une mauvaise publicité !

Felix et Christopher avaient fait du si bon boulot, en fournissant cette mise à jour dans des délais record (et en faisant tomber son père pour lui offrir le siège de PDG sur un plateau), que Brandon les avait placés à la tête du service informatique de la société – vu que ceux qui le dirigeaient avant s'étaient montrés si incapables : deux ados avaient quand même réussi à pirater le système de la société et à se balader sur tout le réseau interne pratiquement comme chez eux.

Maintenant, les pare-feux de Stark Enterprises sont de véritables murailles infranchissables ; ses codes de cryptage, impossibles à craquer, et toute la division informatique prend quotidiennement deux heures à l'heure du déjeuner pour se faire des marathons de *Journeyquest*.

Et Felix, qui a enfin pu enlever le bracelet électronique qu'on lui avait collé à la cheville, a même commencé à prendre des bains et à porter un costume pour aller bosser. Il est presque devenu présentable…

Et, grâce aux nouveaux séminaires anti-harcèlement sexuel mis en place au sein de l'entreprise (et obligatoires pour tous les cadres – une suggestion de Christopher), Felix réussit à parler aux femmes sans accumuler les allusions lubriques et les insinuations sexistes carrément insultantes.

Ce qui ne l'autorise pas pour autant à inviter ma sœur à la *prom* de son lycée.

— C'est pas comme si c'était une vraie soirée officielle et tout et tout, a plaidé Frida, quand je lui ai volé dans les plumes, pendant qu'on faisait du shopping chez Betsey Johnson l'autre jour.

Non mais, vous vous rendez compte ? Elle avait vraiment l'intention de s'acheter une tenue (à la Taylor Momsen) pour aller à la *prom* de Felix avec ses baskets. (D'où le « pas une vraie soirée officielle ». Si ç'avait été une « vraie soirée officielle », elle aurait porté des talons, m'avait-elle fait observer.)

— On ne sort pas ensemble ni rien, avait-elle cru bon d'ajouter.

— Mais c'est quand même une *prom*, lui avais-je rétorqué. Et c'est de Felix dont on parle, là. Felix ! Il va essayer de t'embrasser, c'est sûr. Voire pire.

— Et en quoi ce serait un problème ? m'avait-elle répliqué.

— Hein ? Tu laisserais Felix t'embrasser ! (J'hallucinais.) Le *cousin* de Christopher ?

— Tu laisses bien Christopher t'embrasser, toi, m'avait-elle balancé, en faisant glisser les cintres sur un portant de robes bustier à jupe ballon (carrément ciblées « soirée officielle »). Sans arrêt, en plus, je pourrais te faire remarquer. C'est tout juste si je vous ai déjà vus ensemble sans que vous vous fassiez du bouche à bouche. Même au lycée. Beurk ! trop dégueu.

— Ça n'a rien à voir, me suis-je insurgée, vexée.

Non mais, c'est vrai. On se connaissait depuis toujours, ou presque, Christopher et moi. On était faits l'un pour l'autre. Il finissait même mes phrases et vice versa.

Bon d'accord, il nous arrivait de nous écharper.

Mais quoi ? Deux fortes personnalités comme les nôtres n'auraient pas le droit de se disputer de temps en temps ? Surtout quand elles ont été amies si longtemps avant de tomber amoureuses. On se connaissait tellement bien que, neuf fois sur dix, on pouvait dire ce que l'autre pensait.

Comme la semaine dernière, en expression orale, quand Whitney Robertson m'avait tapé dans le dos – le cours n'avait même pas commencé – pour me demander :

— Hé ! C'est vrai ce qu'on raconte : que t'as eu une de ces greffes de cerveau dont ils parlent tout le temps aux infos et qu'en réalité, tu es... *Em Watts* ?

Elle avait prononcé mon nom comme si c'était un gros mot.

Et il était clair qu'elle n'était pas près d'avaler un bobard pareil. Comment Nikki Howard, qui alliait la grâce du cygne à l'agilité de l'elfe, pouvait avoir le moindre rapport avec une créature aussi odieuse, aussi hideuse que cet immonde hobbit d'Emerson Watts ?

C'était Christopher qui s'était penché sur sa chaise pour lui répondre – et il jubilait, ça se voyait :

— Tu sais quoi, Whitney ? Eh bien, c'est la pure et simple vérité. Et je vais te dire un truc : vu comme t'as toujours été super sympa avec elle quand elle était Em, tu peux tout de suite dire adieu à ta rencontre avec Heidi Klum et

Seal, aux défilés automne-hiver. Même plus la peine d'y penser. Pas vrai, Em ?

Pétrifiées d'horreur, Whitney et sa grande copine Lindsey avaient toutes les deux tourné vers moi un regard affolé plein de remords. Pas besoin d'être télépathe pour savoir ce qu'elles avaient dans la tête : « Par pitié, faites qu'il raconte n'importe quoi ! Par pitié ! »

J'avais bien été tentée d'abréger leurs souffrances. Mais l'autre conséquence qu'avait eue cette affaire (en dehors de mettre un terme définitif à la toute nouvelle stratégie commerciale de Robert Stark : vendre les corps de jeunes et beaux ados à ses vieux – très vieux – amis pour qu'ils se paient une deuxième jeunesse) avait été de faire tomber les masques.

— Il a raison, leur avais-je répondu, avec un haussement d'épaules désinvolte. Je suis vraiment Em Watts. Nikki Howard n'est plus que mon pseudonyme de mannequin. Et, désolée les copines, mais je n'ai pas franchement envie qu'on soit les meilleures amies du monde, vous et moi. À moins, évidemment, que vous arrêtiez d'envoyer exprès des ballons de volley dans la tête des autres. Et de leur coller la honte devant tout le monde dans les couloirs avec vos réflexions sur la largeur de leur postérieur. Tu n'as quand même pas oublié que tu passais ton temps à ça avec moi, Whitney ?

Whitney ouvrait maintenant des yeux comme des pancakes.

— Mais... mais, balbutiait-elle. Je... c'était juste pour plaisanter.

— Ah oui ? Et tu n'as pas remarqué que ça ne me faisait pas marrer ? Qu'est-ce que ça coûte d'essayer d'être sympa avec les gens – même s'ils ne sont pas canon ? D'autant que, maintenant, on ne sait jamais dans quelle peau on va finir...

— Je… (Elle en perdait tous ses moyens.) Je regrette trop.

— Ben tiens ! (Je la croyais presque sincère, pourtant. *Maintenant*.) Tu parles !

Il y avait quand même un sacré avantage à ce que tout le monde sache qui j'étais (qui j'étais vraiment, je veux dire) : mes anciennes notes avaient été ajoutées à mes nouvelles pour calculer ma moyenne… qui avait sérieusement remonté, du coup. En un clin d'œil, j'étais passée de « médiocre » à « bien ». Bon, pas dans les meilleures de la classe comme je l'avais toujours été, loin de là. Mais, si vous teniez compte de ce qui m'était arrivé, et de tous les cours que j'avais ratés, c'était quand même encourageant. En cravachant, j'arriverai à garder la tête hors de l'eau, niveau notes.

En cravachant… et grâce au talent de Nikki, qui savait gérer une carrière de mannequin comme personne – enfin, comme Nikki Howard.

Parce qu'au lieu de retourner à Gasper, Nikki – qui serait appelée à la barre lors du procès de Robert Stark, elle aussi –, avait décidé de rester à New York en tant que… agent et manager de… Nikki Howard !

Après tout, pourquoi pas ? Le métier de mannequin n'a plus aucun secret pour elle : elle connaît toutes les ficelles – surtout pour ce qui est de la carrière de Nikki Howard – et elle a le sens des affaires. Sauf quand il s'agit de faire chanter les gens. Mais elle a juré sur la tête de son coiffeur attitré (auquel elle doit de conserver cette crinière d'un magnifique noir bleuté) qu'elle ne recommencerait plus.

Elle nous a aussi tous étonnés en prenant très au sérieux cette histoire d'école de commerce. Elle a, en effet, suivi le conseil de sa mère et s'est inscrite en première année. Ses professeurs ont déjà la migraine…

Hé ! Personne ne peut dire que Nikki ne sait pas mener son petit monde à la baguette et faire ce qu'il faut pour obtenir ce qu'elle veut… surtout pour ses clients (enfin, pour moi, vu que je suis la seule, pour le moment. Mais ça va changer. Elle y travaille).

C'était normal que je reverse une partie de ce que je gagnais à Nikki, de toute façon, puisque, si j'avais une « carrière », c'était bien parce qu'elle l'avait lancée. On avait donc fait un deal, elle et moi : elle toucherait un pourcentage sur tous mes futurs cachets et l'argent que j'avais trouvé sur les comptes à mon nom, quand on m'avait « légalement » donné l'identité de Nikki Howard, lui revenait.

Et comme, à peine Lulu avait-elle fini de la relooker, elle retrouvait son « effet kiss-cool/chaud devant/torriiiide/chick chick chick aï aïe aïe/Ahouuuu ! » sur les mecs, elle avait complètement laissé tomber l'idée d'un échange de cerveaux (non qu'on nous ait autorisées à le pratiquer, si on l'avait voulu, de toute façon : ce type d'intervention chirurgicale avait été totalement interdit, sauf dans le cas extrême d'un blessé en danger de mort). Je ne sais pas quelle part, dans ce revirement, revenait au fait que Nikki semblait vraiment se plaire à jouer « Diana Prince », la trash queen gothique dont elle avait pris le nom et la personnalité pour aller avec son nouveau corps, et quelle part revenait au fait que Gabriel était… eh bien, carrément mordu.

Tout ce que je sais, c'est qu'elle n'a aucune intention de revenir au loft. Elle se satisfait parfaitement de rester là où elle est : dans l'appartement de Gabriel, qu'elle rend complètement dingue en s'appropriant tous ses placards et en insultant ses musiciens. Et lui, du coup, n'a jamais été aussi créatif : il a carrément écrit trois nouveaux *albums* en *quatre* mois – dont toutes les chansons parlent de la même fille déjantée avec laquelle il vit.

Alors, comme Lulu, je paie un loyer à Nikki.

Mon récent choix de vie a été la source d'âpres discussions avec mes parents. Ils avaient présumé qu'une fois ma véritable identité révélée au grand jour, je rentrerais à la maison.

Mais, dans mon esprit, bizarrement, chez moi, c'était au loft, maintenant. Comment j'aurais pu laisser Lulu, qui n'avait, pour toute famille, que Steven et moi ? D'autant que Steven était toujours en mer.

— Peut-être quand il reviendra, avais-je expliqué à mes parents, au cours d'une soirée pizza chez eux – pizza que je pouvais désormais manger sans craindre qu'on me surveille. Et quand Lulu et lui se marieront... un jour...

— C'est ça, avait persiflé Frida, avec un reniflement dédaigneux.

— Et c'est censé vouloir dire quoi, exactement ? l'avais-je apostrophée.

— Tu reviendras pas, même si Lulu se marie. T'aimes trop ton appart de célibataire, m'avait rétorqué ma sœur d'un ton accusateur. Non mais, regardez les choses en face, avait-elle ajouté, en se tournant vers mes parents. Elle veut seulement rester là-bas pour avoir Christoph...

— C'est pas vrai ! l'avais-je coupée, bien que, oui bon, forcément, elle avait en partie raison. Et ce n'est pas parce que je vous aime moins qu'avant. C'est juste que j'ai un programme super chargé : entre mes contrats, le lycée et...

— Oh ! arrête hein ! avait raillé Frida.

— Elle s'est habituée à vivre dans son espace personnel, était, très diplomatiquement, intervenue ma mère, et elle veut continuer à jouir de son indépendance. C'est compréhensible.

Mon père n'avait pas vraiment eu l'air de comprendre, lui, mais il n'avait rien dit. Il s'était manifestement senti en infériorité numérique, dépassé par les trois femmes qui l'entouraient, comme c'était bien souvent le cas dans cette maison.

— Ça m'est égal, avait conclu Frida, avec un haussement d'épaules fataliste. Tant que je suis invitée à tes fêtes de temps en temps...

— Marché conclu, avais-je aussitôt transigé.

Comme je l'ai déjà dit, ces derniers temps, ma petite sœur avait beaucoup grandi.

— ... et que je peux venir avec Felix.

— Tu veux rire ?

— Felix m'a sauvé la vie ! s'était-elle offusquée, montant direct sur ses grands chevaux. Et la tienne ! Comment tu peux être aussi vache avec lui ?

— Ce n'est pas lui qui t'a sauvé la vie. C'est *moi*. Felix et Christopher m'ont juste aidée. Un peu.

— Un peu ? s'était-elle étranglée. Tu n'aurais jamais pu y arriver sans eux. Il m'a tout raconté. Il...

— Allons, allons, était une fois de plus intervenue ma mère. De grâce. Vous êtes aussi intelligentes, jolies et pleines de vie, l'une que l'autre, et vous avez toutes les deux de merveilleux, talentueux et charmants petits amis. Alors cessez de vous chamailler et débarrassez la table pour que nous puissions bénéficier d'un petit moment en tête à tête, votre père et moi.

C'est important, les tête-à-tête, quand vous voulez construire une relation amoureuse forte et stable. On essaie de se ménager autant de ces petits moments qu'on peut, Christopher et moi. Surtout chez Balthazar, l'un de nos restaurants préférés quand on sort pour un petit dîner en amoureux...

… avec entrée *et* dessert, pour faire mentir Lulu quand elle prétend que les lycéens n'ont pas les moyens d'inviter leur petite copine dans ce genre d'endroit branché. (Si, ils peuvent, quand ils bossent au service informatique d'une multinationale – ne serait-ce qu'à temps partiel. Et que leur petite amie insiste pour payer une fois de temps en temps. Parce que je travaille, moi aussi, et c'est normal que ce ne soit pas toujours le garçon qui fasse chauffer sa carte bleue. Je me demande d'où peut bien sortir cette idée préhistorique, d'ailleurs.)

On était justement chez Balthazar, l'autre soir, et j'étais assise en face de Christopher, dégustant avec délice ma salade au chèvre chaud, quand une petite fille est arrivée à notre table, avec un papier et un crayon.

— Pardon mais, vous n'êtes pas Nikki Howard ? m'a-t-elle dit toute timide.

Je l'ai regardée, étonnée. Elle ne devait pas avoir plus de sept ou huit ans. J'ai aperçu ses parents installés à une table voisine, qui lui souriaient pour l'encourager.

Pour ne rien vous cacher, je ne savais pas trop quoi lui répondre. Même si j'étais Nikki Howard… d'une certaine façon.

Sauf que… je ne l'étais plus.

Mais il y avait tant d'espoir dans l'expression de cette petite fille. Elle était sans doute venue passer la soirée à New York et avait mis sa plus belle robe. (Elle allait probablement assister à un spectacle à Broadway après.)

Et voilà qu'elle se trouvait dans ce restaurant chic et qu'elle repérait une star (genre). Qu'est-ce que je pouvais faire ? Lui dire : « Non, jeune demoiselle. En fait, je suis Em Watts » ?

— Oui, oui, c'est moi.

Un énorme sourire a illuminé sa jolie frimousse. Il lui manquait les deux dents de devant.

— Est-ce que je peux avoir un autographe, s'il vous plaît ? m'a-t-elle demandé, en brandissant son papier et son crayon.

— Bien sûr, ai-je répondu, en jetant un coup d'œil à Christopher, qui s'est contenté d'un petit sourire en coin et a continué à manger sa salade. Comment tu t'appelles ?

— Emily.

Je me suis retenue de lui dire que moi aussi, je m'appelais Em, et j'ai écrit « Pour mon amie Emily, gros bisous, Nikki Howard » sur son petit bout de papier, avant de le lui rendre avec son crayon.

— Tiens, lui ai-je dit. Et amuse-toi bien.

— Oh merci ! s'est-elle écriée, avant de retourner en trottinant allégrement vers sa table où l'attendaient ses parents, ravis.

— C'était sympa de ta part, a commenté Christopher, dès qu'elle a été partie.

— Tu voulais que je fasse quoi ? Que je lui mette mon poing dans la figure ?

— Non mais, tu n'étais pas obligée. De lui raconter que tu étais Nikki Howard, je veux dire.

— Mais je *suis* Nikki Howard, lui ai-je fait remarquer. Et, aussi longtemps que j'aurai ce visage, je le resterai.

— Oh ! c'est pas vraiment une corvée non plus, hein ? Je veux dire, ça a ses avantages d'être Nikki Howard, non ?

— Ça a ses avantages, c'est vrai, ai-je reconnu. Mais ses inconvénients aussi, comme tu as pu le remarquer, puisque la vraie Nikki Howard ne veut plus être Nikki Howard.

— Eh bien, peut-être que ça va t'aider, ça, m'a alors répondu Christopher, en plongeant la main dans la poche de sa veste pour en sortir une boîte rectangulaire en velours qu'il a poussée vers moi sur la table.

— Qu'est-ce que c'est ?

On n'était pas vraiment le genre de couple à se couvrir de cadeaux. On avait tout ce dont on avait toujours rêvé : l'amour qu'on se portait l'un à l'autre.

— Ouvre, tu verras, m'a-t-il murmuré avec une petite étincelle malicieuse dans ses beaux yeux bleus.

J'ai joué la fille qui hallucinait complètement. Et puis j'ai ouvert l'écrin…

… et j'ai halluciné complètement.

Parce que, à l'intérieur, accroché à une chaîne aussi fine qu'un cheveu d'ange, se trouvait un pendentif de platine en forme de cœur serti de minuscules diamants avec les mots « Em Watts » gravés à l'intérieur en élégantes lettres cursives.

— J'ai pensé que, si tu le portais, quel que soit le visage que tu verrais dans la glace tous les matins, tu n'oublierais jamais qui tu es vraiment, a-t-il commenté d'une voix grave.

Les larmes aux yeux, j'ai glissé ma main à travers la table. Il a noué ses doigts aux miens.

— Comme si je risquais de l'oublier, lui ai-je répondu, d'une voix chargée d'émotion. Avec toi à mes côtés pour me le rappeler.

« Pour l'éditeur, le principe est d'utiliser des papiers composés de fibres naturelles, renouvelables, recyclables et fabriquées à partir de bois issus de forêts qui adoptent un système d'aménagement durable. En outre, l'éditeur attend de ses fournisseurs de papier qu'ils s'inscrivent dans une démarche de certification environnementale reconnue. »

Composition MCP – Groupe JOUVE – 45770 Saran
N° 818091J

Cet ouvrage a été imprimé en France
par CPI Bussière
à Saint-Amand-Montrond (Cher)
en mars 2012

Dépôt légal 1re publication mars 2012
20.20.2861.1 – ISBN 978-2-01-202861-6
Éditions 01 – MARS 2012
N° d'impression : 113983/4